DEFOE PRO
PROSA DO
DO ERNST JÜN
DO MUNDO
BABEL PRO
MUNDO GU

PROSA DO MUNDO

COSACNAIFY

LIEV TOLSTÓI
O DIABO E OUTRAS HISTÓRIAS

TRADUÇÃO
BEATRIZ MORABITO
BEATRIZ RICCI
MAIRA PINTO
APÊNDICE
PAULO BEZERRA
VIKTOR CHKLÓVSKI

APÊNDICE

257 TOLSTÓI CONTISTA
PAULO BEZERRA

278 OS PARALELOS EM TOLSTÓI
VIKTOR CHKLÓVSKI

284 SUGESTÕES DE LEITURA

O DIABO E OUTRAS HISTÓRIAS

TRÊS MORTES 7
KHOLSTOMÉR 27
O DIABO 81
FALSO CUPOM 149
DEPOIS DO BAILE 243

TRÊS MORTES

I

Era outono. Pela estrada real duas carruagens seguiam a trote rápido. Na da frente viajavam duas mulheres. Uma, a senhora, magra e pálida. A outra, a criada, gorda e de um corado lustroso. Seus cabelos curtos e ressecados brotavam por baixo do chapéu desbotado, e a mão avermelhada, coberta por uma luva poída, ajeitava-os com gestos bruscos. O busto volumoso, envolto num lenço rústico, transpirava saúde; os olhos negros e vivazes ora espiavam pela janela os campos fugidios, ora observavam timidamente a senhora, ora lançavam olhares inquietos para os cantos da carruagem. A criada tinha bem ao nariz o chapéu da senhora pendurado no bagageiro, um cãozinho deitado nos joelhos, os pés acima dos bauzinhos dispostos no chão, tamborilando sobre eles, em sons quase abafados pelo ruído dos solavancos das molas e do tilintar dos vidros.

De mãos cruzadas sobre os joelhos e de olhos fechados, a senhora balouçava levemente nas almofadas que lhe serviam de apoio e, com um leve franzir de cenho, dava tossidelas fundas. Tinha na cabeça uma touquinha branca de dormir e um lencinho azul celeste envolto no pescoço pálido e delicado. Uma risca brotava abaixo da touquinha e repartia os cabelos ruços, excessivamente lisos e empastados; havia qualquer coisa de seco e mortiço na brancura do couro daquela vasta risca. A pele murcha, um tanto amarelada, mal conseguia modelar suas feições belas e esguias, que ganhavam um tom vermelho nas maçãs do rosto. Os lábios secos mexiam-se intranquilos, as ralas pestanas não se encrespavam, e o sobretudo de viagem formava rugas entre os seios encovados. Mesmo de olhos fechados, o rosto da senhora expressava cansaço, irritação e um sofrimento que lhe era familiar.

Recostado em seu banco, o criado cochilava na boleia; o postilhão gritava animado e fustigava a possante quadriga suada; vez por outra espreitava o outro cocheiro, que gritava de trás, da caleça. As marcas paralelas e largas das rodas se estendiam nítidas e iguais pelo calcário lamacento da estrada. O céu estava cinzento e frio; a bruma úmida espalhava-se pelos campos e pela estrada. A carruagem estava abafada e recendia poeira e água-de-colônia. A doente inclinou a cabeça para trás e abriu devagar os olhos, grandes, brilhantes, de uma bela tonalidade escura.

"Outra vez!", disse ela, repelindo nervosamente com a mão bonita e magra a ponta da saia da criada, que lhe roçava de leve a perna, e torceu a boca de dor. Matriocha[1] recolheu a saia com ambas as mãos, soergueu as pernas robustas e sentou-se mais afastada. Um corado vivo cobriu-lhe o rosto viçoso. Os belos olhos escuros da doente fitavam ansiosos os movimentos da criada. A senhora apoiou as mãos no banco e quis também soerguer-se para se sentar mais alto, mas faltaram-lhe forças. A boca se contorceu e todo o rosto ficou desfigurado por uma expressão de ironia impotente e malévola. "Pelo menos você devia me ajudar... Ah, não é preciso! Eu mesma faço, só que não ponha atrás de mim essas suas sacolas, faça o favor!... É melhor mesmo que não me toque, já que não leva jeito." A senhora fechou os olhos e mais uma vez ergueu as pálpebras, observando a criada. Matriocha mordia o lábio inferior avermelhado, olhando para ela. O peito da doente exalou um suspiro fundo que, antes de terminar, transformou-se em tosse. Ela se virou, encolheu-se e agarrou-se ao peito com ambas as mãos. Quando a tosse passou, tornou a fechar os olhos e permaneceu sentada sem se mexer. A carruagem e a caleça chegaram à aldeia. Matriocha tirou a mão roliça do lenço e se benzeu.

– O que é isso? – perguntou a senhora.

– A estação de posta, senhora.

– E por que você está se benzendo?

– Tem uma igreja, senhora.

---

1 Diminutivo de Matriona. [N. T.]

A doente voltou-se para a janela e começou a se benzer lentamente, com os olhos bem graúdos fitos numa grande igreja de madeira que a carruagem contornava.

Os dois veículos pararam em frente à estação. O marido da doente e o médico desceram da caleça e se aproximaram da carruagem.

– Como a senhora se sente? – perguntou o médico, tomando-lhe o pulso.

– E então, como está, minha cara, não está cansada? – perguntou o marido em francês. – Não quer descer?

Matriocha juntou as trouxas e encolheu-se num canto para não atrapalhar a conversa.

– Mais ou menos... na mesma – respondeu a doente. – Não vou descer.

O marido foi para a estação, depois de ficar um pouco com a mulher. Matriocha desceu do carro e correu pela lama para a entrada do edifício, nas pontas dos pés.

– Se eu estou mal, isto não é razão para o senhor não tomar o seu café – disse a senhora, com um leve sorriso, ao médico postado à janela.

– Nenhum deles se importa comigo – disse consigo mesma, mal o médico se afastou devagarinho e subiu correndo a escada da estação. – Eles estão bem, o resto não tem importância. Oh, meu Deus!

– E então, Edvard Ivánovitch? – disse o marido ao encontrar o médico, esfregando as mãos com um sorriso jovial. – Ordenei que trouxessem alguma provisão, o que o senhor acha?

– Pode ser.

– E ela, como está? – perguntou suspiroso o marido, baixando a voz e levantando as sobrancelhas.

– Eu disse: ela não vai conseguir chegar, e não só até a Itália: queira Deus que chegue a Moscou. Ainda mais com esse tempo.

– E o que é que nós vamos fazer? Ah, meu Deus! Meu Deus! – o marido tapou os olhos com as mãos. – Traga aqui – acrescentou ele para o homem que carregava as provisões.

– Ela deveria ter ficado – respondeu o médico, dando de ombros.

– Agora me diga, o que é que eu podia fazer? – objetou o marido. – Ora, eu fiz de tudo para detê-la, falei dos recursos, das crianças que nós teríamos de deixar, e dos meus negócios; ela não quer dar ouvidos a nada. Fica fazendo planos de vida no estrangeiro como se estivesse com saúde. E fosse eu falar do seu estado... seria o mesmo que matá-la.

– Mas ela já está morta, o senhor precisa saber disso, Vassili Dmítritch. Uma pessoa não pode viver quando não tem pulmões, e os pulmões não tornam a crescer. É triste, duro, mas o que se vai fazer? O meu e o seu problema é fazer com que o fim dela seja o mais tranquilo possível. Nós precisamos é de um confessor.

– Ai meu Deus! Mas o senhor entenda a minha situação na hora de lembrar a ela esta sua última vontade. Aconteça o que acontecer, isso eu não vou dizer a ela. O senhor bem sabe como ela é bondosa...

– Mesmo assim tente convencê-la a ficar até o final do inverno – disse o médico, meneando a cabeça com ar expressivo –, senão pode acontecer o pior na viagem...

– Aksiucha! Ei, Aksiucha![2] – grunhiu a filha do chefe da estação, jogando um lenço sobre a cabeça e pisando no alpendre enlameado nos fundos da casa. – Vamos espiar a senhora de Chirkin, dizem que está doente do peito e que estão levando para o estrangeiro. Eu nunca vi como é uma tísica.

Aksiucha correu para a soleira da porta e ambas precipitaram-se portão afora de mãos dadas. Encurtando a marcha, passaram diante da carruagem e espiaram através da janela aberta. A doente voltou o rosto para elas mas, percebendo-lhes a curiosidade, franziu o cenho e virou-se para o outro lado.

– Mm-ãe-zinha! – disse a filha do chefe da posta, voltando rapidamente a cabeça. – Que encanto de beleza deve ter sido; agora vejam o que sobrou dela! Dá até medo. Viu, viu, Aksiucha?

– Sim, como está mal! – Aksiucha fez coro com a moça. – Vamos dar mais uma olhada, a gente faz que está indo para o poço. Você percebeu? Ela deu as costas, mas eu vi. Que dó, Macha.

– É, e que lama! – respondeu Macha, e as duas correram para o portão.

– Pelo visto, estou com uma aparência horrível – pensou a doente. – Eu só preciso chegar mais rápido, mais rápido ao estrangeiro, lá eu me curo.

– E então, minha cara, como está? – disse o marido, ao se aproximar da carruagem, mastigando.

---

2 Diminutivo de Aksínia. [N.T.]

– A mesma pergunta de sempre. E comendo! – pensou ela. – Mais ou menos... – falou entre dentes.

– Sabe de uma coisa, minha cara, receio que, com esse tempo, você piore no caminho; Edvard Ivanitch também acha. Não seria o caso de voltar?

Ela calava, emburrada.

– Pode ser que o tempo melhore, que a estrada fique boa e que você se recupere; e aí poderíamos ir juntos.

– Desculpe, mas se por muito tempo não tivesse lhe dado ouvidos, eu estaria agora em Berlim e totalmente curada.

– Mas o que eu podia fazer, meu anjo? Era impossível, você sabe. Mas agora, se ficasse por um mês, ao menos, iria se recuperar prontamente; eu terminaria meus negócios, levaríamos as crianças...

– As crianças estão com saúde, eu não.

– Veja se entende, minha cara, com um tempo desses, se você piorar na viagem... pelo menos você estaria em casa.

– Em casa, o que? Pra morrer? – respondeu a doente irritada. Mas a palavra "morrer" pelo visto a assustou, e ela olhou para o marido com ar de súplica e interrogação. Ele baixou o olhar e calou. De repente, a doente fez um beicinho infantil, e lágrimas lhe saltaram dos olhos. O marido cobriu o rosto com o lenço e afastou-se da carruagem.

"Não, eu vou", disse a doente, levantando os olhos para o céu, juntando as mãos e murmurando palavras desconexas. "Meu Deus! Por quê?", dizia ela, e as lágrimas corriam ainda mais intensas. Rezou por muito tempo com ardor, mas no peito, a mesma dor e opressão, no céu, nos campos e na estrada, o mesmo tom cinzento e sombrio, e a mesma bruma de outono, nem mais nem menos rarefeita, derramando-se do mesmo jeito sobre a lama da estrada, os telhados, a carruagem e os *tulups*[3] dos cocheiros, que discutiam em voz alta, alegres, enquanto lubrificavam e preparavam a carruagem...

II

A carruagem estava atrelada, mas o cocheiro fazia hora. Ele havia passado pela isbá dos cocheiros. A isbá estava quente, abafada, escura, com um ar pesado, um cheiro de lugar habitado, de pão assado, repolho e pele de carneiro. Havia alguns cocheiros no cômodo, uma cozinheira ocupava-se no forno e, em cima deste, um doente estava deitado, coberto por uma pele de carneiro.

– Tio Khviédor! Ô, tio Khviédor! – disse o jovem cocheiro vestido de *tulup*, com um chicote no cinto, entrando no cômodo e dirigindo-se ao doente.

– O que é que tu vai querer com o Fiédka,[4] seu vadio? – perguntou um dos cocheiros. – Olha só, tão te esperando na carruagem...

– Quero pedir as botas dele; as minhas se acabaram – respondeu o rapaz, jogando os cabelos para trás e ajeitando as luvas no cinto.

---

3 Espécie de casaco. [N.T.]

4 Diminutivo de Fiódor. [N.T.]

– Que que é? – do forno ouviu-se uma voz fraca, e um rosto magro, de barba ruiva, espiou. A mão larga, descarnada e branca, coberta de pelos, enfiava uma samarra nos ombros ossudos, cobertos por um camisolão sujo. – Me dá alguma coisa pra beber, irmão; o que que é?

O rapaz lhe serviu uma caneca de água.

– Sabe o que é, Fédia, – disse ele, indeciso – pelo visto tu não vai precisar das botas novas agora; dá pra mim, pelo visto tu não vai andar.

O doente tombou a cabeça cansada sobre a caneca reluzente, molhou os bigodes ralos e caídos na água escura e bebeu sem forças. A barba emaranhada estava suja; os olhos fundos, embotados, levantaram-se com dificuldade para o rosto do rapaz. Depois de beber, ele afastou a água e quis levantar as mãos para enxugar os lábios úmidos, mas não conseguiu e enxugou-as na manga da samarra. Calado e respirando com dificuldade pelo nariz, olhava o rapaz direto nos olhos, reunindo forças.

– Pode ser que tu já tenha prometido a alguém – disse o rapaz. – O problema é que lá fora está úmido, e como eu tenho que ir pro trabalho, pensei com meus botões: eu pego e peço as botas do Fiédka; pelo jeito ele não vai precisar. Agora, se tu precisar, então tu diz…

No peito do doente alguma coisa começou a vibrar e roncar; ele inclinou-se e uma interminável tosse de garganta o sufocou.

– Pra que vai precisar? – trovejou de repente por toda a isbá a voz da cozinheira zangada. – Faz uns dois meses que ele não sai do forno. Tá vendo, tá se arrebentando, até as entranhas dele doem, escuta só. Como é que ele vai precisar das botas? Ninguém vai enterrá-lo com botas novas. Já não é sem tempo, Deus que me perdoe. Tá vendo, tá se arrebentando. Ou então que alguém leve ele daqui pra outra isbá ou pra outro lugar! Diz que na cidade tem esse tipo de hospital; isso é coisa que se faça, ocupar o canto todo... chega! Não se tem espaço pra nada. E ainda por cima, ficam me cobrando limpeza.

– Ei, Serioga,[5] vá para a carruagem, os senhores estão esperando – gritou da porta o chefe da estação.

Serioga queria ir sem esperar resposta, mas o doente, tossindo, deu-lhe a entender com os olhos que queria dizer alguma coisa.

– Pega as botas, Serioga – disse ele, contendo a tosse e descansando um pouco. – Só que tu me compra uma campa, porque eu tô morrendo... – acrescentou roncando.

– Obrigado, tio, então eu levo; e a campa, tá, tá, eu compro!

– Bem, meninos, vocês ouviram – ainda conseguiu dizer o doente, e tornou a se curvar sufocado.

– Tá bem, ouvimos – respondeu um dos cocheiros. – Vai, Serioga, vai pra carruagem, senão o chefe vem te chamar outra vez. A senhora de Chirkin tá lá doente.

Serioga tirou depressa as imensas botas furadas e jogou-as debaixo de um banco. As botas novas do tio Fiódor eram precisamente o seu número, e ele foi para a carruagem, admirando-as.

---

5 Diminutivo de Serguiei. [N.T.]

– Êta beleza de bota! Deixa eu engraxar – disse um cocheiro com graxa na mão, enquanto Serioga subia na boleia e tomava as rédeas. – Deu de graça?

– Ah, invejoso! – respondeu Serioga, aprumando-se e juntando as pontas do casaco junto aos pés. – Eia, vamos, belezas! – gritou para os cavalos, agitando o chicote; carruagem e caleça, com seus passageiros, malas e bagagens, saíram em disparada pela estrada molhada, sumindo na bruma cinzenta de outono.

O cocheiro doente permaneceu sobre o forno da isbá abafada e, sem conseguir escarrar, virou-se a muito custo para o outro lado e ficou quieto.

Até o cair da tarde, gente chegava, comia, saía da isbá; e não se ouvia sinal do doente. Ao anoitecer, a cozinheira subiu no forno e puxou a samarra por cima das pernas dele.

– Não fica zangada comigo, Nastácia – disse o doente –, logo vou deixar este teu canto.

– Tá bem, tá bem, deixa pra lá – murmurou Nastácia. – Onde é que dói, tio? Me diz.

– Uma dor insuportável por dentro. Só Deus sabe.

– Na certa a garganta também dói, tu tosse tanto!

– Dói tudo. Minha hora chegou, é isso. Oh, oh, oh! – gemeu o doente.

– Cobre as pernas assim – disse Nastácia, ajeitando a samarra sobre ele, ao descer do forno.

À noite, uma lamparina iluminava fracamente a isbá. Nastácia e uns dez cocheiros roncavam alto pelo chão e pelos bancos. Só o doente gemia fraquinho, tossia e revirava-se no forno. Ao amanhecer, aquietou-se de vez.

– Estranho o que eu vi esta noite em sonho – disse a cozinheira, espreguiçando-se na penumbra da manhã seguinte. – Vejo como se o tio Khviédor tivesse descendo do forno e saindo pra rachar lenha. "Nástia",[6] diz ele, "deixa eu te ajudar"; e eu pra ele: "Como é que tu vai rachar lenha?", mas ele agarra o machado e tome de rachar lenha com tanta vontade, e era só lasca voando. E eu: "Como é que pode, tu não tava doente?". "Nada", diz ele, "eu estou bem". E sacode o machado de um jeito que me dá medo; aí eu comecei a gritar e acordei. Será que ele já não morreu?

– Tio Khviédor! Ô, tio!

Fiódor não respondia.

– É mesmo, será que ele já não morreu? Vamos ver – disse um dos cocheiros, que havia acordado.

Um braço magro, frio e céreo, coberto de pelos ruivos, pendia do forno.

– Vamos falar com o chefe da estação, parece que tá morto – continuou o cocheiro.

Fiódor não tinha parentes. Viera de longe. No dia seguinte, foi enterrado no cemitério novo, atrás do bosque, e Nastácia passou vários dias contando a todo mundo o sonho que tivera e como tinha sido a primeira a perceber a morte do tio Fiódor.

---

6 Diminutivo de Nastácia. [N. T.]

III

Chegou a primavera. Nas ruas úmidas da cidade rumorejavam regatos velozes entre o gelo sujo de esterco; as cores dos trajes e o som das vozes dos transeuntes distinguiam-se nitidamente. Nos jardins, atrás das sebes, as árvores inchavam de botões e mal se notava o balançar dos ramos ao sopro da brisa fresca. Por todo lado gotinhas transparentes pingavam... Pardais desajeitados piavam e adejavam com suas asinhas. Nos lados ensolarados, nas sebes, nas casas e nas árvores, tudo se movia e brilhava. Reinava a alegria e o viço tanto no céu e na terra como no coração dos homens.

Em uma das ruas principais, palha fresca se estendia no chão diante de uma grande casa senhorial; na casa estava aquela mesma doente moribunda que tinha pressa em chegar ao exterior.

À porta fechada do quarto, o marido da doente e uma senhora idosa. Num divã, um sacerdote, vista baixa, segurando alguma coisa enrolada na estola de seus paramentos. A um canto, uma velha, mãe da doente, chorava com amargura numa poltrona Voltaire. A seu lado, uma criada segurava um lenço, esperando que a velha o pedisse; outra lhe friccionava alguma coisa nas têmporas e soprava por baixo da touquinha a cabeça grisalha.

– Vá com Cristo, minha amiga – disse o marido à mulher idosa ao seu lado –, ela confia tanto na senhora... a senhora é tão jeitosa com ela, procure convencê-la direitinho, minha querida; vá, vá. – Ele já queria abrir a porta, mas a prima o deteve, passou o lenço algumas vezes nos olhos e sacudiu a cabeça.

– Agora não parece mais que chorei – disse ela e abriu a porta, entrando no quarto.

O marido estava agitadíssimo e parecia completamente perdido. Ia caminhando em direção à velha, mal deu alguns passos, voltou-se, andou pela sala e aproximou-se do sacerdote. Este olhou para ele, levantou os olhos para o céu e suspirou. A barba cerrada, tingida de fios grisalhos, também se ergueu e baixou.

– Meu Deus, meu Deus! – disse o marido.

– O que é que se vai fazer? – retrucou suspiroso o padre, e mais uma vez sobrancelhas e barba se ergueram e baixaram.

– E a mãe dela está aqui! – disse o marido quase em desespero. – Ela não vai suportar isso tudo. Porque amar como ela a ama... não sei, não. Reverendo, se pelo menos o senhor tentasse tranquilizá-la e fazer com que ela saísse daqui...

O sacerdote levantou-se e aproximou-se da velha.

– É isso, ninguém pode avaliar um coração de mãe – disse ele –, mas Deus é misericordioso.

De repente o rosto da velha começou a se contrair cada vez mais e um soluço histérico a sacudiu.

– Deus é misericordioso – continuou o sacerdote, quando ela se acalmou um pouco. – Em minha paróquia havia um doente muito mais grave que Mária Dmítrievna; e veja o que aconteceu, foi completamente curado com ervas por um homem simples, em pouco tempo. E além do mais, esse mesmo homem está agora em Moscou. Eu disse a

Vassili Dmítrievitch que dava para se tentar. Ao menos serviria de consolo para a doente. A Deus nada é impossível.

– Não, ela não tem mais jeito – pronunciou a velha –, em vez de me levar, é a ela que Deus leva. – E os soluços histéricos tornaram-se tão fortes que ela perdeu os sentidos.

O marido da enferma cobriu o rosto com as mãos e correu para fora do quarto.

No corredor, a primeira pessoa que encontrou foi um menino de seis anos, que tentava alcançar a todo custo uma menina menor.

– E as crianças, não permite que eu as leve para perto da mãe? – perguntou a babá.

– Não, ela não quer vê-las. Isto a deixaria transtornada.

O menino parou um minutinho e examinou atento o rosto do pai; mas, num repente, deu um chute no ar e, com um grito de alegria, continuou a correr.

– Faz de conta que ela é o cavalo murzelo, papai! – berrou o garoto, apontando para a irmã.

Enquanto isso, no outro quarto, a prima sentava-se ao lado da doente e conduzia habilmente a conversa, tentando prepará-la para a ideia da morte. Na outra janela, o médico mexia a tisana.

Metida num roupão branco, cercada de almofadas na cama, a doente olhava calada para a prima.

– Ah, minha amiga – disse, interrompendo-a inesperadamente –, não precisa me preparar. Não me trate como criança. Eu sou cristã. Eu sei de tudo. Eu sei que minha vida está por um fio; eu sei que se meu marido tivesse me escutado antes, eu estaria na Itália agora e, quem sabe, podia até ser verdade, eu estaria curada. Todos lhe diziam isso. Mas o que se há de fazer? Pelo visto, foi assim que Deus quis. Todos nós temos muitos pecados, eu sei disso; mas espero a graça de Deus, que a tudo perdoa, a tudo perdoa. Eu me esforço para entender, mas tenho muitos pecados, querida. Por outro lado, já sofri bastante. Esforcei-me para suportar com paciência meu sofrimento...

– Chamo então o padre, querida? Você vai se sentir mais leve comungando – disse a prima.

A doente baixou a cabeça em sinal de consentimento.

– Deus, perdoa essa pecadora! – sussurrou. A prima saiu e fez sinal para o padre.

– É um anjo! – disse ela ao marido, com lágrimas nos olhos.

O marido começou a chorar; o sacerdote entrou na sala; a velha permanecia desacordada; no quarto principal reinava um silêncio absoluto. Uns cinco minutos depois, o padre saiu do quarto da doente, tirou a estola e ajeitou os cabelos.

– Graças a Deus, está mais calma agora – disse ele. – Quer vê-los.

A prima e o marido entraram. A doente fitava um ícone e chorava baixinho.

– Eu a felicito, minha amiga – disse o marido.

– Deus seja louvado! Como me sinto bem, agora; uma doçura inexplicável – disse a doente, e um leve sorriso brincou em seus lábios finos. – Como Deus é misericordioso! Não é verdade que ele é misericordioso e onipotente? – E mais uma vez olhou para o ícone com olhos marejados e ávida súplica.

De repente, pareceu lembrar-se de algo. Fez um sinal para que o marido se aproximasse.

– Você nunca faz o que eu peço – disse ela com uma voz fraca e descontente.

O marido esticava o pescoço e escutava-a submisso.

– O que foi, minha querida?

– Quantas vezes eu disse que esses médicos não sabem de nada; existem remédios caseiros que curam tudo... Escuta o que o padre disse... o homem simples... Mande buscá-lo.

– Pra que, minha querida?

– Meu Deus, ninguém quer entender!... – E a doente franziu o cenho e fechou os olhos.

O médico chegou-se a ela e tomou-lhe o pulso. Batia cada vez mais fraco. Ele lançou um olhar para o marido. A senhora percebeu o gesto e olhou à volta assustada. A prima deu-lhe as costas e começou a chorar.

– Não chore, não aflija a você e a mim – disse a doente. – Assim você tira este meu último sossego.

– Você é um anjo! – disse a prima, beijando-lhe a mão.

– Não, beije aqui, só se beija a mão dos mortos. Meu Deus, meu Deus!

Na mesma noite, a doente era só corpo, e este corpo jazia no caixão, na sala do casarão. No cômodo espaçoso, a portas fechadas, um sacristão lia salmos de Davi com voz fanhosa e ritmada. A luz viva das velas caía dos altos candelabros de prata sobre a fronte cérea da morta, suas pesadas mãos de cera, sobre as pregas da coberta que delineavam espantosamente os joelhos e os dedos dos pés.

Sem entender o que dizia, o sacristão lia de maneira compassada e, no silêncio da sala, as palavras ecoavam estranhas e morriam. De quando em quando, de algum quarto distante chegavam vozes infantis e o barulho do sapateado das crianças.

"Se ocultas o rosto, eles se perturbam", anunciou o livro dos Salmos. "Se lhes cortas a respiração, morrem e voltam ao seu pó. Envias o teu Espírito, eles são criados e, assim, renovas a face da terra. A glória do Senhor seja para sempre!"

O rosto da morta estava severo, calmo, majestoso. Nada se movia, nem na fronte limpa e fria, nem nos lábios cerrados e enrijecidos. Ela era toda atenção. E será que ao menos agora ela compreendia essas grandes palavras?

IV

Um mês depois erigiu-se um jazigo de pedra sobre a sepultura da morta. Sobre a do cocheiro ainda não havia nenhuma campa, apenas uma relva verde-clara brotava do montículo de terra, único vestígio de um homem que havia passado pela existência.

– Serioga, tu vai cometer um pecado se não comprar a campa para o Khviédor – disse a cozinheira da estação de posta. – Tu dizia assim: é inverno, é inverno. Mas agora, por que não mantém a palavra? Foi na minha frente que tu prometeu. Ele já veio pedir uma vez, e se tu não compra, ele volta e dessa vez é pra te estrangular.

– Que nada! Por acaso eu estou recusando?! – respondeu Serioga. – Eu vou comprar a campa; já disse que vou comprar; vou comprar por um rublo e meio. Não me esqueci, mas é que precisa trazer. É só ir na cidade que eu compro.

– Devia pelo menos colocar uma cruz lá, é isso que você tinha que fazer – retrucou um velho cocheiro –, senão isso vai é acabar mal. As botas tu tá usando, né?

– E essa cruz, onde é que se vai arranjar? Não dá pra fazer de lenha, né?

– Isso lá é coisa que se diga? Claro que de lenha não dá pra fazer; tu pega o machado e vai mais cedo pro bosque, e então tu faz. Tu pega e corta um freixo. Ou então tu vai ter que dar vodca ao guarda florestal. Pra toda essa canalha não há bebida que chegue. Faz pouco eu quebrei a trave da carruagem e cortei uma senhora tora e ninguém deu um pio.

De manhã bem cedo, mal começou a clarear, Serioga pegou o machado e foi para o bosque.

Por toda parte estendia-se um manto de orvalho frio e fosco que caía insistente e que o sol não iluminava. O nascente mal começava a clarear, fazendo sua frágil luz refletir no firmamento encoberto por nuvens ralas. Não se mexia um só talo de capim e uma única folha nas copas. Só de quando em quando uns ruídos de asas entre as árvores compactas ou um leve farfalhar pelo chão quebravam o silêncio da mata. De repente, um som estranho, desconhecido da natureza, espalhou-se e congelou na orla do bosque. E de novo ouviu-se o mesmo som que passou a se repetir de forma regular, embaixo, junto ao tronco de uma árvore imóvel. A copa de uma árvore estremeceu de forma incomum; suas folhas viçosas sussurraram algo; uma toutinegra pousada em um galho esvoaçou duas vezes, piando, e pousou em outra árvore, remexendo a caudinha.

Embaixo, o machado ressoava cada vez mais e mais surdo; as lascas brancas e molhadas de seiva voavam sobre o capim orvalhado, ouvindo-se um leve rangido após os golpes. A árvore estremeceu por inteiro, inclinou-se e aprumou-se rapidamente, vacilando assustada sobre sua raiz. Por um instante, tudo ficou em silêncio; mas a árvore tornou a se inclinar e ouviu-se mais uma vez o rangido de seu tronco; e ela despencou de copa na terra úmida, quebrando e soltando os ramos. Cessaram os sons do machado e dos passos. A toutinegra piou e voou para mais alto. O ramo em que ela roçou suas asas balançou por algum tempo e estacou, como os outros, com todas as suas folhas.

As árvores, ainda mais alegres, pavoneavam seus galhos imóveis no espaço aberto há pouco.

Os primeiros raios de sol infiltraram-se por entre as nuvens, brilharam lá no alto e correram a terra e o céu. A neblina derramou-se em ondas pelos vales; o orvalho começou a brincar na relva; nuvenzinhas brancas e transparentes dispersavam-se apressadas pelo firmamento azulado. Os pássaros revoavam sobre a mata espessa e, sem rumo, gorjeavam felizes; folhas viçosas sussurravam radiantes e tranquilas nas copas, e os ramos das árvores vivas mexeram-se lentos, majestosos, sobre a árvore tombada e morta.

[Tradução de Beatriz Morabito e Beatriz Ricci]

KHOLSTOMÉR
A HISTÓRIA DE UM CAVALO

À memória de M. A. Stakhóvitch [1]

I

O céu se abria cada vez mais alto, a aurora avançava na amplidão, o matiz de prata baça do orvalho começava a branquejar, o crescente ficava mortiço, a floresta mais sonora, as pessoas levantavam-se, e na estrebaria senhorial mais e mais se ouviam o bufo, a algazarra na palha e o relincho estridente e raivoso dos cavalos apinhados, brigando por alguma coisa.

– Ô! Calma! Estão com fome! – disse o velho peão ao abrir a cancela rangente. – Aonde pensa que vai? – gritou, ameaçando a eguinha que se enfiava pelo portão.

O peão Niéster vestia uma camisa curta à maneira cossaca sob um cinturão adornado, levava o chicote enrolado

1 O enredo desta história foi criado por M. A. Stakhóvitch, autor de *Notchnói* (*Noturno*) e *Naiêzdniki* (*Os cavaleiros*), e transmitido a mim pelo próprio Stakhóvitch. [Nota de L. Tolstói.]

no ombro e o pão embrulhado numa toalha, preso à cintura. Nas mãos, a sela e o freio.

Os cavalos não se assustaram nem um pouco e muito menos se ofenderam com o tom zombeteiro do peão, fingiram que não era com eles e se afastaram calmamente do portão; e só uma velha égua baia de crinas largas baixou as orelhas e voltou-lhe as ancas rapidamente. Com isso, a potranca que estava logo atrás e nada tinha a ver com aquilo guinchou e escoiceou o cavalo mais próximo.

– Ô, ô! – gritou o peão, ainda mais alto e ameaçador, e caminhou para o canto do curral.

Dentre os cavalos que comiam (perto de uma centena), o mais paciente era um capão malhado que, sozinho num canto sob o alpendre, lambia de olhos cerrados uma viga de carvalho do galpão. Não se sabe que gosto encontrava aí o capão malhado, mas sua expressão era grave e pensativa enquanto lambia.

– Mimado, hein! – disse o peão, novamente no mesmo tom, ao aproximar-se, pondo sobre o esterco a seu lado a sela e o suadouro sebento.

O capão malhado parou de lamber e, sem se mexer, ficou muito tempo olhando Niéster. Não sorriu, não se zangou e nem ficou carrancudo, limitou-se a inflar a barriga, deu um suspiro bem pesado e virou-se. O peão abraçou-lhe o pescoço e pôs o freio.

– Que suspiros são esses? – disse Niéster.

O capão abanou a cauda como quem diz: "Não é nada, não, Niéster". Niéster colocou-lhe o suadouro e a sela, e o malhado murchou as orelhas, demonstrando talvez o seu descontentamento; por conta disso, o peão xingou-o e começou a apertar a barrigueira. O malhado respirou fundo, mas levou um dedo na boca e uma joelhada na barriga, de sorte que teve de soltar o ar. Apesar disso, quando os dentes apertaram o freio, mais uma vez murchou as orelhas e até olhou para trás. Mesmo sabendo que de nada adiantava, ainda assim achou necessário expressar que aquilo não o agradava e que sempre iria demonstrá-lo. Quando já estava selado, afastou a perna direita machucada e começou a mastigar o freio, sabe-se lá por qual razão, afinal já era tempo de saber que no freio não poderia haver gosto nenhum.

Niéster montou no capão pelo estribo curto, desenrolou o chicote, puxou a camisa cossaca acima do joelho, sentou na sela, com aquele estilo próprio dos cocheiros, caçadores e peões, e puxou as rédeas. O capão levantou a cabeça, revelando disposição de partir para onde mandassem, mas não se mexeu. Sabia que, antes de sair montado nele, Niéster tinha ainda muito que gritar, dar ordens ao peão Vaska[2] e aos cavalos. Realmente, ele começou a gritar: "Vaska! Ô, Vaska! Você soltou as éguas? Onde se meteu esse diabo? Ô! Seu bêbado. Vai ver que tá dormindo. Abra, pras éguas saírem primeiro" etc.

O portão rangeu, e Vaska apareceu ao lado, zangado e sonolento, segurando um cavalo pelas rédeas e deixando os outros passarem. Os cavalos começaram a sair uns depois dos outros, pisando cuidadosamente a palha e cheirando-a; as potrancas, os potrinhos, as crias e as éguas pesadonas

---

2 Diminutivo de Vassili. [N.T.]

passaram uma de cada vez pelo portão, carregando o ventre cautelosamente. As potrancas comprimiam-se às vezes em duas ou três, as cabeças no lombo umas das outras e, apressadas em sair pelo portão, recebiam insultos dos peões. As crias se lançavam às pernas de éguas às vezes estranhas e relinchavam alto, respondendo aos relinchos curtos das fêmeas. Mal atravessou o portão, uma potranca travessa baixou a cabeça e olhou de lado, voltando as ancas e guinchando; mas, em todo caso, não se atreveu a passar à frente da velha égua cinza, a grega premiada Juldiba, que balançava a barriga com o andar pesado e pachorrento, num passo medido, como sempre, à frente de todos os cavalos.

Aquele lugar, tão animado e cheio, em alguns minutos ficou vazio e melancólico; sobressaíam tristes as colunas do alpendre vazio, via-se apenas a palha amassada coberta de estrume. Por mais habitual que fosse para o cavalo malhado aquela paisagem deserta, pelo visto ela o entristecia. Como se fizesse um cumprimento, baixou e ergueu a cabeça lentamente, suspirou o quanto lhe permitia a sobrecincha apertada e saiu mancando atrás dos cavalos, as pernas bem abertas em arco, carregando em suas costas descarnadas o velho Niéster.

"Já sei: agora é só a gente sair a caminho, que ele vai acender e começar a fumar o seu cachimbo de madeira com aro de cobre" – pensou o capão. "Sinto-me feliz porque de manhã bem cedo, com o orvalho, gosto desse cheiro que traz muitas lembranças agradáveis; o único inconveniente é que, com o cachimbo entre os dentes, o velho sempre apronta, imagina coisas sobre si mesmo, sentado de lado, obrigatoriamente de lado; e do lado que me machuca. Bem, deixa pra lá, para mim não é novidade sofrer pelo prazer dos outros. Eu já passei a achar nisso algum prazer de cavalo. Que fique com suas fanfarronices, coitado. Arrota valentia sozinho, quando ninguém o vê. Pois que fique sentado de lado" – refletia o capão, enquanto movia cuidadosamente as pernas tortas, andando pelo meio da estrada.

II

Depois de levar a manada para o rio, perto de onde os cavalos deviam pastar, Niéster apeou e desselou o animal. Enquanto isso, a manada se dispersava lentamente pelo prado ainda não pisoteado, coberto de orvalho e de um vapor que subia do chão e do rio que o contornava. Ao retirar-lhe o arreio, Niéster coçou o pescoço do capão malhado, que respondeu fechando os olhos, em sinal de reconhecimento e prazer. "Você gosta, não é, cão velho!" – resmungou. O cavalo não gostava nem um pouco que o coçassem, só por delicadeza fingia gostar, e balançou a cabeça, concordando. Mas de repente, para surpresa total e sem qualquer motivo, talvez por supor que uma intimidade exagerada desse uma ideia falsa da importância do animal, Niéster afastou a cabeça do capão, levantou o arreio e bateu com a fivela da rédea em suas pernas mirradas, provocando uma dor forte, e sem dizer palavra subiu até um tronco, junto ao qual costumava sentar-se.

Embora essa atitude o tivesse amargurado, o capão malhado nada deixou transparecer; agitando devagar o rabo caído, começou a farejar alguma coisa no chão e a mordiscar o capim, só para se distrair, enquanto descia para o rio. Sem prestar nenhuma atenção às potrancas, aos potros e aos potrilhos que se alegravam com a manhã e aprontavam das suas bem ali à volta, e sabendo que o mais saudável, ainda mais na sua idade, era beber primeiro bastante água em jejum e só depois comer, resolveu escolher perto da margem um cantinho mais espaçoso e afastado, afundou as patas na beira enlameada, meteu o focinho na água e começou a sorvê-la, os beiços entreabertos, as ancas largas jogadas de um lado para o outro, agitando prazeroso o sabugo pelado de cauda malhada.

Uma eguinha baia, implicante, que não perdia a oportunidade de provocar e aborrecer o velho capão, foi-se aproximando pelo rio, como se precisasse de alguma coisa por ali, mas querendo só mesmo turvar a água diante do focinho dele. Como já havia matado a sede, o capão malhado fingiu não atinar com a intenção da potranca; uma a uma, retirou tranquilamente as patas atascadas, sacudiu a cabeça e afastou-se dos potros, pondo-se a comer. Mudava continuamente a posição das patas, evitando pisar o capim além do necessário, e comeu durante três horas exatas, quase sem levantar o pescoço.

Empanturrado de tal forma que a barriga pendia-lhe feito um saco sob as costelas magras e afiladas, ele se firmou nas quatro patas doentes, para que não doessem tanto – sobretudo a dianteira direita, a mais fraca –, e adormeceu.

Existe a velhice majestosa, a velhice asquerosa, a velhice deplorável. E existe a velhice ao mesmo tempo majestosa e asquerosa. A do capão malhado era justamente desse tipo.

O cavalo era alto – não menos que dois *archin*[3] e três *verchok*.[4] A pelagem, de um malhado morado. Ou assim fora, mas agora as pintas moradas pareciam de um pardo manchado. O malhado era formado por três manchas: na cabeça, uma de pelos ralos, que contornava o focinho e ia até o pescoço; pintas brancas e pardacentas tingiam a crina longa. A outra tomava o flanco direito até o meio do ventre. A terceira, na garupa, avançava do meio das coxas até a parte superior da cauda esbranquiçada, matizada. A cabeçorra ossuda, com cavidades fundas acima dos olhos e o beiço negro caído e fendido, pendia pesada e baixa, arqueada de tão magra, como se fosse de madeira. Por trás do beiço caído apareciam a língua pretejada, mordida de um lado, e os dentes inferiores amarelados, carcomidos. As orelhas, numa das quais havia um corte, caíam baixo de ambos os lados e, vez por outra, mexiam-se preguiçosas para espantar algumas moscas pegajosas. Uma mecha mais comprida do topete caía por trás de uma orelha; a testa funda estava pelada e enrugada, formando bolsões de pele. No pescoço e na cabeça, as veias se projetavam como novelos, que estremeciam e saltavam ao contato com as moscas. A cara traduzia uma expressão de paciência austera, concentração e sofrimento. As patas dianteiras formavam um arco; tinham

---

3 Medida russa de comprimento igual a 71 cm. [N.T.]

4 Medida russa de comprimento igual a 4,4 cm. [N.T.]

inchaços nos cascos e, perto do joelho da pata malhada, um tumor grande, do tamanho de um punho cerrado. As traseiras, embora mais fortes, exibiam velhas pisaduras nas coxas, e os pelos já não as cobriam. As pernas pareciam de um comprimento desproporcional devido à magreza do talhe. Apesar de proeminentes, as costelas eram tão abertas e afiladas que o couro parecia aderido às fendas entre elas. Tinha a cernelha e o dorso salpicados das marcas de antigos espancamentos; às costas, havia uma chaga ainda fresca, inchada e purulenta; o sabugo negro da cauda, comprido e quase pelado, pendia destacando as vértebras. No lombo pardo, perto da cauda, uma ferida coberta de pelos brancos do tamanho da palma da mão, parecida a uma mordida, e uma outra cicatriz de corte na pá. Os joelhos traseiros e a cauda viviam sujos devido a constantes desarranjos intestinais. Embora curtos, os pelos estavam eriçados por todo o corpo. Mas apesar da velhice repulsiva desse cavalo, quem o visse de relance pensaria involuntariamente que outrora ele fora um cavalo bom, admirável.

Um perito diria até mesmo que, na Rússia, havia apenas uma raça de ossos tão largos, fêmures tão imensos, tamanhos cascos, pernas e ossos tão delgados, pescoço tão bem postado e – o principal – uma cabeça com tal ossatura, olhos tão negros e cheios de brilho, semelhantes nódulos do pescoço para cima, revelando a raça, couro e pelos tão finos. De fato, havia algo de majestoso na figura desse cavalo, na terrível mescla de repugnantes traços de decrepitude, pelagem vivamente pintalgada e maneiras confiantes e serenas, advindas da consciência de sua beleza e força.

Como ruína viva, ele permanecia sozinho no prado orvalhado, e não longe dali ouviam-se o tropel, o bufido, os relinchos jovens e os guinchos da manada dispersa.

III

O sol já havia emergido acima do arvoredo e brilhava vivamente na relva e nas sinuosidades do rio. O orvalho secara e formara gotas; perto do charco e sobre o bosque dissipava-se como fumaça o derradeiro vapor da manhã. As nuvens anelavam-se, embora ainda não ventasse. Na outra margem do rio, o centeio projetava as suas cerdas verdes, enroscava-se formando canudos, e recendia um cheiro de mato fresco e florido. O cuco cuculava rouco lá do bosque, e Niéster, deitado de costas, contava quantos anos ainda viveria. As cotovias esvoaçavam sobre o centeio e o prado. Uma lebre tardia foi parar no meio da cavalhada e, depois de ganhar distância, sentou-se ao lado de um arbusto, atenta. Vaska dormitou com a cabeça mergulhada na relva, as éguas o contornaram, afastaram-se e dispersaram-se pelo campo. Resfolegando, as mais velhas deixavam pegadas claras pelo orvalho e escolhiam obstinadas um lugar onde ninguém pudesse incomodá-las, porém já não comiam, limitando-se a lambiscar as ervas saborosas. Toda a cavalhada movia-se furtivamente numa única direção. E outra vez a velha Juldiba caminhava grave à frente dos outros, mostrando a possibilidade de ir mais adiante. A murzela Muchka, égua jovem, que dera a primeira cria, grasnava sem parar, ergueu o rabo e bufou sobre a cria que, tirante a lilás, manquejava ao lado com os joelhos trêmulos. Lástotchka, baio castrado, pelo liso e brilhante como cetim, baixara a cabeça de modo que a franja negra e sedosa lhe encobria a testa e os olhos, e brincava com o capim – ora o tosava, ora o lançava longe, ora o golpeava com a pata orvalhada e felpuda como escova. Um dos potros mais velhos, parece que imaginando alguma travessura, levantava pela vigésima sexta vez o pequeno rabo de pelos anelados em forma de penacho, galopando ao redor da mãe, que beliscava tranquilamente o capim, já acostumada ao caráter do filho, e só vez por outra o espiava de esguelha com seus grandes olhos negros. Um dos potros menores, negro e cabeçudo, com o topete sobressaindo de forma admirável entre as orelhas e o rabo ainda enviesado como na barriga da mãe, retesou as orelhas e fixou os olhos apáticos, sem sair do lugar, olhando atentamente um potro que saltava e recuava, e não se sabe se observava ou reprovava os motivos do outro. As crias que mamavam dando narigadas nas tetas corriam em trote miúdo e desajeitado na direção contrária, apesar do chamado das mães, como se procurassem algo, e depois, não se sabe para quê, paravam e davam relinchos estridentes e desesperados; e deitavam-se de lado, amontoadas, e aprendiam a comer capim, e coçavam a orelha com a pata traseira. Duas éguas prenhes andavam à parte e continuavam a comer, movendo-se devagar. Via-se que o estado delas era respeitado pelos outros, e a nenhum dos mais novos era permitido aproximar-se e incomodá-las. Se algum dos pequenos travessos inventasse de encostar nelas, um simples movimento das orelhas e da cauda seria suficiente para mostrar-lhe todo o inconveniente do seu comportamento. As potrinhas de um ano fingiam-se de grandes e sérias e raramente saltitavam com as turmas alegres. Andavam solenes pela relva, curvando seus tosquiados pescocinhos de cisne, e agitavam seus ramalhetes como se também tivessem cauda. Como as grandes, algumas se deitavam, se espojavam ou se coçavam umas nas outras. A turma mais alegre era formada por potrancas solteiras de dois e três anos. Elas andavam quase todas juntas, formando um bando separado de éguas jovens e alegres. Entre elas ouviam-se o tropel, os guinchos, os relinchos, o escoicear. Juntavam-se, botavam as cabeças sobre as espáduas umas das outras, cheiravam-se, davam saltos e, às vezes, após emitirem roncos, levantavam os rabos em forma de tubo e saíam correndo a meio trote, altaneiras e coquetes diante das companheiras. A maior beldade, que liderava todas aquelas jovens, era a travessa potranca baia. Tudo o que inventava era repetido pelas outras; para onde ia, lá ia todo o belo bando atrás. A travessa estava de espírito especialmente brincalhão naquela manhã. Deu-lhe a louca do mesmo jeito que acontece com as pessoas. Ainda no bebedouro, depois de zombar do velho cavalo, começou a correr pela margem, simulando ter-se assustado com algo, bufou e disparou a toda pelo campo, tanto que Vaska precisou galopar atrás dela e de suas seguidoras. Após lambiscar, ela se espojou, depois passou a andar à frente das mais velhas, irritando-as, em seguida apartou um potrinho e saiu correndo atrás dele como se quisesse mordê-lo. A mãe assustou-se e parou de comer, o potrinho gritou com uma voz de dar pena, mas a travessa sequer o tocou, apenas o assustou e proporcionou um espetáculo às companheiras que observavam com simpatia suas travessuras. Depois achou de voltar-se na direção de um cavalo ruço, que puxava pelo centeio um arado conduzido por um mujique, lá longe, na outra margem do rio. O cavalo parou, orgulhoso, um pouco de lado, ergueu a cabeça, animou-se e relinchou com uma voz doce, terna e arrastada. E aquele relincho expressava travessura, sentimento, e certa tristeza. Nele havia o desejo, e a promessa de amor, e alguma nostalgia: "Lá está a codorniz, no espesso juncal, correndo de um lado para o outro e chamando apaixonadamente o companheiro: lá estão o cuco e a codorniz macho cantando o amor, as flores mandando pelo vento seu pólen perfumado".

"E eu sou jovem, e bonita, e forte", respondia o relincho da travessa, "e até agora não me foi dado provar a doçura desse sentimento, e não só não me foi dado prová-lo como nenhum, nenhum amante me notou ainda."

E aquele relincho muito significativo ecoou em tom triste e jovial pela baixada e pelo campo, chegando até o cavalo ruço. Ele levantou as orelhas e parou. O mujique bateu-lhe com sua alpargata, mas o cavalo ruço estava encantado pelo som metálico daquele relincho longínquo, e tornou a relinchar. O mujique zangou-se, deu um puxão nas rédeas e meteu-lhe tal chute na barriga que ele nem pôde terminar seu relincho, e seguiu adiante. Mas o ruço sentia doçura e tristeza, e do centeal distante ainda chegaram por muito tempo até a manada os sons daquele relincho apaixonado e da voz zangada do mujique.

Se o simples som daquela voz podia deixar o cavalo ruço aturdido a ponto de esquecer sua obrigação, o que não aconteceria se visse toda a beleza da travessa, como ficara atenta, as ventas abertas aspirando o ar, com ímpetos de partir, e todo o seu corpo jovem e belo tomado de arrepios a chamar por ele?

Mas a travessa não permaneceu muito tempo sob o efeito dessas impressões. Quando a voz do ruço calou-se, deu mais um relincho zombeteiro, baixou a cabeça, começou a escavar a terra com a pata e depois foi acordar e provocar o capão malhado. O capão malhado era o eterno mártir e palhaço das brincadeiras daquelas jovens felizes. Sofria mais com elas do que com as pessoas. Não fazia mal nem a uns nem aos outros. As pessoas precisavam dele; por que então os cavalos jovens o atormentavam?

IV

Ele era velho, eles jovens, ele era magro, eles bem alimentados, ele era triste, eles alegres. Logo, era uma criatura bem diferente, totalmente estranha, forasteira, e não era preciso ter pena dele. Os cavalos só têm pena de si mesmos e, de vez em quando, daqueles em cuja pele podem se colocar. Ora, por acaso o malhado tinha culpa de ser velho, magro e feio?... Parecia que não. Mas, ao modo dos cavalos, ele era culpado; só estavam certos os fortes, jovens e felizes, aqueles que tinham tudo pela frente, aqueles que vibravam cada músculo em um esforço inútil e eriçavam a cauda, rija feito estaca. Talvez o próprio cavalo malhado compreendesse e, em momentos de serenidade, se achasse realmente culpado por já ter gasto sua vida, julgando que devia pagar por isso; mas, de um modo ou de outro, ele era um cavalo e não podia refrear sentimentos como a humilhação, a tristeza e a indignação ao olhar para todos aqueles jovens que o condenavam por algo a que todos teriam de se sujeitar no final de suas vidas. O motivo da crueldade dos cavalos devia-se também a um sentimento aristocrático. Descendiam todos, por parte de pai ou de mãe, do famoso Smietanka, e o cavalo malhado, por sua vez, tinha origem desconhecida; era um cavalo forasteiro, comprado numa feira por oitenta rublos, três anos antes.

A eguinha baia, que fingia andar à toa, chegou-se ao focinho do malhado e o empurrou. Já sabendo o que isso queria dizer, ele levantou as orelhas e arreganhou os dentes, de olhos fechados. A potranca virou-se de costas e ameaçou coiceá-lo. O capão abriu os olhos e afastou-se; já não tinha mais vontade de dormir e começou a comer. A eguinha travessa aproximou-se novamente do cavalo malhado, desta vez acompanhada de suas amigas. Aproximou-se também uma potranca lisa, muito boba, que passava o tempo todo imitando e seguindo a eguinha baia; como sempre fazem os imitadores, começou a exagerar na imitação. Geralmente, a égua baia chegava como quem não quer nada e passava diante do focinho do malhado sem olhar para ele, deixando-o sem saber se deveria ficar irritado ou não, e aquilo era de fato engraçado. Era o que ela fazia também agora, mas a potranca que ia atrás dela, numa efusão de contentamento, deu um encontrão em cheio no velho. Mais uma vez, ele arreganhou os dentes, guinchou e, com uma agilidade que não se podia esperar dele, lançou-se contra ela, mordendo-lhe a coxa. A eguinha lisa usou as duas patas traseiras e deu um pesado coice nas costelas magras e peladas. O velho chegou a roncar, quis ainda avançar, mas depois mudou de ideia e afastou-se, suspirando pesado. É provável que todos os jovens da manada tenham tomado como ofensa pessoal o atrevimento que o malhado se permitiu contra a potranca, razão pela qual ficaram o resto do dia sem lhe dar decididamente um minuto de sossego, sequer para comer, de tal maneira que o peão teve de contê-los várias vezes, sem entender nada do que estava acontecendo. O cavalo ficou tão ofendido que caminhou sozinho para Niéster quando este juntava a manada, sentindo-se feliz e tranquilo ao ser selado e montado.

Sabe lá Deus o que passava pela cabeça do cavalo ao levar o velho Niéster no lombo. Talvez pensasse com amargura na juventude impertinente e cruel ou perdoasse seus ofensores, com aquele orgulho discreto e desdenhoso, peculiar aos velhos – mas não deixou transparecer um pensamento sequer até chegarem em casa.

Naquela noite, Niéster recebia a visita de compadres e, ao tanger a manada diante das isbás dos servos, notou uma telega com um cavalo amarrado ao alpendre da casa. Recolheu a manada com tanta pressa que acabou soltando o cavalo no pátio sem nem mesmo tirar-lhe a sela, gritando que Vaska o fizesse; depois, fechou o portão e foi ao encontro dos amigos. Talvez porque aquela porcaria de lazarento, sem pai nem mãe, comprado numa estrebaria, havia cometido a ofensa à potranca, bisneta de Smietanka, mexendo assim com o sentimento aristocrático de toda a cavalariça, ou talvez em consequência do espetáculo fantástico e inusitado que apresentava aos cavalos a figura do capão preso a uma sela alta sem cavaleiro, o fato é que naquela noite algo de incomum teve lugar no estábulo. Todos os cavalos, jovens e velhos, correram atrás do malhado com os dentes arreganhados, enxotando-o para o pátio, e ouviram-se as pancadas dos cascos batendo contra o costado magro e os roncos ofegantes do velho. Ele não conseguia mais suportar nem evitar todos aqueles golpes. Ficou parado no meio do pátio, primeiro com uma expressão de raiva repugnante e débil de velhice impotente, depois, em desespero. Aguçou o ouvido e, de repente, fez uma coisa que deixou todos os outros calados. A velha égua Viazopurikha aproximou-se do cavalo, cheirou-o e deu um suspiro. Ele também suspirou.

V

No meio do pátio enluarado estava a figura alta e magra do capão sob a sela alta, da qual sobressaía a maçaneta. Os cavalos o rodeavam imóveis e em profundo silêncio, como à espera de algo novo e inusitado. E, de fato, ficaram sabendo de algo novo e inesperado.

Eis o que ouviram dele.

– Sim, eu sou filho de Liubiézni I e Baba. Me chamo por linhagem Mujique I, e Kholstomér é um apelido que vem da rua, dado pelo povaréu por causa do meu passo comprido e largo, que não tinha igual na Rússia. Não há no mundo cavalo de sangue mais nobre do que o meu. Nunca lhes diria isso. Para quê? Vocês nunca me reconheceriam. Como não me reconheceu Viazopurikha, que esteve junto comigo em Khrenovo e só agora me reconhece. Nem hoje vocês acreditariam em mim, não fosse o testemunho de Viazopurikha. Nunca lhes diria isso. Não preciso da compaixão dos cavalos. Mas vocês o quiseram. Sim, eu sou aquele Kholstomér que os caçadores andam procurando e não encontram, aquele Kholstomér que conheceu o próprio conde e que foi vendido por vencer Liébied, seu cavalo favorito.

Quando nasci, não sabia o que significava malhado, pensava que eu era um cavalo. A primeira observação sobre meu pelo, recordo-me, impressionou profundamente a mim e à minha mãe. Nasci provavelmente à noite, e ao amanhecer estava de pé, já lambido pela minha mãe. Eu me lembro de que estava querendo muito alguma coisa e de que tudo me parecia estranho demais e ao mesmo tempo simples demais. As nossas baias ficavam num corredor comprido e quente, com portões gradeados, por onde se via tudo. Minha mãe encostou-me suas tetas, mas eu ainda era tão ingênuo que ora enfiava o nariz no meio de suas patas dianteiras ora debaixo da gamela. De repente minha mãe voltou-se, olhou para o portão gradeado e, passando as pernas por cima de mim, afastou-se. O cavalariço de serviço nos olhava através das grades.

– Vejam só, a Baba está de cria – disse ele e começou a abrir o ferrolho; entrou pisando a palha fresca e me abraçou. – Dá uma olhadinha aqui, Tarás – gritou –, olha que malhado, parece uma pega. – Desvencilhei-me dele e tropecei nos joelhos.

– Veja, que diabinho – pronunciou ele.

Minha mãe inquietou-se, mas não me defendeu, apenas suspirou bem fundo e afastou-se um pouco. Chegaram os outros cavalariços e ficaram a me olhar. Um deles apressou-se a anunciar ao chefe. Todos riam, olhando minhas manchas, e davam-me nomes diferentes e estranhos.

Nem eu nem minha mãe compreendíamos o significado daquelas palavras.

Até então jamais houvera um malhado entre nós e entre todos os meus parentes. Não pensávamos que naquilo houvesse algo de mal. Naquela ocasião, todos elogiaram a minha constituição e a minha força.

– Veja que esperto – disse o cavalariço –, ninguém segura.

Algum tempo depois o chefe dos cavalariços chegou, ficou surpreso com a minha cor e pareceu até mesmo contrariado.

– A quem puxou esse monstro? – disse ele. – O general não vai deixá-lo ficar no haras. É, Baba, você me passou para trás – dirigiu-se também à minha mãe. – Antes tivesse parido um sem pelo nenhum do que esse todo malhado.

Minha mãe não respondeu nada e tornou a suspirar, como sempre acontecia nesses casos.

– A que diabo terá puxado? Parece um mujique – continuou –, no haras não dá pra ficar, é uma vergonha, mas é bonitinho, muito bonitinho mesmo – dizia ele, e diziam todos, olhando para mim. Depois de alguns dias o próprio general veio me ver, e novamente todos se horrorizaram com algo e xingaram a mim e a minha mãe pela cor do meu pelo. "Mas é bonitinho, muito bonitinho", repetiam todos que me viam.

Até a primavera vivemos uns separados dos outros, cada qual com sua mãe na baia, e só vez por outra, quando a neve no telhado do estábulo já estava derretendo, deixavam que nós e nossas mães saíssemos para o vasto pátio forrado de palha fresca. Ali conheci pela primeira vez todos os meus parentes próximos e distantes. Ali eu via saírem por portas diferentes todas as éguas famosas daquele tempo com suas crias. Lá estava a velha Golanka, Muchka – filha de Smietanka –, Krasnukha, a égua de sela, Dobrokhótikha, todas as éguas famosas naquele tempo ali se reuniam com as suas crias, passeando sob o sol, espojando-se na palha fresca e farejando-se como simples éguas. Até hoje não posso esquecer a vista daquela estrebaria repleta das beldades daquele tempo. Para vocês é estranho pensar e acreditar que eu também já fui jovem e esperto; fui mesmo. Lá estava a própria Viazopurikha, então apenas uma potranca de um ano – uma égua encantadora, viva e travessa; apesar de ela ser de sangue, considerada uma raridade entre vocês, não será ofensa se eu disser que naquela época ela era uma das piores crias do rebanho. Ela mesma pode lhes confirmar isso.

Minha cor malhada, que tanto desagradava às pessoas, agradava demais a todos os cavalos; todos me rodeavam, admirando-se e entretendo-se comigo. Já estava começando a esquecer os comentários das pessoas sobre a minha cor e me sentia feliz. Mas logo conheci o primeiro desgosto da minha vida, e a causa foi minha mãe. Quando já principiava o degelo, os pardais chilreavam sob o alpendre e no ar a primavera começava a se fazer sentir mais intensamente, minha mãe começou a mudar o jeito de me tratar. Todo seu temperamento mudou; ora começava a brincar de repente sem nenhuma razão, correndo pelo pátio, o que não ficava nada bem na sua respeitável idade; ora ficava meditabunda e punha-se a relinchar; ora mordia e escoiceava suas irmãs éguas; ora começava a me cheirar e bufava descontente; ora, saindo ao sol, deitava a cabeça nos ombros de sua prima-irmã Kuptchikha, ficava muito tempo a lhe coçar as costas, sonhadora, e empurrava-me de suas tetas. Um dia chegou o chefe dos cavalariços, ordenou que lhe pusessem o cabresto, e a levaram da baia. Ela se pôs a relinchar, eu respondi e me lancei atrás dela; mas nem olhou para mim. O cavalariço Tarás me agarrou de uma braçada enquanto fechavam a porteira atrás de minha mãe.

Disparei e derrubei o cavalariço na palha, mas o portão estava trancado, e eu apenas ouvi o relincho cada vez mais distante de minha mãe. E naquele relincho eu já não ouvia um chamado, mas uma outra expressão. À voz dela respondia de longe a voz potente de Dóbri I que, como eu soube depois, seguia ladeado por dois cavalariços ao encontro de minha mãe. Não me lembro de como Tarás saiu da minha estrebaria: eu estava triste demais. Sentia que tinha perdido para sempre o amor de minha mãe. E tudo porque eu era malhado, pensava, recordando os comentários das pessoas sobre o meu pelo, e me deu tanta raiva que comecei a bater a cabeça e os joelhos na parede da baia – e só parei de bater quando caí esgotado, empapado de suor.

Algum tempo depois minha mãe voltou para mim. Eu a ouvi trotando e chegando à nossa baia pelo corredor num passo inusitado. Abriram-lhe a porteira, e eu nem a reconheci: como estava rejuvenescida e bonita. Ela me cheirou, bufou e começou a guinchar. Em toda a sua expressão eu via que não me amava. Contou-me sobre a beleza de Dóbri e seu amor por ele. Aqueles encontros continuaram, e o tratamento entre nós foi ficando cada vez mais frio.

Pouco depois nos soltaram no pasto. Naquela época eu experimentei novas alegrias, que substituíram a perda do amor de minha mãe. Tinha amigos e amigas, juntos nós aprendemos a comer capim, relinchar como os adultos e galopar em círculos em volta de nossas mães, de rabos levantados. Foi uma época feliz. Tudo me era perdoado, todos me amavam, admiravam-me e mostravam condescendência com tudo o que eu fazia. Isso durou pouco. Logo depois aconteceu algo terrível comigo.

O capão deu um suspiro pesado, pesado e saiu de perto dos cavalos.

Há muito tempo despontara a aurora. Os portões rangeram, Niéster entrou. Os cavalos separaram-se. O cavalariço ajustou a sela no capão e enxotou o rebanho.

VI

SEGUNDA NOITE

Tão logo foram recolhidos, os cavalos apinharam-se mais uma vez ao redor do malhado.

– Em agosto fomos separados de nossas mães – continuou ele –, mas eu não sentia grande tristeza. Já havia percebido que minha mãe carregava no ventre meu irmão mais novo, o célebre Ussan, e eu não era mais o mesmo de antes. Não tinha ciúmes, mas sentia que estava me tornando cada vez mais frio para com ela. Além do mais, sabia que, com o afastamento de minha mãe, eu iria para o compartimento dos potros, que ficavam instalados em grupos de dois ou três, e de onde a manada de potrinhos saía todos os dias para o ar livre. Eu dividia uma baia com Mili, um cavalo de sela; tempos depois ele foi montado pelo imperador e retratado em quadros e esculturas. Mas, naquela época, Mili ainda era uma simples cria de pelos lustrosos e delicados, pescoço de cisne e pernas finas, uniformes, feito cordas de violão. Era alegre, bondoso e amável, sempre disposto a brincar, a lamber-se e a zombar de cavalos e homens. Vivendo juntos, nós fizemos amizade involuntariamente, e essa amizade durou todo o tempo de nossa juventude. Era alegre e leviano. Já começava a conhecer o amor, namoricava as potrancas e ria-se de minha virgindade. E, por amor-próprio, comecei a imitá-lo, para minha desgraça; muito em breve deixei-me envolver pelo amor. Essa minha tenra afeição foi o motivo da maior transformação do meu destino. Aconteceu que me apaixonei.

Viazopurikha era um ano mais velha que eu e tínhamos uma amizade especial; mas no fim do outono percebi: ela começou a me evitar... Ora, eu não vou me ater a contar toda essa história infeliz do meu primeiro amor, ela mesma se lembra da paixão insensata que terminou com a mudança mais importante da minha vida. Os peões correram a afastá-la e me espancaram. À noite levaram-me para uma baia separada; relinchei a noite toda, como se estivesse pressentindo o que ia acontecer no dia seguinte.

Pela manhã, o general, o chefe da cavalariça, os cavalariços e os peões vieram ao corredor de minha baia e armou-se uma gritaria terrível. O general berrava com o chefe, este se defendia dizendo que não havia mandado ninguém me soltar e que os cavalariços tinham feito aquilo por conta própria. O general ameaçou açoitar todo mundo e disse que não poderia conservar todos os potros. O chefe prometeu cumprir as ordens. Eles se calaram e saíram. Eu não entendi nada, mas senti que alguma coisa havia sido tramada contra mim.

No dia seguinte, depois daquilo, nunca mais relinchei e me transformei nisso que sou hoje. O mundo inteiro mudou diante dos meus olhos. Não via mais encanto em nada e dei de cismar, cair em meditação. No começo, tudo me era abominável. Deixei até de comer, de beber, de andar, e não pensava nem mesmo em brincar. Às vezes vinha-me à cabeça a ideia de corcovear, dar uns galopes, relinchar, mas aí surgia a terrível pergunta: "Para quê?", "por quê?". E minhas últimas forças me deixavam.

Certa vez, levaram-me para passear à tardinha, bem na hora em que traziam a manada do pasto. Ainda avistei de longe uma nuvem de poeira, onde se projetavam os contornos vagos e conhecidos de nossas fêmeas. Ouvia os relinchos alegres e o tropel. Embora a corda do cabresto com que o cavalariço me segurava me cortasse a nuca, parei e fiquei a olhar a manada que se aproximava, como se fita toda a felicidade perdida para sempre, irrecuperavelmente. Elas se aproximavam e eu distinguia uma a uma todas aquelas figuras conhecidas, belas, majestosas, saudáveis, bem alimentadas. Algumas delas também me lançaram olhares. Não senti a dor dos puxões que o cavalariço dava no cabresto. Estava enlevado e, movido por uma lembrança antiga, comecei involuntariamente a relinchar e corri a trote; mas meu relincho soava triste, ridículo, absurdo. A manada não se ria, mas eu pude perceber que muitas delas me voltaram as costas de vergonha. Pelo visto, elas achavam aquilo abjeto, deplorável, vergonhoso e principalmente ridículo. Achavam ridículo meu pescoço fino e inexpressivo, a cabeça grande (eu tinha emagrecido), as pernas compridas e desajeitadas, o trote aparvalhado ao redor do cavalariço – um costume antigo. Ninguém respondia ao meu relincho, todos me viravam as costas. De repente, compreendi tudo, compreendi o quanto eu havia me distanciado de todos eles, para sempre, e nem mesmo me lembro de como cheguei em casa atrás do cavalariço.

Já antes eu havia revelado uma inclinação para a seriedade e a meditação, mas agora se operava em mim uma mudança decisiva. O meu malhado, que despertava um desprezo tão estranho entre as pessoas, a minha infelicidade incomum e repentina e, ainda, minha situação um tanto peculiar no haras, que eu pressentia mas de forma alguma conseguia explicar, fizeram de mim um cavalo ensimesmado. Eu meditava sobre a injustiça das pessoas que me condenavam por ser malhado, sobre a inconstância do amor materno e do amor feminino de um modo geral, sua dependência de condições físicas, e meditava principalmente sobre as qualidades daquela estranha espécie de animais, a quem estamos tão estreitamente ligados e que chamamos de gente, meditava sobre aquelas qualidades das quais decorria minha situação no haras, que eu intuía mas não conseguia compreender. O significado dessa peculiaridade e das qualidades humanas em que ela se fundava revelou-se para mim no incidente seguinte.

Era inverno, época das festas. Não me deram nem de comer nem de beber durante o dia inteiro. Fiquei sabendo depois que aquilo acontecera porque o cavalariço estava bêbado. Naquele mesmo dia, o chefe veio à minha baia, deu pela falta de ração e foi-se embora xingando com os piores nomes o cavalariço que não estava ali. No dia seguinte, acompanhado de um peão, o cavalariço trouxe feno à nossa baia; notei que ele estava especialmente pálido, abatido, tinha nas costas longas algo significativo que despertava piedade. Ele atirou o feno por cima da grade, com raiva; eu ia metendo a cabeça em seu ombro, mas ele deu um murro tão dolorido no meu focinho, que me fez saltar para trás. E ainda por cima chutou-me a barriga com a bota.

– Não fosse esse lazarento, nada disso tinha acontecido.

– Mas o que aconteceu? – perguntou o outro cavalariço.

– Os potros do conde ele não inspeciona, mas *este* ele examina duas vezes por dia.

– Será que deram o malhado mesmo pra ele?

– Se deram ou se venderam, só o diabo sabe. O certo é que você pode até matar de fome todos os cavalos do conde, e nada acontece, mas você se atreva a deixar o potro dele sem ração... "Deita aí", diz ele, e tome chicotada. Não tem senso cristão. Tem mais pena de animal do que de homem; logo se vê que não usa cruz no pescoço... ele mesmo contou as chicotadas que me deu, o bárbaro. O general não bate assim, ele deixou as minhas costas em carne viva... pelo visto, não tem alma de cristão.

Eu entendi bem o que eles disseram sobre os lanhões e o cristianismo, mas naquela época era absolutamente obscuro para mim o significado das palavras "meu", "meu potro", palavras através das quais eu percebia que as pessoas estabeleciam uma espécie de vínculo entre mim e o chefe dos estábulos. Não conseguia entender de jeito nenhum em que consistia esse vínculo. Só o compreendi bem mais tarde, quando me separaram dos outros cavalos. Mas, naquele momento, não houve jeito de entender o que significava me chamarem de propriedade de um homem. As palavras "meu cavalo", referidas a mim, um cavalo vivo, pareciam-me tão estranhas quanto as palavras "minha terra", "meu ar", "minha água".

No entanto, estas palavras exerciam uma enorme influência sobre mim. Eu não parava de pensar nisso e só muito depois de ter as mais diversas relações com as pessoas compreendi finalmente o sentido que atribuíam àquelas estranhas palavras. Era o seguinte: os homens não orientam suas vidas por atos, mas por palavras. Eles não gostam tanto da possibilidade de fazer ou não fazer alguma coisa quanto da possibilidade de falar de diferentes objetos utilizando-se de palavras que convencionam entre si. Dessas, as que mais consideram são "meu" e "minha", que aplicam a várias coisas, seres e objetos, inclusive à terra, às pessoas e aos cavalos. Convencionaram entre si que, para cada coisa, apenas um deles diria "meu". E aquele que diz "meu" para o maior número de coisas é considerado o mais feliz, segundo esse jogo. Para quê isso, não sei, mas é assim. Antes eu ficava horas a fio procurando alguma vantagem imediata nisso, mas não dei com nada.

Muitas das pessoas que me chamavam, por exemplo, de "meu cavalo" nunca me montavam; as que o faziam eram outras, completamente diferentes. Também eram bem outras as que me alimentavam. As que cuidavam de mim, mais uma vez, não eram as mesmas que me chamavam "meu cavalo", mas os cocheiros, os tratadores, estranhos de modo geral. Mais tarde, depois que ampliei o círculo das minhas observações, convenci-me de que, não só em relação a nós, cavalos, o conceito de "meu" não tem nenhum outro fundamento senão o do instinto vil e animalesco dos homens, que eles chamam de sentimento ou direito de propriedade. O homem diz: "minha casa", mas nunca mora nela, preocupa-se apenas em construí-la e mantê-la. O comerciante diz: "meu bazar", "meu bazar de lãs", por exemplo, mas não tem roupa feita das melhores lãs que há em seu bazar. Existem pessoas que chamam a terra de "minha", mas nunca a viram nem andaram por ela. Existem outras que chamam de "meus" outros seres humanos, mas nenhuma vez sequer botaram os olhos sobre eles, e toda a sua relação com essas pessoas consiste em lhes causar mal. Existem homens que chamam de "minhas" as suas mulheres ou esposas, mas essas mulheres vivem com outros homens. As pessoas não aspiram a fazer na vida o que consideram bom, mas a chamar de "minhas" o maior número de coisas. Agora estou convencido de que é nisso que consiste a diferença essencial entre nós e os homens. É por isso que, sem falar das outras vantagens que temos sobre eles, já podemos dizer sem vacilar que, na escada dos seres vivos, estamos acima das pessoas: a vida das pessoas – pelo menos daquelas com as quais convivi – traduz-se em palavras; a nossa, em atos. E eis que foi o chefe dos estábulos que recebeu o direito de me chamar de "meu cavalo"; por isso, açoitou o cavalariço. Essa descoberta me deixou profundamente impressionado e, junto aos pensamentos e juízos que minha pele malhada despertava nos homens e à meditação em que me mergulhou a mudança ocorrida em minha mãe, levou-me a me tornar o malhado ensimesmado e sério que eu sou.

Eu me sentia três vezes infeliz: era malhado, castrado e, além disso, as pessoas não me imaginavam pertencente a Deus ou a mim mesmo, como acontece com qualquer ser vivo, mas ao chefe dos estábulos.

Disso decorreram muitas consequências. A primeira delas era que me mantinham isolado, minha alimentação era melhor, faziam-me correr preso a uma corda e me arrearam mais cedo do que os outros. Isto aconteceu pela primeira vez quando eu tinha três anos. Lembro-me de como aquele mesmo chefe que me considerava seu começou a me arrear, acompanhado de muitos outros peões, esperando gestos violentos ou resistência de minha parte. Torceram-me os beiços. Amarraram-me uma corda ao pescoço e me levaram para o timão; meteram-me às costas uma cruz larga de couro e a prenderam ao timão para que eu não desse coices, mas eu só esperava a oportunidade de mostrar minha disposição e meu amor pelo trabalho.

Surpreenderam-se porque eu me comportava como um cavalo velho. Passaram a me montar e eu comecei a exercitar passos de trote. Meu progresso fazia-se sentir mais e mais a cada dia, tanto que, ao final de três meses, o próprio general e muitos outros elogiaram minha andadura. Mas, coisa estranha: justamente por imaginarem que eu não pertencia a mim mesmo, mas ao chefe dos estábulos, minha andadura teve para eles um significado bem diferente.

Montavam os potros, meus irmãos, nas corridas, mediam a sua velocidade, saíam para vê-los, andavam em carruagens douradas e cobriam os animais com mantas caras. Eu saía na carruagem simplória do chefe dos estábulos, quando este viajava para Tchesmenk e outros sítios a negócios. Isto acontecia porque eu era malhado e principalmente porque, na opinião deles, eu não era propriedade do conde, mas do chefe dos estábulos.

Amanhã, se ainda estivermos vivos, vou lhes contar a principal consequência que teve para mim esse direito de propriedade que o chefe dos estábulos imaginou ter.

Durante esse dia, os cavalos dirigiram-se respeitosos a Kholstomér. Mas o tratamento de Niéster permaneceu grosseiro como sempre. O potrinho ruço do mujique começou a relinchar, já se aproximando da manada, e a eguinha baia mais uma vez pôs-se a coquetear.

VII

TERCEIRA NOITE

A lua surgiu e o seu esguio desenho em forma de foice derramou-se sobre Kholstomér, que estava no meio do pátio, ladeado pelo rebanho.

– O fato de eu não pertencer nem ao conde, nem a Deus, mas ao chefe dos estábulos – continuou o malhado – teve como consequência principal e surpreendente a minha expulsão, motivada por nosso maior mérito, a velocidade. Galopavam com Liébied na pista de corridas, quando cheguei de Tchesmenk com o chefe montado em mim. Liébied passou ao nosso lado. Tinha um bom galope, mas era um pouco exibido, não tinha aquela rapidez que eu havia cultivado para que, quando uma pata tocasse no chão, a outra se erguesse sem perder o menor esforço e qualquer movimento me impulsionasse para a frente. Liébied passou ao nosso lado. Eu dei uma arrancada para a pista e o chefe não me reteve.

"Ora, tá querendo experimentar o meu malhado?", gritou ele, e quando Liébied nos alcançou mais uma vez, ele me soltou. O potro já havia tomado velocidade, por isso fiquei para trás na primeira volta, mas na segunda fui ganhando velocidade, encostando na carruagem, me emparelhando, começando a ultrapassar e ultrapassando. Tentaram uma segunda vez – deu no mesmo. Eu era mais veloz. Isso deixou todos horrorizados. Decidiram então me vender o mais rápido possível, quanto mais longe melhor, para que a notícia não se espalhasse. "Se o conde sabe disso, é uma desgraça!", diziam eles. E me venderam para um negociante de cavalos. Fiquei pouco tempo com ele. Comprou-me um hussardo que apareceu por lá atrás de algum conserto. Foi tudo tão injusto, tão cruel que eu fiquei contente quando me levaram de Khrenova, afastando-me para sempre de tudo o que me era familiar e querido. Eu sofria demais entre eles. Esperavam-lhes o amor, as honras, a liberdade, e a mim o trabalho e a humilhação, a humilhação e o trabalho, até o fim da minha vida! Para quê? Por quê? Eu era malhado e, por causa disso, precisava ser de alguém.

Naquela noite, Kholstomér não pôde continuar seu relato. Aconteceu algo na cavalariça que alvoroçou toda a manada.

Kuptchikha, uma égua prenhe que se demorava em dar a luz e que desde o início tinha escutado a história, virou-se de repente e se afastou devagar para debaixo do galpão, começando a gemer tão alto que todos os cavalos voltaram a atenção para lá; depois deitou-se, tornou a se levantar e outra vez deitou-se. As éguas velhas entenderam o que se passava com ela, mas as jovens ficaram agitadas e rodearam a doente, deixando o malhado. Na manhã seguinte um novo potrinho cambaleava em suas perninhas finas. Niéster chamou o chefe dos estábulos e os dois levaram a égua e o potrinho para o estábulo, conduzindo a manada sem ela.

VIII

QUARTA NOITE

À noite, quando fecharam o portão e tudo silenciou, o malhado continuou assim:

– Tive oportunidade de muito observar as pessoas e os cavalos durante todos os períodos em que estive passando de mão em mão. Fiquei mais tempo com dois dos meus donos: um príncipe, oficial hussardo, e depois uma velhinha que morava em Nikola Iavlieni.

Com o oficial hussardo passei a melhor época da minha vida. Embora tenha sido ele a causa da minha ruína, embora ele não gostasse de nada nem ninguém, justamente por isso eu gostava e ainda gosto dele.

Ele me agradava precisamente porque era bonito, alegre, rico e não gostava de ninguém. Vocês entendem esse nosso elevado sentimento equino. A frieza, a dureza dele, a minha dependência em relação a ele, davam uma força especial ao meu afeto. "Me mata, me esfalfa, que assim eu serei mais feliz", eu chegava a pensar em nossos bons tempos.

Comprou-me do negociante, a quem o cavalariço me vendera por oitocentos rublos. Comprou-me porque ninguém tinha cavalos malhados por lá. Foi minha melhor época. Ele tinha uma amante. Sabia disso porque todo dia levava-o à casa dela e às vezes carregava-os juntos. A amante dele era bela, ele era belo, o cocheiro deles era belo. E eu gostava de todos eles por isso. Eu me sentia bem em viver. Minha vida corria assim: de manhã o cavalariço vinha me limpar, não era o cocheiro que vinha, mas o cavalariço. Era um sujeito jovem, escolhido entre os mujiques. Ele abria a porta, deixando escapar o vapor emanado dos cavalos, jogava fora o esterco, retirava as mantas e começava a eriçar-me o corpo com a escova, formando estrias brancas no couro com a almofaça. Por brincadeira, mordiscava-lhe a manga da camisa e batia as patas no chão.

Depois, levavam-nos um após o outro para a tina de água fria, e o rapaz ficava admirando minha pelagem malhada e lisa, as pernas retas como flechas, os cascos largos, as ancas e o dorso lustrosos, onde dava até para dormir. Enfiavam o feno pelas grades altas e despejavam aveia nas manjedouras de carvalho. Chegava Feofan, o cocheiro mais antigo.

Meu dono e o cocheiro eram parecidos. Nenhum dos dois temia coisa nenhuma, não gostavam de ninguém além de si mesmos, por isso todos gostavam deles. Feofan andava com uma camisa vermelha, calças de feltro e *podiovka*.[5] Eu gostava quando ele aparecia de *podiovka* nos feriados, cheio de brilhantina, e passava pela cocheira gritando: "Esqueceu, né, bichão!", cutucava minhas coxas com o cabo da forquilha para brincar, sem jamais causar dor. Eu entendia a brincadeira e, no mesmo instante, levantava as orelhas e rangia os dentes. Vivia conosco um garanhão morado que fazia pa-

---

5 Casaca pregueada na cintura. [N. T.]

relha comigo. À noite atrelavam-me com ele. Seu nome era Polkan; ele não entendia as brincadeiras e era ruim como o diabo. Ficávamos um ao lado do outro na baia e às vezes brigávamos para valer. Feofan não tinha medo dele. Vez por outra achegava-se, dava um grito, parecia querer matá-lo; mas não, passava de lado e Feofan metia-lhe o laço. Certa vez descemos os dois em disparada por Kuznietski. Nem meu dono nem o cocheiro se assustaram, ambos sorriam, gritavam para as pessoas, seguravam as rédeas e mudavam a direção, de sorte que não atropelamos ninguém. A serviço deles eu perdi minhas melhores qualidades e metade da minha vida. Ali me esfolaram e me deixaram em pandarecos. Mas, apesar disso, foi minha melhor época. Chegavam ao meio-dia, atrelavam-me, untavam-me os cascos, umedeciam-me o topete e me colocavam no timão.

Os trenós eram de junco cobertos de veludo, o arreio, com pequenas fivelas prateadas, e as rédeas, revestidas de seda. A atrelagem era tal que, quando todas as rédeas e correias haviam sido ajustadas e afiveladas, não era possível distinguir onde findava a atrelagem e começava o cavalo. Terminavam de me atrelar no galpão. Feofan aparecia, traseiro mais largo que os ombros, um cinturão vermelho que chegava até quase o sovaco, examinava os arreios, montava, colocava o cafetã, enfiava o pé no estribo, fazia sempre uma piada qualquer, levantava o chicote – com o qual quase nunca me fustigava, a não ser para pôr ordem – e dizia: “Eia!”. E eu saía pelo portão, brincando a cada passo; ao sair para deitar fora a água suja, a cozinheira detinha-se na soleira da porta; ao trazer a lenha para o pátio, os mujiques arregalavam os olhos. Eu saía, dava uma volta e parava. Os criados apareciam, chegavam-se ao cocheiro e começavam a conversar. E haja espera, às vezes a gente ficava até três horas postados junto à entrada, de vez em quando dávamos uma voltinha e voltávamos para o mesmo lugar.

Finalmente, rumores à porta e Tíkhon, grisalho e barrigudo, saía correndo em sua casaca: "Vamos lá". Naquela época não havia esse jeito estúpido de falar: "Adiante", como se eu não soubesse que não se anda para trás e sim para a frente. Feofan estalava a língua. Como se não notasse nada de extraordinário, nem nos trenós, nem nos cavalos, nem em Feofan, que dobrava as costas e estendia os braços de um jeito tal que parecia impossível mantê-los naquela posição por muito tempo, o príncipe chegava desajeitado e com pressa em sua barretina, com um capote de pele de castor prateado cobrindo-lhe o rosto corado, de sobrancelhas negras, que ele nunca deveria cobrir; saía tilintando o sabre, as esporas, pisando o tapete com o salto de cobre das galochas como se estivesse com pressa, sem prestar atenção em mim ou em Feofan, nós, de quem todos gostavam e admiravam, menos ele. Feofan estalava a língua, eu arrastava as rédeas com dignidade e, num passo, chegávamos e parávamos; eu espiava o príncipe e sacudia a cabeça puro-sangue de crinas delicadas. Quando estava de bom humor, o príncipe pilheriava com Feofan, que respondia virando levemente a bela cabeça e fazia um movimento quase imperceptível e claro com as rédeas, sem baixar as mãos, e eu partia num galope cada vez mais largo, vibrando cada músculo e atirando neve e lama sob as engrenagens do trenó.

Também naquela época não havia esse jeito moderno e estúpido de gritar: "Oôô!", como se o cocheiro estivesse com dores, e sim um incompreensível "Vê se te cuida!". "Vê se te cuida!", gritava Feofan e o povo abria caminho, parava e entortava o pescoço para mirar o belo malhado, o belo cocheiro e o belo senhor.

Eu gostava de ultrapassar um trotador. Quando acontecia de eu e Feofan avistarmos lá longe uma parelha digna de nosso esforço, saíamos feito tufão atrás dela e pouco a pouco íamos nos aproximando, perto e mais perto, e eu já atirando lama no encosto do trenó, emparelhava com o cavaleiro e bufava-lhe por cima da cabeça, emparelhava com o cilhão, com o arco, e aí já não o via mais, apenas escutava às minhas costas seu barulho, cada vez mais distante. E o príncipe, Feofan e eu – todos calados, fazendo de conta que simplesmente íamos tratar de negócio, que não notávamos quem cruzava o nosso caminho montando péssimos cavalos. Eu gostava de ultrapassar os outros, mas gostava também de um bom trotador; um instante, um ruído, um olhar e já nos afastávamos, já voávamos sozinhos, cada um para o seu lado.

O portão rangeu e ressoaram as vozes de Niéster e Vaska.

QUINTA NOITE

O tempo começava a mudar. Amanhecera nublado e não havia orvalho, mas estava morno e os mosquitos grudavam. Mal foram recolhidos, os cavalos se juntaram ao redor do malhado, e ele terminou sua história:

– Minha boa vida acabou logo. Eu vivi assim por dois anos apenas. Ao fim do segundo inverno, aconteceu-me a coisa mais feliz de minha vida, e depois minha maior desgraça. Era carnaval; eu havia levado o príncipe às corridas. Delas participavam Átlasni e Bitchok. Eu não sei o que ele estava fazendo ali no caramanchão, só sei que desceu e ordenou a Feofan que fosse para a pista. Lembro que me levaram para lá, que me puseram na posição de largada, com Átlasni ao lado. Ele puxava um coche leve, e eu um trenó de cidade, do jeito que estava. Deixei-o para trás na curva e fui saudado com gargalhadas e brados de admiração.

Quando dei a volta da vitória, a multidão me seguiu. E umas cinco pessoas ofereceram milhares de rublos ao príncipe. Ele apenas riu, mostrando os dentes brancos.

– Não, – disse ele – ele não é um cavalo, é um amigo, e eu não o vendo nem por uma montanha de ouro. Até a vista, senhores – e acomodou-se no assento.

– Para Stojinka. – Era o apartamento de sua amante. E nós voamos para lá. Foi nosso último dia feliz.

Chegamos à casa dela. Ele dizia que ela era dele. Mas ela se apaixonou por outro e o deixou. Ele soube disso lá, no apartamento.

Eram cinco horas e ele foi atrás dela sem me desatrelar. Coisa que nunca tinha acontecido: açoitaram-me com o chicote e me fizeram galopar. Pela primeira vez perdi o passo, fiquei com vergonha e quis acertar, mas, de repente, ouvi o príncipe gritar feito possesso: "Anda!". Fustigou-me com o chicote, senti a pontada e saí a galope batendo as patas no jogo dianteiro do coche. Nós a alcançamos vinte e cinco verstas[6] adiante. Eu o levei até lá, mas passei a noite toda tremendo, nem comer consegui. De manhã deram-me água. Bebi, mas para o resto da vida deixei de ser o cavalo que era. Fiquei doente, atormentaram-me e me mutilaram – curaram-me, como dizem os homens. Meus cascos se soltaram, se esfarelaram, minhas pernas arquearam, o peito sumiu, a fraqueza e o abatimento tomaram conta de mim. Venderam-me a um negociante de cavalos. Ele me alimentou com cenouras e outras coisas mais e fez de mim um cavalo bem diferente do que eu era, mas que podia enganar um leigo. Eu já estava sem forças e imprestável para cavalgar. Além disso, o negociante me atormentava, e logo que apareciam compradores ele entrava no estábulo e começava a me fustigar com o doloroso chicote e a me meter medo até me enlouquecer. Depois disfarçava os vergões e me levava para fora. Uma velhinha comprou-me dele. Ela ia sempre para Nikola Iavlieni e açoitava o cocheiro. Ele vinha chorar na minha baia. E ali eu soube que as lágrimas têm um agradável gosto salgado. Depois a velhinha morreu. O capataz levou-me à aldeia e me vendeu a um mercador, comi muito trigo e fiquei ainda mais doente. Venderam-me a um mujique. Lá eu lavrava a terra, não comia quase nada e feriram-me a perna com a relha. Fiquei doente de novo. Um cigano trocou alguma coisa por mim. Ele me fez sofrer terrivelmente e, por fim, vendeu-me a um capataz daqui. E aqui estou.

Todos calaram. Começou a chuviscar.

---

6 Medida russa que equivale a 1 067 metros. [N. T.]

IX

Ao voltar do pasto na noite seguinte a manada encontrou o dono com visita. Aproximando-se da casa, Juldiba olhou de esguelha para as duas figuras masculinas: um era o jovem senhor, metido num chapéu de palha, o outro, um militar alto, corpulento e obeso. A velha égua olhou de esguelha os dois, reconheceu-os e passou encolhida ao largo; os outros, jovens, ficaram agitados, vacilantes, principalmente quando o dono e seu convidado meteram-se de propósito no meio deles, conversando e apontando alguma coisa um para o outro.

– Este tordilho aqui, eu comprei em Voieikova – disse o dono.

– E essa potranca negra de patinhas brancas, de onde é? Bonita! – disse a visita. Eles examinaram muitos cavalos, ora apressando-se, ora detendo-se. Notaram também a eguinha baia.

– Esta é uma cria que me ficou da raça dos cavalos de sela de Khrenova – disse o dono.

Não conseguiam examinar de passagem todos os cavalos. O dono gritou para Niéster, que num gesto apressado deu com o salto das botas no flanco do malhado e o tocou para a frente. O cavalo mancou, coxeando numa das pernas, mas correu de modo a deixar claro que, enquanto tivesse forças, não se queixaria, de maneira nenhuma, ainda que o mandassem até o fim do mundo. Estava mesmo disposto a soltar o galope e chegou inclusive a tentar pela perna direita.

– Não existe cavalo melhor do que essa égua em toda a Rússia, isso eu me atrevo a afirmar! – disse o dono e apontou para uma das éguas. A visita elogiou. O dono andava e corria agitado para lá e para cá, mostrando seus cavalos e contando sobre a história e a raça de cada um deles. A visita estava visivelmente chateada com a conversa do patrão, e inventava perguntas para dar a impressão de que também estava interessada.

– É, é – falava ele distraído.

– Olhe só – dizia o dono absorto –, olhe que patas... Custou uma fortuna, mas já está na terceira cria e continua a cavalgar.

– Cavalga bem? – perguntou o visitante.

E assim examinaram quase todos os cavalos, e nada mais havia para mostrar. Calaram-se.

– E então, vamos?

– Vamos – saíram em direção ao portão. O visitante estava feliz com o fim da exibição e por entrar na casa, onde poderia comer, beber, fumar, e ficou visivelmente animado. Ao passar diante de Niéster, que esperava por mais ordens montado no malhado, deu um tapinha com a mão roliça na garupa do cavalo.

– Que malhas! – disse ele. – Eu tinha um cavalo igual a esse, lembra, eu lhe contei.

Ao perceber que não falavam mais de seus cavalos, o dono nem prestou atenção e continuou a apreciar a manada.

De repente, bem aos seus ouvidos, ressoou um relincho ridículo, fraco e senil. Era o malhado que havia relinchado, parando em seguida, sem conseguir terminar, como se estivesse envergonhado. Nem o convidado, nem o dono deram atenção a esse relincho e dirigiram-se para a casa. Naquele velho obeso, Kholstomér reconheceu o seu dono amado, o outrora brilhante, rico e belo Sierpukhóvskoi.

X

Continuava a chuviscar. A estrebaria estava escura, bem ao contrário do que ocorria na casa do senhor. Servia-se ali um magnífico chá da tarde no salão luxuoso. À mesa estavam o senhor, a senhora e o visitante recém-chegado.

A senhora, sentada diante do samovar, estava grávida, o que era bastante visível pelo ventre crescido, a postura reta, a gordura e em particular pelos olhos, uns olhos graúdos que penetravam com doçura e altivez.

O senhor segurava nas mãos uma caixa de charutos especiais de dez anos, ímpares, segundo ele, e dispunha-se a se gabar deles diante do visitante. O senhor era um belo jovem de vinte e cinco anos, viçoso, bem tratado e penteado. Em casa vestia um elegante traje largo de tecido grosso, feito em Londres. Usava uma corrente em berloques grandes e caros, grandes abotoaduras na camisa, também de ouro maciço, incrustadas com turquesa. Barba *à la* Napoleão III, em cachos besuntados de brilhantina que pendiam de um jeito que só se via em Paris. A senhora vestia uma roupa de musselina sedosa com estampas largas e policromadas, uns grandes grampos de ouro nos espessos cabelos castanho claros, belos, mesmo não sendo naturais. Usava vários braceletes e anéis, todos caros. O samovar era de prata e o serviço, fino. O criado, magnífico no seu fraque, de colete branco e gravata, postara-se como uma estátua junto à porta, aguardando as ordens. A mobília, encurvada, sinuosa e brilhante; o papel de parede, escuro, com flores grandes. Perto da mesa tilintava a coleira de prata da cadela *levrette*, extraordinariamente delgada, com um nome inglês dificílimo, que ambos pronunciavam mal, por não saberem inglês. No canto, entre as flores, havia um piano *incrusté*. Tudo transpirava novidade, luxo e raridade. Tudo estava muito bem, mas em todas as coisas havia a marca peculiar do excesso, da riqueza e ausência de interesse intelectual.

O senhor era um adepto da caça, rapagão rosado, daqueles que nunca se deixam perder de vista, andam de casaco de pele de marta, lançam flores caras às atrizes, bebem o vinho mais caro, das marcas mais novas, nos hotéis mais caros, dão prêmios com o seu nome e mantêm a amante mais dispendiosa.

O recém-chegado, Nikita Sierpukhóvskoi, era um homem de mais de quarenta anos, alto, gordo, calvo, de grande bigode e suíças. Devia ter sido muito bonito. Pelo visto, estava em decadência física, moral e financeira.

Estava tão sufocado de dívidas que tivera de trabalhar para não ser metido num calabouço. Agora ia para o centro provincial como chefe de haras. Alguns parentes importantes tinham-lhe conseguido essa colocação. Vestia uma túnica militar sobre calças azuis. A túnica e as calças eram de um modelo que ninguém poderia ostentar, exceto um ricaço, o mesmo acontecia com a roupa íntima, e o relógio também era inglês. As botas eram de um solado especial, de um dedo de espessura.

Nikita Sierpukhóvskoi esbanjara pela vida afora uma fortuna de milhões e ainda ficara devendo cento e vinte mil. Desse quinhão sempre sobra largueza de vida, que assegura crédito e possibilidade ainda de viver por uns dez anos quase com luxo. Esses quase dez anos se passaram, a largueza finou, e a vida ficou triste para Nikita. Ele já começava a beber, isto é, a embriagar-se de vinho, o que antes não acontecia.

Beber mesmo, ele jamais começava nem terminava. Notava-se a decadência sobretudo na intranquilidade dos seus olhares (seus olhos começavam a correr), e na insegurança das entonações e dos movimentos.

Esse desassossego impressionava porque parecia coisa recente, era visível que estivera toda a vida habituado a não temer nada nem ninguém, e só agora, há pouco tempo, chegara por grandes sofrimentos a esse pavor, tão estranho à sua natureza. O senhor e a esposa percebiam isso, entreolhavam-se e, compreendendo um ao outro, reservavam apenas para o leito um exame detalhado daquele tema, por ora suportando o pobre Nikita e chegando mesmo a cobri-lo de atenções. A aparência feliz do jovem senhor humilhava Nikita e o forçava a uma inveja dolorosa, recordando-lhe seu passado irrecuperável.

– O charuto não a incomoda, Maria? – disse ele, dirigindo-se à dama naquele tom singular, imperceptível, que se adquire somente com a experiência, um tom cortês, amigável, mas não inteiramente respeitoso, usado com concubinas e não com esposas por pessoas que conhecem a sociedade. Não que ele quisesse insultá-la, ao contrário, estava antes querendo familiarizar-se com ela e o marido, ainda que não o reconhecesse para si mesmo de maneira nenhuma. Mas ele já se habituara a falar assim com tais mulheres. E sabia que ela se surpreenderia e até mesmo se ofenderia se ele a tratasse como uma dama. Ao mesmo tempo, era necessário preservar o conhecido matiz de tom respeitoso para a esposa legítima de um seu igual. Ele sempre tratava aquelas damas com respeito, não porque partilhasse das convicções pregadas pelas revistas (ele nunca lia aquelas porcarias) sobre o respeito à individualidade de cada pessoa, a insignificância do matrimônio etc., mas porque todas as pessoas decentes assim procediam, e ele era um homem decente, ainda que falido.

Ele pegou o charuto. Mas o anfitrião pegou, embaraçado, um punhado de charutos e os ofereceu ao visitante.

– Pegue, você verá como são ótimos.

Nikita afastou o charuto com a mão e em seus olhos apareceu, quase imperceptível, um esboço de ofensa e vergonha.

– Obrigado. – Ele tirou a cigarreira. – Experimente os meus.

A senhora era sensível. Percebeu o que ocorrera e apressou-se a conversar com ele:

– Eu gosto muito de charutos. Eu mesma fumaria, se já não fumassem todos ao meu redor.

E ela sorriu com o seu sorriso belo e bondoso. Ele retribuiu com um sorriso inseguro. Estava sem dois dentes.

– Não, você pega este – continuou o senhor insensível. – Os outros são mais fracos. *Fritz, bringen Sie noch "eine" Kasten* – disse ele –, *dort zwei.*[7]

O criado alemão trouxe outra caixa.

– De que você mais gosta? De fortes? Estes são ótimos. Pegue todos – continuou a impingir. Pelo visto estava contente por ter diante de quem se gabar de suas raridades, e nada notava.

Sierpukhóvskoi acendeu o charuto e apressou-se em continuar a conversa.

– E então, quanto lhe custou o Átlasni? – perguntou.

– Custou caro, não menos de cinco mil, mas pelo menos estou recompensado. E eu lhe digo: que crias!

– Correm? – perguntou Sierpukhóvskoi.

– Correm bem. Há pouco um de seus filhos ganhou três prêmios: em Tula, Moscou e Petersburgo correu com o Vorôni de Voieikov. Um pulha dum cavaleiro botou quatro saltos de vantagem, senão ele o teria deixado para trás.

– Ele está um pouco cru. Tem muito de holandês, estou lhe dizendo – disse Sierpukhóvskoi.

– E quer saber que fêmeas? Amanhã eu lhe mostro. Dei três mil por Dobrínia. Dois mil por Láskovaia.

E o anfitrião recomeçou a enumerar sua riqueza. A anfitriã notou que aquilo era penoso para Sierpukhóvskoi e que este fingia escutar.

– Vai tomar mais chá? – perguntou ela.

---

7 Em alemão estropiado no texto original: "Traga mais *um* caixa, lá tem dois". [N. T.]

– Não – respondeu o anfitrião, e continuou a narrar. Ela se levantou, o anfitrião a deteve, abraçou-a e beijou-a.

Sierpukhóvskoi ia começando a sorrir, olhando para os dois com um sorriso artificial, mas o anfitrião se levantou e foi até o reposteiro abraçado com ela, e o rosto de Nikita mudou de repente, ele deu um suspiro pesado e seu rosto obeso exprimiu um súbito desespero. Até raiva se notava nele.

XI

O senhor voltou e sentou-se sorridente em frente de Nikita.

Calaram um pouco.

– Ah, você disse que havia comprado de Voieikov – disse Sierpukhóvskoi, num tom de aparente desdém.

– Sim, foi Átlasni que eu disse. Eu sempre quis comprar éguas de Dubovitski. Só restou porcaria.

– Ele faliu – disse Sierpukhóvskoi, parando de repente e olhando ao redor. Lembrou-se de que devia vinte mil àquele falido. E se ele aplicava a alguém o termo "falido", com certeza andavam fazendo o mesmo com ele. Calou-se.

Os dois ficaram muito tempo calados. O senhor revolvia na cabeça alguma coisa do que se gabar. Sierpukhóvskoi tentava idear algo para mostrar que não se considerava falido. Mas os dois pensavam devagar, embora tentassem se animar com charutos. "Afinal, quando é que vamos beber?", pensava Sierpukhóvskoi. "É preciso beber sem falta, do contrário morrerei de tédio na companhia dele", pensava o anfitrião.

– E então, você ficará muito tempo por aqui? – perguntou Sierpukhóvskoi.

– Um mês. E se jantássemos agora? Fritz, está pronto?

Foram para a sala de jantar. Lá, à luz de candeeiro, havia uma mesa coberta de velas e das coisas mais singulares: sifões, bonequinhas de cortiça, um vinho fora do comum, salgadinhos raros, vodcas. Eles beberam, comeram, tornaram a beber, tornaram a comer, e a conversa engrenou. Sierpukhóvskoi ficou vermelho e começou a falar sem acanhamento.

Falaram de mulheres. De quem tinha quem: uma cigana, uma dançarina, uma francesa.

– E então, você deixou Mateau? – perguntou o senhor. Era a amante que havia arruinado Sierpukhóvskoi.

– Eu não, ela me deixou. Ah, irmão, quando a gente se lembra do que dissipou na vida! Agora estou contente quando aparecem mil rublos, contente mesmo, por me livrar de todos. Em Moscou não posso. Ah, pra que falar!

O anfitrião entediado escutava o hóspede. Sua vontade era de falar de si mesmo – gabar-se. Mas Sierpukhóvskoi queria falar de si – de seu passado brilhante. O anfitrião lhe serviu vinho e ficou aguardando que terminasse para falar de si mesmo, de sua fábrica montada de um jeito que ninguém havia construído antes. De que sua Mary não gostava dele apenas pelo dinheiro, mas de coração.

– Eu queria lhe dizer que no meu haras... – ia começar. Mas Sierpukhóvskoi o interrompeu.

– Posso dizer que houve um tempo – começou ele – em que eu gostava de viver e sabia viver. Você fala de cavalgada, mas agora me diga, qual é o seu cavalo mais veloz?

O anfitrião alegrou-se com a oportunidade de falar mais sobre o haras, e ia começar, mas Sierpukhóvskoi novamente o interrompeu.

– Sei, sei! Vocês donos de haras se metem no negócio apenas por vaidade e não por uma questão de prazer e de vida. Mas comigo não era assim. Como eu vinha lhe dizendo, eu tinha um cavalo de corrida, malhado, com malhas iguaizinhas às daquele que o seu cavalariço monta.

Aquilo é que era cavalo! Você não podia saber; aquilo aconteceu no ano de 42, eu acabara de chegar a Moscou; vou ao revendedor e vejo um capão malhado. De bons modos. Gostei. Preço? Mil rublos. Me agradou, peguei-o e montei e saí cavalgando. Nunca tivera e nem você tem e nem terá um cavalo como aquele. Eu não conheci cavalo melhor no andar, na força e na beleza. Naquele tempo você era criança, pode não conhecê-lo, mas ouviu falar, imagino. Toda Moscou o conhecia.

– Sim, já ouvi falar – disse o senhor a contragosto –, mas eu queria lhe falar sobre os meus…

– Então você já sabe. Eu o comprei assim, sem raça, sem atestado, só depois fiquei sabendo. Eu e Voieikov conseguimos tomar conhecimento. Era o filho de Liubiézni I, Kholstomér. Por causa de suas malhas, deram-no ao cavalariço do haras Khrenovski, que o castrou e o vendeu a um negociante. Cavalos como aquele não existem, amigo! Ai, que tempo! Ai, a mocidade! – cantarolou uma canção cigana. Começava a embriagar-se. – Êta tempo bom! Eu tinha vinte e cinco anos, uma renda anual de oitenta mil rublos de prata, nenhum cabelo branco, todos os dentes como pérolas. Fizesse o que fizesse, tudo dava certo; e tudo acabou.

– Mas naquele tempo não havia tanta velocidade – disse o anfitrião, aproveitando o intervalo. – E lhe digo que os meus primeiros cavalos começaram a correr sem...

– Os seus cavalos! Sim, naquela época eram mais velozes.

– Como mais velozes?

– Mais. Lembro-me como se fosse hoje, uma vez em Moscou, quando fui a uma corrida com Kholstomér. Os meus cavalos não corriam. Eu não gostava dos trotadores, tinha cavalos de raça, General, Chole, Maomé. E fui montando o malhado. Meu cocheiro era um moço excelente, eu o adorava. Também se afogou na bebida. E lá cheguei eu. "Sierpukhóvskoi, quando é que você vai arranjar trotadores?" – perguntaram. "Os seus mujiques, que o diabo os carregue, vão ser todos deixados para trás pelo malhado da minha carruagem." "Taí, não vão." "Mil rublos de aposta." Arrancaram, deram a largada. Deu a volta em cinco segundos, ganhei mil rublos. Foi assim mesmo. Com cavalos de raça na troica, fiz cem verstas em três horas. Toda Moscou sabe.

E Sierpukhóvskoi começou a mentir tão bem e continuamente que o senhor não pôde pronunciar uma palavra sequer e com uma expressão desalentada continuou sentado em frente a ele, servindo vinho aos dois nos copos para se distrair.

Já começava a clarear. Mas eles continuavam sentados. O anfitrião estava terrivelmente enfadado. Levantou-se.

– Já que se tem de dormir – disse Sierpukhóvskoi, levantando-se cambaleante, e passou resfolegando ao quarto que lhe haviam destinado.

O anfitrião estava deitado com a esposa.

– Não, ele é insuportável. Embebedou-se e está mentindo sem parar.

– E me cortejando.

– Temo que me peça dinheiro.

Sierpukhóvskoi deitara-se na cama sem tirar a roupa e resfolegava.

"Parece que eu menti muito", pensou ele. "Mas tanto faz. O vinho era bom, mas ele é um grande porco. Um negociante qualquer. E eu sou um grande porco", disse para si mesmo e gargalhou. "Ora eu sustentava alguém, ora me sustentavam. É, ele sustenta Vinklerch e eu pego dinheiro com ela. É isso que ele merece, é isso que ele merece! Só que preciso despir-me, mas não consigo tirar as botas."

– Ei, ei! – gritou, mas o criado à sua disposição tinha ido dormir há muito tempo.

Sentou-se, tirou a túnica, o colete e as calças aos trancos e barrancos, mas ficou muito tempo sem conseguir tirar as botas, a barriga mole o atrapalhava. Deu um jeito de tirar uma bota, depois a outra – debatia-se, debatia-se, ofegava e se cansou. E assim, com um pé no cano da bota, desabou e começou a roncar, enchendo o quarto todo com cheiro de tabaco, vinho e velhice imunda.

XII

Se Kholstomér ainda se lembrou de alguma coisa naquela noite, Vaska o distraiu. Colocou-lhe uma gualdrapa e saiu galopando, deixou-o até de manhã à porta de uma taberna junto com os cavalos dos mujiques.

Eles se lambiam. Pela manhã, Kholstomér juntou-se à manada e não parou de se coçar.

– Tem alguma coisa coçando e doendo – pensou ele.

Cinco dias se passaram. Chamaram o curandeiro de cavalos. Ele disse com alegria:

– É crosta. Permita vender aos ciganos.

– Para quê? Mate-o, e que suma daqui hoje mesmo.

A manhã estava tranquila, clara. A manada foi para o campo. Kholstomér ficou. Chegou um homem terrível, magro, escuro, sujo, de cafetã salpicado de alguma coisa escura. Era o esfolador. Ele pegou as rédeas e o cabresto sem olhar para o cavalo, meteu-os nele e o levou.

Kholstomér foi calmamente, sem olhar para trás, como sempre arrastando as pernas e prendendo as traseiras na palha. Ao atravessar o portão, ele se arrastou em direção ao poço, mas o esfolador o impediu e disse:

– Não é preciso.

O esfolador e Vaska chegaram a uma clareira atrás de um galpão de tijolos e, como se houvesse algo extraordinário naquele lugar tão comum, pararam, o esfolador passou as rédeas a Vaska, tirou o cafetã, arregaçou as mangas, tirou do cano da bota uma faca e uma pedra e começou a afiá-la. O capão esticou o pescoço em direção à rédea, queria mascá-

-la por tédio, mas ela estava longe, ele suspirou e fechou os olhos. Seu beiço pendia, descobrindo os dentes gastos e amarelos; começou a dormitar com o ruído da faca na pedra. Só a perna doente com o tumor estremecia. De repente, sentiu que o colocavam num pequeno trenó e erguiam-lhe a cabeça. Abriu os olhos. Dois cães estavam à sua frente. Um deles farejava na direção do esfolador, o outro estava sentado, olhando para o capão, como se esperasse algo justamente dele.

O capão olhou para eles. Olhou e começou a esfregar o zigoma contra a pata que o sustentava. "Com certeza estão querendo tratar de mim", pensou. "Que tratem!"

Com efeito, sentiu que haviam feito algo com sua garganta. Sentiu dor, estremeceu, bateu com a pata, mas se conteve e esperou o que viria. Depois aconteceu que uma coisa líquida jorrou num grande jato pelo pescoço e pelo peito. Suspirou a plenos pulmões. Sentiu-se muito mais leve. Aliviou-se de todo peso de sua vida. Fechou os olhos e começou a inclinar a cabeça – ninguém o segurou. Depois inclinou o pescoço, depois as pernas começaram a tremer, todo o corpo cambaleou. Ele não se assustou tanto quanto se surpreendeu. Tudo ficou tão novo. Admirou-se, arrancou para a frente e para cima. Mas em vez disso as pernas, depois de se mexerem do lugar, bambearam, ele começou a tombar de lado, ainda desejando dar um passo, pendeu para a frente e caiu sobre o lado esquerdo. O esfolador esperou até que a convulsão terminasse, enxotou os cães que tinham chegado mais perto e, depois de pegar o capão por uma pata, virá-lo de costas e mandar Vaska segurá-lo pela outra pata, começou a esfolá-lo.

– Isso sim era cavalo – disse Vaska.

– Se fosse mais bem alimentado, teria dado um bom couro – disse o esfolador.

À noite a manada regressou pela colina, e os que vinham do lado esquerdo puderam avistar lá embaixo uma coisa avermelhada, junto à qual circulavam cães atarefados e esvoaçavam gralhas e falcões. Com as patas grudadas na carniça, um cão sacudia a cabeça e arrancava com estalos o que havia agarrado. A égua parda parou, espichou o pescoço e ficou muito tempo aspirando o ar. Só à força conseguiram enxotá-la.

Ao amanhecer, lobinhos cabeçudos uivavam alegres num barranco do velho bosque, na parte inferior de uma clareira cheia de moitas. Eram cinco: quatro quase iguais, e um pequeno, de cabeça maior que o tronco. Uma loba velha, magra e trocando de pelo, saiu de uma moita arrastando pelo chão a barriga cheia, com as tetas caídas, e sentou-se diante dos lobinhos. Estes formaram um semicírculo à sua frente. Ela se chegou ao menor, baixou o rabo, inclinou o focinho para baixo, empreendeu alguns movimentos convulsos e, abrindo a boca dentada, fez esforço e vomitou um grande pedaço de carne de cavalo. Os lobinhos chegaram-se mais, porém ela avançou contra eles num movimento ameaçador, deixando tudo para o menor. O pequeno, como se estivesse zangado, agarrou a carne rosnando, meteu-a sob o corpo e pôs-se a devorá-la. A loba lançou um pedaço para um outro, para um terceiro, para todos os cinco, e deitou-se diante deles, descansando.

Uma semana depois, apenas um grande crânio e dois ossos graúdos rolavam ao lado do galpão de tijolos, todo o restante fora levado. No verão, um catador de ossos levou--os todos mais o crânio e os transformou em objetos úteis.

Depois de muito andar pelo mundo, comer e beber, o corpo morto de Sierpukhóvskoi foi recolhido à terra. Nem a pele, nem a carne, nem os ossos serviram para nada. E como há vinte anos seu corpo morto vinha andando pelo mundo como um grande estorvo para todos, o seu recolhimento à terra foi apenas uma dificuldade a mais para as pessoas.

Há muito ninguém precisava dele, há muito era um peso para todos, e ainda assim os mortos em vida lhe deram sepultura, acharam por bem vestir aquele corpo inchado, em imediata decomposição, num bom uniforme, calçar-lhe boas botas, colocá-lo num caixão bom e novo, com alças novas nos quatro cantos, depois meter aquele caixão novo noutro de chumbo, levá-lo para Moscou, lá desenterrar velhos ossos humanos e justamente ali esconder o corpo apodrecido, cheio de vermes, com seu uniforme novo, suas botas engraxadas, e cobri-lo todo com terra.

[Tradução de Beatriz Morabito e Maira Pinto]

O DIABO

> *Eu vos digo, porém, que todo aquele que olhar para uma mulher com cobiça, já em seu coração cometeu adultério com ela. Portanto, se teu olho direito te escandalizar, arranca-o e atira-o para longe de ti, pois é melhor que se perca um dos teus membros do que todo o teu corpo seja lançado no Inferno. Se tua mão direita te levar a pecar, corta-a e atira-a para longe de ti, pois é melhor que se perca um dos teus membros do que todo o teu corpo seja lançado no Inferno.*
>
> MATEUS V, 28-30

I

Uma carreira brilhante aguardava Ievguêni Irtiêniev. Tudo o propiciava. Uma excelente educação de berço, um magnífico final de curso de direito na Universidade de Petersburgo, as relações que herdara do pai recém-falecido com os mais altos círculos da sociedade e até mesmo a sua nomeação para um ministério, pelas mãos do próprio ministro. Tinha fortuna, grande fortuna, se bem que duvidosa. Seu pai vivera no exterior e em Petersburgo e enviava seis mil rublos anuais aos filhos – Ievguêni e Andriêi, o mais velho, oficial dos Cavaleiros da Guarda. Residira a maior parte do tempo com a esposa e, durante o verão, passava dois meses no campo, sem se ocupar da administração, deixando tudo a cargo de um capataz vindo de fora, que tampouco se ocupava da fazenda mas no qual tinha total confiança.

Depois da morte do pai, quando os irmãos iniciaram a partilha dos bens, verificou-se que as dívidas eram tantas que o advogado da família chegou a aconselhar que os irmãos renunciassem à herança e ficassem com a fazenda da avó, avaliada em cem mil rublos. Contudo, um fazendeiro vizinho, que tinha promissórias a cobrar do velho Irtiêniev e que fora a Petersburgo tratar desse assunto, disse que apesar das dívidas era possível resolver a situação e ainda conservar muitos bens. Tudo o que tinham a fazer era vender a madeira e alguns lotes de terra inculta e ficar com a mina de ouro – a Semiônova, com suas quatro mil deciátinas de terra negra, a usina de açúcar e duzentas deciátinas de várzea –, desde que se dedicassem ao negócio, mudassem para a fazenda e a administrassem com inteligência e parcimônia.

Foi então que Ievguêni, depois de visitar a fazenda na primavera (o pai morrera durante a quaresma) e vistoriar tudo, resolveu demitir-se do cargo, mudar-se com a mãe para lá e dedicar-se à sua administração, a fim de preservar o principal. Quanto ao irmão, a quem nunca fora muito ligado, fez o seguinte: assumiu o compromisso de lhe dar quatro mil rublos por ano, ou oitenta mil de uma só vez, com a condição de que ele renunciasse à sua parte da herança.

Isso feito, instalou-se com a mãe na sede da Semiônova e pôs mãos à obra com afã e prudência.

Costuma-se pensar que os velhos são mais conservadores e os jovens, inovadores. Isso não é de todo verdadeiro.

As pessoas mais conservadoras em geral são os jovens, que desejam viver, mas que não pensam nem têm tempo para pensar como se deve viver e por isso tomam como modelo a vida já conhecida.

Era o caso de Ievguêni. Instalado agora no campo, seu sonho e seu ideal eram retomar não a forma de vida do tempo do pai – mau administrador –, mas a do tempo de seu avô. E agora, em casa, no pomar ou na fazenda, empenhava-se em ressuscitar, naturalmente com mudanças próprias à época, o espírito essencial da vida de seu avô: tudo em grande escala, com abundância, bem-estar e muita ordem. Mas esse estilo de vida pedia trabalho árduo: atender às exigências dos credores e dos bancos, para o que precisava vender terras, adiar pagamentos, arranjar dinheiro para manter funcionando, com trabalho assalariado, a imensa Semiônova, suas quatro mil deciátinas de terras negras e a usina de açúcar; precisava cuidar da casa e dos jardins, para que não dessem a impressão de abandono e decadência.

Havia muito a ser feito, e quanto a força, Ievguêni tinha muita – física e intelectual. Vinte e seis anos, porte médio, compleição robusta, músculos bem formados à custa de exercícios, tipo sanguíneo, de faces muito coradas, dentes brilhantes, lábios de tonalidade viva e cabelos meio ralos, macios e ondulados. Seu único defeito físico era a miopia, que ele mesmo agravara com o uso constante do pincenê, do qual não mais podia prescindir e que lhe deixava marcas no nariz ligeiramente aquilino. Quanto a sua personalidade, podia-se dizer que quanto mais se conhecia, mais se gostava dele. A mãe sempre o amara mais que aos outros e agora, morto o marido, concentrava nele não só todo o seu afeto como também toda a sua vida. Mas a mãe não era a única a amá-lo assim. Seus colegas de ginásio e da universidade o estimavam e respeitavam. Ele sempre causara a mesma boa impressão nos estranhos. Diante daquele rosto e principalmente daquele olhar franco e honesto não se podia deixar de acreditar no que ele dizia, era impossível suspeitar de impostura, de inverdade.

De um modo geral, sua personalidade muito o ajudava na vida prática. Um credor que negasse crédito a outro qualquer acabava confiando nele. O capataz, o administrador e o mujique que fizessem canalhices e enganassem os outros deixavam de lado o embuste sob a impressão agradável do convívio com um homem bom, simples e, sobretudo, franco como ele.

Era final de maio. Ievguêni dera um jeito de levantar na cidade a hipoteca sobre as terras incultas, a fim de vendê-las a um comerciante, e conseguiu desse mesmo comerciante um novo empréstimo para renovar seu patrimônio de cavalos, bois e carroças. E, o mais importante, para iniciar com urgência a construção da granja. As coisas se ajustavam. Trouxeram a madeira, os carpinteiros já trabalhavam, oitenta carroças transportavam adubo, mas tudo ainda estava por um fio.

II

Em meio a essas preocupações, aconteceu algo que, mesmo não sendo importante, deixou Ievguêni atormentado. Ele vivia sua juventude como fazem todos os jovens saudáveis e solteiros, isto é, tinha relações com todo tipo de mulher. Não era um libertino, mas tampouco era um monge, como ele mesmo costumava formular. Entregava-se a isso apenas o quanto achava necessário à sua saúde física e à sua liberdade de espírito, por assim dizer. Essas experiências começaram aos dezesseis anos e, desde então, tudo correra bem. Isso porque não se entregara à depravação, não se envolvera nenhuma vez e nenhuma vez pegara doença. No começo tivera uma costureira de Petersburgo, que logo adoeceu – e ele procurou outra saída. Esse aspecto de sua vida era tão satisfatório que não o perturbava.

Mas acontece que já estava há dois meses no campo e decididamente não sabia o que fazer. Uma abstinência forçada começou a lhe fazer mal. Será que terei de ir à cidade por causa disso? E aonde? Como? Isso era a única coisa a inquietar Ievguêni Ivánovitch, e como ele estava certo de que aquilo era indispensável e que estava precisando, a coisa se tornou efetivamente necessária e ele, contra a vontade, seguia com os olhos cada mulher jovem que cruzava seu caminho.

Achava que não seria direito ter relações com mulheres ou moças da sua fazenda. Pelo que contavam, sabia que tanto seu pai quanto seu avô haviam sempre se comportado de modo bem diferente dos outros latifundiários de seus tempos, jamais tiveram nenhum namorico com suas servas, e ele resolveu que também não o faria; no entanto, começou a sentir-se cada vez mais constrangido e horrorizado só de imaginar o que lhe poderia acontecer naquela aldeota e, considerando que não havia mais servidão, concluiu que podia se arranjar por ali mesmo. Só que teria de fazê-lo de modo que ninguém percebesse, e não por depravação, mas apenas por uma questão de saúde, como repetia para si mesmo. E quando se resolveu, ficou ainda mais inquieto; em conversa com o administrador, com os mujiques, com o marceneiro, levava involuntariamente o assunto para as mulheres e, se o assunto já era esse, procurava prolongá-lo. E fixava cada vez mais o olhar nas mulheres.

III

Entretanto, resolver o problema consigo mesmo era uma coisa, outra era colocá-lo em prática. Tomar a iniciativa de abordar mulheres era impossível. Qual? Onde? Teria de ser por intermédio de alguém. Mas de quem?

Certa vez, aconteceu-lhe de entrar na casa do guarda florestal para tomar um copo d'água. O guarda era um velho caçador do tempo de seu pai. Começaram a conversar e o guarda pôs-se a contar antigas histórias sobre farras nas caçadas. Ocorreu a Ievguêni Ivánovitch que seria bom resolver o seu problema por lá mesmo, acomodando-se na casa do guarda ou no bosque. Ele só não sabia como tocar no assunto e se o velho Danila se encarregaria ou não do seu caso. "A proposta pode escandalizá-lo e aí eu morreria de vergonha, mas também pode ser que ele aceite muito simplesmente". Isso ele pensava ao escutar as histórias de Danila. Danila contava como, certa vez, num distante campo de caça, na casa da mulher do diácono, ele arrumara uma mulher para o Prianítchnikov. "Posso tentar", pensou Ievguêni.

– Vosso pai, que Deus o tenha, nunca fez esse tipo de bobagens.

"Não, não posso", pensou, mas disse para sondar o terreno:

– E você se prestava a esse papel?

– O que é que tem de mal nisso? Ela ficava contente e o meu Fiódor Zakháritch muito, muito satisfeito. E eu ganhava um rublo. De que outro jeito ele iria se arranjar? Estava vivo e vivendo a vida.

"Posso tentar", pensou então e, no mesmo instante, disse:

– Você sabe – sentiu seu rosto avermelhar-se –, você sabe, Danila, estou passando por maus bocados. – Danila sorriu. – Apesar de tudo, não sou um monge, estava acostumado...

Sentiu o ridículo de tudo aquilo, do que tinha dito, mas ficou feliz em ver que Danila fazia um gesto de aprovação.

– Ora, era só o senhor ter falado há mais tempo. Isso se resolve – disse ele. – É só o senhor dizer quem quer.

– Bem, na verdade, para mim é indiferente. Desde que não seja horrorosa e nem doente.

– Entendi! – interrompeu Danila. Ficou um instante pensativo. – Ah!, tem uma coisinha bonita – disse. Ievguêni corou novamente. – Coisinha bonita. O senhor precisa ver, casaram-na no outono. – Danila começou a cochichar – mas o marido não pode fazer nada. Ela é pra quem quiser.

Ievguêni chegou a franzir o cenho de vergonha.

– Não, não – disfarçou. – Não é de nada disso que estou precisando. Ao contrário – o que seria o contrário? –, ao contrário, preciso que seja apenas saudável e que não me traga maiores problemas, pode ser uma mulher de soldado ou qualquer coisa assim...

– Sei. É de Stiepanida que o senhor precisa. O marido está na cidade, é como se fosse mulher de soldado. É uma mulherzinha bonita, asseada. O senhor vai ficar contente. É só eu dizer "vá lá!", e ela...

– Está bem, mas quando?

– Pode ser amanhã mesmo. Tenho que ir à tabacaria e dou uma chegada até lá. Na hora do almoço venha para cá ou para a casa de banho, atrás da horta. Não vai ter ninguém por perto. Todo mundo tira uma soneca depois do almoço.

– Então está bem.

Uma estranha agitação apossou-se de Ievguêni a caminho de casa. "O que será que vem por aí? Que tipo de camponesa será? E se for uma coisa horrível, de espantar? Não, elas são bonitas", disse para si mesmo, lembrando-se daquelas que vivia seguindo com os olhos. "Mas o que é que eu vou dizer, o que vou fazer?"

Passou todo aquele dia em desespero. No dia seguinte, ao meio-dia, foi até a cabana do guarda florestal. Danila estava ao portão e, calado, fez um sinal expressivo com a cabeça na direção do bosque. Ievguêni sentiu o sangue gelar nas veias, mas tomou a direção da horta. Ninguém. Foi até a casa de banho. Ninguém. Deu uma espiada, saiu e, de repente, escutou um estalido de galho quebrado. Voltou-se, e lá estava ela, meio encoberta pela vegetação do barranco. Ievguêni precipitou-se para lá passando pelo barranco. Havia urtigas por ali, mas ele nem se deu conta. Arranhou-se, deixou cair o pincenê e correu para o outeiro oposto. De avental branco bordado, saia de lã caseira, com listras vermelhas e marrons, a cabeça coberta por um lenço vermelho vivo, pés descalços, fresca, rija, bonita, lá estava ela, sorrindo acanhada.

– O senhor podia ter contornado por uma picada – disse ela. – Estou aqui há um tempão. Há séculos.

Ele se chegou a ela, examinou-a, tocou-a de leve.

Quinze minutos mais tarde, os dois se separaram, ele achou o pincenê e foi até Danila. Em resposta à pergunta "Satisfeito, senhor?", deu-lhe um rublo e foi para casa.

Estava satisfeito. Só no começo a vergonha o incomodou. Depois, passou. Estava tudo bem. Especialmente porque agora se sentia leve, calmo, animado. Quanto a ela, não lhe prestara muita atenção. Lembrava-se de que era asseada, fresca, bonita e simples, sem trejeitos. "Como é mesmo o seu nome?", perguntava-se. "Ele terá dito Piétchnikova? De que família será essa Piétchnikova? Existem duas com esse nome. Deve ser a nora do velho Mikhail. É, sem dúvida. Ele tem um filho que mora em Moscou. Vou perguntar a Danila."

Doravante estava afastado o antigo incômodo da vida no campo – a abstinência involuntária. A liberdade de pensamento de Ievguêni já não era afetada e ele podia dedicar-se livremente aos seus afazeres.

O compromisso que Ievguêni assumira não era nada fácil: às vezes parecia que não daria conta dele e acabaria, apesar de tudo, tendo de vender a fazenda, que todo o seu trabalho seria inútil e, principalmente, que havia falhado, que não soubera concluir o que começara. Isso era o que mais o afligia. Mal conseguia tapar a duras penas um buraco, e outro já aparecia, inesperado.

Durante todo esse tempo vinham à tona dívidas e mais dívidas do pai, antes desconhecidas. Era evidente que nos últimos tempos ele fizera empréstimos a torto e a direito. Em maio, quando fora feita a partilha, Ievguêni acreditara que finalmente estava a par de tudo, mas de repente, já em pleno verão, recebeu uma carta pela qual soube que ainda devia doze mil rublos a uma certa viúva Iessípova. Não havia promissórias, mas um simples recibo que, segundo seu advogado, poderia ser contestado. Entretanto, não podia sequer ocorrer-lhe a ideia de se recusar a saldar uma dívida real de seu pai. Precisava apenas saber com certeza se ela era mesmo real ou não.

– Mamãe! Quem é essa tal de Iessípova, essa Kaléria Vladímirovna? – perguntou à mãe, quando se reuniram para o almoço como de costume.

– Iessípova? Era uma pupila do seu avô. Por quê?

Ievguêni falou da carta.

– Me admira ela não se envergonhar disso. Seu pai legou a ela o bastante.

– E nós, devemos a ela ou não?

– Bem, como explicar? Não há dívida. Seu pai, na sua infinita bondade ...

– Sim, mas papai considerava isso uma dívida?

– Não sei dizer. Não sei. Só sei que você já tem problemas demais.

Ievguêni viu que Mária Pávlovna não sabia o que dizer e parecia sondá-lo.

– O que percebo é que temos que pagar – disse o filho. – Amanhã vou procurá-la para conversarmos e saber se é possível um adiamento.

– Ah! Como sinto por você. Mas, sabe de uma coisa, é melhor assim. Diga-lhe que ela deve esperar mais um pouco – disse Mária Pávlovna, com evidente alívio, orgulhosa pela determinação do filho.

A situação de Ievguêni ainda ficava particularmente difícil porque a mãe, morando com ele, não conseguia entendê-lo de maneira nenhuma. Acostumada sempre com tanta fartura, ela não conseguia nem calcular a situação do filho, nem entender que cedo ou tarde as coisas poderiam chegar ao ponto de ficarem sem nada e o filho ter de vender tudo e sustentá-la com um emprego que, na condição dele, renderia quando muito dois mil rublos. Ela não entendia que, para sair daquela situação, era necessário um corte geral de despesas, não podia entender por que Ievguêni fazia contenção de ninharias, de gastos com jardineiros, cocheiros, criadagem e até com alimentação. Além de tudo isso, como a maioria das viúvas, nutria pela memória do falecido um sentimento de veneração nem de longe parecido àquele que lhe devotara quando vivo, e agora não admitia a ideia de que o que ele fizera estivesse errado ou precisasse ser modificado.

Ievguêni mantinha com muita dificuldade o jardim, a estufa, seus dois jardineiros, a estrebaria e seus dois cocheiros. Já Mária Pávlovna pensava que, não se queixando dos pratos que o velho cozinheiro preparava, das aleias do jardim nem sempre bem varridas e dos criados substituídos por um menino, ela estava fazendo tudo o que podia fazer uma mãe disposta a se sacrificar pelo filho. De igual maneira, na nova dívida, que para Ievguêni era quase um golpe capaz de arruinar toda a sua empreitada, ela via apenas um incidente que demonstrava a nobreza do filho. Mária Pávlovna não se preocupava muito com a situação material de Ievguêni, ainda mais porque estava convicta de que ele encontraria um excelente partido, que iria restaurar tudo. Ele podia mesmo arranjar um excelente partido. Ela conhecia dezenas de famílias que ficariam felizes em verem suas filhas casadas com ele. E desejava ajeitar tudo o mais rápido possível.

IV

O próprio Ievguêni sonhava com o casamento, só que não como sua mãe: achava abominável a ideia de fazer do casamento um meio de resolver seus problemas. Queria casar-se honestamente, por amor. Olhava as moças que encontrava e conhecia, tentava imaginar-se casado com elas; mas seu destino não se resolvia. Enquanto isso, para sua própria surpresa, suas relações com Stiepanida continuavam e chegavam a ganhar ares de uma coisa estável. Ievguêni estava tão longe de ser um devasso, achava tão duro fazer aquilo, aquela coisa feia às escondidas – era o que sentia –, que não se conformava e nutria a esperança de que cada encontro fosse também o último; contudo, passado algum tempo, voltava o desassossego, raiz do problema. O desassossego agora não era mais indefinido, mostrava-se bem concreto: aqueles olhos negros, aquela voz grave a dizer "Há séculos", aquele perfume – uma coisa fresca e forte – e aqueles seios altos que estufavam o avental, tudo em meio às nogueiras e bordos banhados da luz viva do sol. Apesar da vergonha que sentia, foi de novo até Danila. Um outro encontro foi marcado, ao meio-dia, no bosque. Desta vez Ievguêni a observou melhor e tudo nela lhe pareceu atraente. Tentou conversar com ela, perguntou do marido. Era mesmo o filho de Mikhail, que trabalhava de cocheiro em Moscou.

– Então como é que você... – Ievguêni queria perguntar por que ela o traía.

– Como é o quê? – perguntou ela. Pelo visto era inteligente e sagaz.

– Ora, como é que você vem se encontrar comigo?

– Veja – retrucou ela com alegria –, vai ver que se vira por lá. Por que eu não posso?

Era evidente que ela se fazia de desembaraçada e valente. Ievguêni achou isso encantador, mas ainda assim ele mesmo não marcou outro encontro. E quando ela sugeriu que se encontrassem sem a mediação de Danila, a quem se referiu com hostilidade, ele recusou. Esperava que aquele fosse o último encontro. Gostava dela. Achava que precisava daquela relação e que nada havia de errado naquilo; mas tinha um juiz mais severo no fundo da alma, que não aprovava aquilo e esperava que fosse a última vez ou, se não esperava, ao menos não desejava fazer parte do arranjo nem tinha planos para repeti-lo.

Assim transcorreu todo o verão, durante o qual eles se encontraram umas dez vezes e sempre por intermédio de Danila. Numa ocasião ela não pôde ir, porque o marido tinha voltado, e Danila sugeriu outra. Ievguêni recusou com repugnância. Depois o marido partiu e os encontros continuaram como antes, de início através de Danila; depois, este apenas marcava um horário e ela vinha, acompanhada de uma camponesa chamada Prókhorova, pois uma mulher não podia andar sozinha. Certa vez, na hora marcada para um encontro, chegou à casa de Mária Pávlovna a família cuja filha ela pensava casar com Ievguêni, e ele não encontrou meios de escapulir. Tão logo pôde sair, dando a desculpa de ir até a eira coberta, seguiu pela trilha que rodeava o bosque ao lugar combinado para o encontro. Ela não estava lá, mas no lugar em que costumava ficar, tudo o que a mão podia alcançar estava em pedaços: a cerejeira, a nogueira, até mesmo o bordo novinho, da grossura de uma estaca. Era ela que havia esperado e, inquieta, zangada, deixara-lhe um lembrete por brincadeira. Ele se deixou ficar, esperou, e foi pedir a Danila que mandasse chamá-la para o dia seguinte. Ela foi e parecia a mesma de sempre.

Assim terminou o verão. Viam-se no bosque, e só uma vez, quase outono, encontraram-se na eira coberta, nos fundos da casa dela. Não passava pela cabeça de Ievguêni que essa relação tivesse qualquer importância para ele. Não tinha planos para Stiepanida. Dava-lhe dinheiro e isso era tudo. Não sabia, nem suspeitava, de que todos na aldeia já sabiam do caso e invejavam a moça, de que a família recebia dinheiro dela e a incentivava, de que a noção que ela fazia de pecado tinha sido inteiramente destruída sob a influência do dinheiro e dos familiares. Ela achava que, se todos a invejavam, era porque fazia o que era direito.

"Só preciso disso para a minha saúde", pensava. "Sei que não estou agindo corretamente e, mesmo que ninguém comente, sei que todos ou muitos estão sabendo. A mulher com quem ela anda sabe. Sabendo, com certeza contou para os outros. Mas o que fazer? Estou agindo mal", pensava, "mas o que fazer? Além do mais, isso é por pouco tempo."

O que mais perturbava Ievguêni era o marido. Por alguma razão, no começo achava que devia ser feio e isto justificaria em parte o seu comportamento. Mas um dia o viu e se surpreendeu. Era um homem belo, jovem, bem-vestido, com aparência em nada pior que a sua, provavelmente melhor. No encontro seguinte, contou a ela que lhe vira o marido e que ficara admirado com sua aparência.

– Não existe igual na aldeia – disse ela, com orgulho.

Ievguêni ficou surpreso. Desde então a lembrança do marido passou a incomodá-lo ainda mais. Aconteceu um dia que, estando na casa de Danila, este lhe falou enquanto conversavam:

– Outro dia Mikhail me perguntou se era verdade que o patrão estava tendo um caso com a nora dele. Eu disse que não sabia. Ora, eu disse que era melhor que fosse com o senhor do que com um mujique

– Bem, mas e ele?

– Ele disse: "Não é por nada, ela que espere, vou tirar isso a limpo e aí ela vai ter".

"Ora, se o marido voltasse, eu a deixaria", Ievguêni pensou. Mas o marido morava na cidade, e tudo continuava como antes. "Quando for preciso, eu rompo e não sobrará nada", pensava ele. E isso lhe parecia fora de dúvida, porque durante o verão muitas coisas importantes o ocupariam: a organização da nova granja, a colheita, as construções e, mais importante, o pagamento da dívida e a venda das terras incultas. Eram coisas que o absorviam por completo, nas quais ele pensava da hora em que se levantava à hora em que ia dormir. Tudo isso era vida de verdade. Sua relação – ele nem ousava chamar de caso – com Stiepanida era coisa de pouca importância. É verdade que, quando o desejo de vê-la chegava, vinha com tal força que ele não conseguia pensar em outra coisa, mas isso durava pouco, vinha um novo encontro e outra vez ele a esquecia por uma semana, às vezes por um mês.

Durante o outono, Ievguêni foi várias vezes à cidade e lá estreitou relações com a família Ánienski. Os Ánienski tinham uma filha que acabara de concluir os estudos. Então, para grande tristeza de Mária Pávlovna, que dizia que seu filho tinha se vendido barato, Ievguêni apaixonou-se por Liza[1] Ánienskaia e pediu sua mão em casamento.

Desde então cessaram as relações com Stiepanida.

V

É impossível explicar por que Ievguêni escolheu Liza Ánienskaia, como nunca se pode explicar por que um homem escolhe essa ou aquela mulher. Havia nisso uma infinidade de causas, negativas e positivas. Entre elas, o fato de que Liza não era a noiva riquíssima que a mãe tentara arranjar para ele; além disso, era ingênua no trato com a

---

1 Diminutivo de Ielizavieta. [N. T.]

própria mãe e ainda não era uma beldade que chamasse a atenção – mas tampouco era feia. O mais importante mesmo era que Ievguêni a conhecera numa época em que estava pronto para o casamento. Apaixonou-se porque sabia que devia casar-se.

De início Liza Ánienskaia apenas agradou a Ievguêni, mas quando este decidiu que aquela seria sua mulher, experimentou por ela um sentimento bem mais forte, sentiu que estava apaixonado.

Liza era alta, esbelta, longilínea. Tudo nela era alongado: o rosto, o nariz, que não se projetava para a frente mas ao longo do rosto, os dedos e os pés eram longos. Tinha a tez muito suave, branca, amarelada, de um corado leve, os cabelos longos, macios, castanhos claros e anelados, os olhos bonitos, também claros, doces e confiantes. Foram esses olhos, particularmente, que impressionaram Ievguêni. Quando pensava em Liza, via diante de si aqueles olhos claros, doces e confiantes.

Assim era ela no aspecto físico, porque do espiritual ele não sabia nada; enxergava apenas aqueles olhos. E estes pareciam dizer-lhe tudo o que precisava saber. O sentido que aqueles olhos traduziam era o seguinte.

Aos quinze anos, ainda na escola, Liza se apaixonava constantemente por todos os homens atraentes, e só se sentia animada e feliz quando estava apaixonada. Depois de terminar o Instituto, continuou se apaixonando por todos os homens jovens que encontrava e, naturalmente, caiu de amores por Ievguêni assim que o conheceu. Era essa paixão que dava a seus olhos aquela expressão especial que tanto o cativava.

Naquele mesmo inverno, ela estivera apaixonada por dois jovens ao mesmo tempo e enrubescia e se emocionava não só quando os via entrando, mas à simples menção de seus nomes. Depois, quando a mãe insinuou que Irtiêniev parecia ter intenções sérias, sua paixão por ele cresceu tanto que se tornou quase indiferente aos outros dois, e quando Irtiêniev começou a frequentar a casa, as reuniões, quando nos bailes dançava mais com ela do que com as outras moças, e quando quis saber se ela o amava, aí sua paixão passou a ser doentia. Sonhava com ele de olhos abertos, na penumbra de seu quarto, e todos os outros desapareceram para ela. Depois, quando ele a pediu em casamento e os dois foram abençoados, quando se beijaram e ela se tornou sua noiva, passou a não ter pensamentos senão para ele, a não ter outro desejo senão o de estar com ele, de amá-lo e ser amada por ele. Orgulhava-se dele, comovia-se com ele, consigo mesma e com o seu amor, enlanguescia e consumia-se de amor. Quanto mais ele a conhecia, mais ela retribuía esse amor. Nunca esperara encontrar semelhante amor, e isso intensificava ainda mais seus sentimentos.

VI

Ao chegar a primavera, Ievguêni foi vistoriar a Semiônova, dar instruções sobre a fazenda e principalmente sobre a casa, que estava sendo preparada para o casamento. Mária Pávlovna estava descontente com a escolha de seu filho, porque não era o casamento maravilhoso que ela queria que fosse e porque Varvára Alieksiêievna, a futura sogra do filho, não a agradava. Se era boa ou má, isso ela não sabia, mas que não era uma mulher decente nem *comme il faut*, nem uma *lady*, como Mária Pávlovna dizia de si para si, era coisa que ela havia notado ao conhecê-la e que a amargurava. Amargurava porque sempre, por uma questão de hábito, dera muita importância a essa decência, sabia que Ievguêni era muito sensível a isso e previa para ele muitos dissabores. Da moça ela gostava, principalmente porque Ievguêni gostava dela. Tinha que gostar. Mária Pávlovna estava preparada para isso e era plenamente sincera.

Ievguêni encontrou sua mãe contente, satisfeita. Estava arrumando a casa e pretendia partir assim que ele chegasse com sua jovem esposa. Ele tentou convencê-la a ficar. A solução do impasse foi adiada. À noite, depois do chá, Mária Pávlovna costumava jogar paciência. Ievguêni sentava-se ao lado, acompanhando o jogo. Era o momento em que conversavam mais intimamente. Entre o término de uma partida e o começo de outra, Mária Pávlovna olhou para o filho e disse, um pouco hesitante:

– Quero falar contigo, Jênia.[2] É verdade que eu não entendo muito dessas coisas, mas acho que antes do casamento tu deves resolver teus casos de solteiro, para que nada mais possa perturbar a ti e nem, Deus me perdoe, a tua mulher. Estás me entendendo?

De fato, Ievguêni compreendeu imediatamente que Mária Pávlovna aludia ao seu caso com Stiepanida, que

---

2 Diminutivo de Ievguêni. [N. T.]

terminara no outono e ao qual, como sempre acontece com as mulheres solitárias, ela atribuía uma importância bem maior do que tinha. Ievguêni corou, não tanto de vergonha quanto de contrariedade por ver que a bondosa Mária Pávlovna, ainda que movida por amor, metia-se em coisas que não lhe diziam respeito, que não entendia nem podia entender. Ele disse que não tinha nada a esconder e agira sempre exatamente de forma que não atrapalhasse o casamento.

– Magnífico, meu caro. Não te zangues comigo, Jênia – disse ela sem jeito.

Mas Ievguêni notava que ela não havia terminado nem dito o que queria. Foi o que aconteceu. Passados alguns instantes, ela começou a contar que, na ausência dele, haviam lhe pedido para fazer um batismo na casa dos... Ptchélnikov.

Desta vez Ievguêni não corou de contrariedade ou de vergonha, mas de uma estranha sensação da importância daquilo que iria ouvir, de um reconhecimento involuntário que nada tinha a ver com a sua maneira habitual de pensar as coisas. Aconteceu exatamente o que ele esperava. Como se não tivesse nenhuma outra intenção a não ser a de conversar à toa, Mária Pávlovna contou que naquele ano só nasceriam meninos e que isso era sinal de guerra. As jovens mães, tanto a dos Vássin como a dos Ptchélnikov, tinham tido meninos. Mária Pávlovna pretendia parecer natural, mas ficou acanhada quando viu o sangue subir às faces do filho e o modo nervoso como ele tirou, agitou e repôs o pincenê e acendeu apressadamente um cigarro. E ela se calou. Ele também permaneceu calado, incapaz de pensar em algo que rompesse aquele silêncio. Estava claro para ambos que um tinha compreendido muito bem o outro.

– É, o principal é que no campo se precisa de justiça, para que não haja favoritos como acontecia nos tempos de seu avô.

– Mãezinha – disse Ievguêni de repente –, sei muito bem o que a senhora está tentando me dizer. A senhora se preocupa à toa. Para mim, meu casamento é sagrado e eu não faria nada que interferisse nele. O que aconteceu na minha vida de solteiro está definitivamente terminado. Eu nunca tive nenhum caso e ninguém tem o direito de me cobrar coisa alguma.

– Bem, fico feliz – disse a mãe –, conheço tua maneira nobre de pensar.

Ievguêni sentiu nas palavras da mãe o respeito que ela lhe devotava e calou-se.

Na manhã seguinte, foi à cidade pensando na noiva, em tudo no mundo, menos em Stiepanida. Mas, como de propósito para lhe refrescar a memória, ao se aproximar da igreja encontrou um grupo de pessoas que saíam de lá, algumas a pé, outras em carroças. Encontrou o velho Matviêi com seu filho Semion, crianças, mocinhas e duas mulheres – uma mais velha e outra bem-vestida, de lenço de um vermelho vivo na cabeça e qualquer coisa de conhecido. Esta caminhava com leveza, alegre, com uma criança nos braços. Ao passarem por ele, a mais velha lhe fez uma reverência à moda antiga, enquanto a jovem que levava a criança mal inclinou a cabeça, e por baixo do lenço brilharam uns olhos conhecidos, alegres e risonhos.

"É ela sim, mas tudo acabou, e nada de olhar para ela. A criança pode ser minha", passou-lhe pela cabeça. "Não, isso é um absurdo. O marido andou por aí e ela dormiu com ele." Não fez cálculos. Tinha resolvido que fizera aquilo para preservar a saúde, que pagara a ela e que nada mais lhe devia; entre eles não havia, não houvera nada e não poderia nem deveria haver nenhuma relação. Não se tratava de calar a voz da consciência. Simplesmente sua consciência nada tinha a lhe dizer. Não se lembrara dela nem mais uma vez depois da conversa com sua a mãe e desse encontro. Nunca mais tornara a encontrá-la.

Na semana depois da Páscoa casou-se na cidade e foi diretamente para o campo com sua jovem esposa. A casa estava pronta, decorada como de hábito para recém-casados. Mária Pávlovna quis partir mas cedeu aos pedidos de Ievguêni e principalmente de Liza, que insistiu para que ela ficasse. Assim, em vez de ir embora, instalou-se na ala dos fundos da casa.

Assim começou para Ievguêni uma nova vida.

VII

O primeiro ano de casado foi difícil para Ievguêni. Difícil porque os negócios, que ele de algum modo adiara durante o noivado, de uma hora para outra desabavam sobre sua cabeça.

Livrar-se das dívidas parecia-lhe impossível. Tinha vendido a *datcha* e saldado os débitos mais prementes, mas ainda restavam dívidas e não havia dinheiro. A fazenda tinha dado uma boa renda naquele ano, mas era preciso mandar o dinheiro do irmão, e as despesas com o casamento tinham sido grandes; sem dinheiro, a usina deixara de produzir e era necessário desativá-la. A única saída seria usar o dinheiro da mulher. Liza, quando entendeu as atribulações do marido, foi a primeira a exigir esse procedimento. Ievguêni concordou, com a condição de que ela recebesse uma apólice no valor da metade da propriedade. Assim foi feito. Naturalmente não por causa de Liza, que se sentia ofendida com essa saída, mas por causa da sogra.

Esses problemas e suas alternâncias, que acarretavam ora sucesso, ora insucesso, eram o que envenenava a vida de Ievguêni nesse primeiro ano. A outra coisa era a saúde da mulher. No outono desse ano, sete meses após o casamento, Liza sofreu um acidente. Saíra de cabriolé ao encontro do marido, que voltava da cidade, quando o cavalo manso começou a corcovear. Ela teve medo e saltou do carro. O salto foi relativamente bem-sucedido – ela podia ter ficado presa às rodas –, mas ela já estava grávida e, naquela noite, começou a sentir dores e abortou. Levou muito tempo para recuperar a saúde depois do aborto. A perda do filho esperado, a doença da mulher, o transtorno que tudo isso causou em sua vida e sobretudo a presença da sogra, que viera tão logo Liza adoecera – tudo isso fez daquele um ano ainda mais difícil para Ievguêni.

Apesar dessas circunstâncias difíceis, Ievguêni sentia-se muito bem ao final do ano. Em primeiro lugar, porque a ideia íntima de resgatar a fortuna decadente, restaurar a vida do tempo de seu avô em novas formas estava sendo posta em prática, ainda que lentamente e com dificuldade. Agora já não se falava em vender toda a fazenda para saldar as dívidas. A fazenda principal, apesar de ter passado para o nome da mulher, estava salva, e bastava que a beterraba desse boa safra e atingisse bom preço para que no ano seguinte a situação de carência e tensão fosse substituída por uma prosperidade completa. Isso era uma coisa.

A outra consistia em que, por maior que fosse a sua expectativa em relação à sua mulher, nunca imaginara encontrar nela o que havia encontrado. Não era o que ele esperava, era ainda bem melhor. Cenas de ternura, de encantamento apaixonado, embora ele tentasse desencadeá-las, não aconteciam ou lhe saíam muito fracas: entretanto acontecia uma coisa bem diferente, de sorte que a vida se tornou não só mais alegre, mais agradável, como também mais leve. Ele não sabia por que isso acontecia, mas acontecia.

E acontecia porque, logo depois do casamento, ela havia resolvido que Ievguêni Irtiêniev era superior, o mais inteligente, o mais puro, o mais nobre de todos os seres do mundo, e por isso todas as pessoas tinham a obrigação de servir-lhe e agradá-lo. Mas, como era impossível conseguir isso dos outros, ela impôs a si mesma essa tarefa. E assim procedia. Todas as forças da sua alma estavam empenhadas em descobrir, em adivinhar as coisas de que ele gostava e realizá-las a despeito do que fossem e das dificuldades que pudessem acarretar.

Havia nela aquilo que constitui o encanto principal do convívio com uma mulher amorosa, havia nela, graças ao amor devotado ao marido, a perspicácia para lhe sondar a alma. Pressentia – frequentemente mais que o próprio marido, como ele mesmo achava – qualquer estado de espírito nele, qualquer nuança de humor, e em conformidade com esse postulado nunca ofendia seus sentimentos, e sempre atenuava suas sensações angustiantes e reforçava as alegres. Entretanto não eram só os sentimentos e pensamentos que ela captava. Captava imediatamente os assuntos mais estranhos a ela, relacionados à agricultura, à usina, à avaliação do pessoal, e não só podia ser uma interlocutora para o marido mas, frequentemente, como o próprio Ievguêni afirmava, era uma conselheira útil e insubstituível. Via tudo e todos somente pelos olhos dele. Amava a mãe, mas ao perceber que Ievguêni não gostava das intromissões da sogra em suas vidas tomava logo o partido do marido, e com tal determinação que ele próprio tinha de contê-la.

Além de tudo isso, havia em Liza a exuberância do bom gosto, do tato e principalmente do silêncio. Não se notava nada do que fazia, notavam-se apenas os resultados, ou seja, em toda a parte reinavam sempre a limpeza, a ordem e a elegância. Logo compreendeu qual era o ideal de vida do marido, empenhou-se por ele e acabou conseguindo a arrumação e a ordem que ele queria. Faltavam-lhes os filhos, mas nisso também havia esperança. No inverno foram a Petersburgo consultar um obstetra, que afirmou que ela era saudável e podia engravidar.

E o desejo se realizou. No fim do ano ela estava grávida.

Uma coisa que, se não chegava a envenenar, pelo menos ameaçava a felicidade dos dois, era o ciúme dela, ciúme contido, escondido, mas que lhe causava frequentes sofrimentos.

Não apenas Ievguêni não podia amar nenhuma outra, pois não havia mulher na face da terra que fosse digna dele (ela não se perguntava se ela mesma era digna dele), mas também mulher nenhuma podia ter a ousadia de amá-lo.

VIII

Assim era o dia a dia deles: Ievguêni sempre se levantava cedo e saía para os afazeres da lavoura, ia à usina, onde havia trabalhos em andamento, às vezes ia ao campo. Retornava para o café por volta das dez. Tomava o café da manhã no terraço, com Mária Pávlovna, um tio que morava com eles e Liza. Depois de conversas frequentemente animadas à mesa, separavam-se até a hora do almoço. Às duas almoçavam. Após o almoço davam um passeio a pé ou de carro. À noite, quando ele voltava do escritório, tomavam chá bem tarde, às vezes ele lia em voz alta, ela fazia algum trabalho, ouviam música ou conversavam quando tinham visitas. Quando ele viajava a negócios, correspondiam-se todos os dias. Em algumas ocasiões ela o acompanhava, e isso era uma alegria especial. Nos dias dos santos dele e dela, recebiam visitas e ele achava agradável ver como Liza organizava tudo com uma habilidade que deixava todos à vontade. Via e ouvia que todos ficavam maravilhados com a anfitriã jovem e encantadora, e amava-a ainda mais por isso. Tudo ia às mil maravilhas. Ela levava a gravidez com tranquilidade e os dois, embora com timidez, começavam a conjeturar sobre como iriam educar o filho. A forma e as providências para a educação eram sempre resolvidas por Ievguêni, e ela apenas desejava cumprir docilmente a vontade dele. Já Ievguêni fartava-se de ler livros de medicina e tinha intenção de criar o filho seguindo todas as regras da ciência. Ela, é óbvio, concordava com tudo e preparava-se, tricotava coletinhos para o frio e para o calor e arrumava o bercinho que embalaria o bebê. Assim começou o segundo ano do casamento e a segunda primavera.

IX

Estavam na véspera da festa da Santíssima Trindade. Liza chegara ao quinto mês de gravidez e, embora se resguardando, andava sempre alegre e ativa. Ambas as mães, a dele e a dela, moravam na casa e, a pretexto de observá-la e protegê-la, só a inquietavam com a troca de alfinetadas. Ievguêni ocupava-se com especial entusiasmo da fazenda e do novo cultivo de grandes áreas de beterraba.

Naquele véspera da Trindade, Liza resolveu que era preciso fazer uma grande faxina na casa, como não se fazia desde a Páscoa e, para ajudar a criadagem, chamou duas mulheres que trabalhavam como diaristas para lavar os assoalhos, as janelas, tirar o pó dos móveis e dos tapetes e pôr as espaldeiras. De manhã bem cedo, as mulheres chegaram, esquentaram baldes de água e começaram a trabalhar. Uma das mulheres era Stiepanida, que acabara de desmamar seu filhinho e conseguira ser chamada para a limpeza da casa por intermédio do empregado do escritório, seu atual amante. Queria ver de perto a nova senhora. Como antes, vivia sem o marido, e tinha casos como tivera com Danila – que um dia a pegara roubando lenha –, depois com Ievguêni e agora com o jovem empregado do escritório. Já não pensava no senhor: "agora ele tem esposa – mas bem que seria divertido dar uma olhada na senhora, na casa dela, dizem que é bem-arrumada".

Desde que a encontrara com o filho, Ievguêni não tornara a vê-la. Ela trabalhava de diarista por conta do filho recém-nascido, e ele raramente ia à aldeia. Naquela manhã, véspera da Trindade, Ievguêni acordou cedo, às cinco da manhã, e foi ao campo, onde o barbecho deveria receber uma aplicação de fosforita para a semeadura, e saiu de casa antes que as mulheres chegassem, enquanto ainda aqueciam a água.

Alegre, contente e faminto, voltou para o café da manhã. Apeou do cavalo junto ao portão, entregou-o a um jardineiro que passava e, dando chicotadas na grama alta e repetindo sempre a mesma frase, caminhou para casa. A frase que repetia era: "As fosforitas compensam". Por que e a quem compensam, isso ele não sabia nem atinava.

Alguém batia um tapete sobre a relva. A mobília tinha sido trazida para fora.

"'Nossa mãe! Que limpeza Liza está fazendo. As fosforitas compensam. Isso é que é patroa. Patroinha!", disse de si para si, imaginando-a de roupão, o rosto radiante de felicidade, como estava quase sempre que ele olhava para ela. "É preciso trocar de botas, senão as fosforitas vão compensar, quer dizer, vão exalar cheiro de esterco, e a patroinha nesse estado. Por que nesse estado? Ora, tem um pequeno Irtiêniev dentro dela", pensava ele. "Sim, as fosforitas." E, sorrindo de seus pensamentos, girou a maçaneta da porta de seu quarto.

Mas antes que ele tivesse tempo de empurrar a porta, esta se abriu e ele se viu cara a cara com uma mulher que vinha carregando um balde, descalça, com a saia arrepanhada, mangas arregaçadas até o alto, recompondo com a mão úmida o lenço que escorregava da cabeça. Ele se afastou para lhe dar passagem e ela também se afastou.

– Passe, pode passar, eu não vou se você... – ia dizendo Ievguêni e de repente parou, reconhecendo-a.

Ela olhou contente para ele, com olhos risonhos, e saiu do quarto repuxando as saias.

"Que absurdo é esse? O que é isso? Não pode ser", disse consigo Ievguêni, sacudindo a cabeça como quem se livra de uma mosca, aborrecido por tê-la encontrado. Estava irritado por tê-la visto e também porque não podia despregar os olhos daquele corpo que os passos ágeis e firmes dos pés descalços faziam bambolear, daqueles braços, daqueles ombros, da bonita blusa de pregas, das saias vermelhas arregaçadas acima das panturrilhas brancas.

"Ora, por que cargas d'água estou olhando?", disse consigo, desviando o olhar. "Preciso pegar as outras botas e subir." Deu meia-volta para entrar no quarto, mas não chegou a dar cinco passos e, sem saber como e por ordem de quem, já tornava a se voltar para dar mais uma olhada. Ela, que já ia virando para outro corredor, voltou-se e olhou para ele.

"Ah, o que é que estou fazendo!", clamou do fundo da alma. "Ela pode pensar... Vai ver até que já pensou".

Entrou no seu quarto molhado. Ali havia outra mulher, velha, magra, ainda lavando o chão. Na ponta dos pés, ele pulou as poças d'água suja, foi até o armário onde estavam as botas e ia saindo quando a mulher que ainda estava ali também saiu.

"Essa aí sai e vai entrar a outra, Stiepanida, e sozinha", súbito alguém começou a raciocinar dentro dele.

"Meu Deus! Que pensamentos são esses, o que estou fazendo!" Agarrou as botas e correu com elas para o vestíbulo, calçou-as, aprumou-se e saiu para o terraço, onde já estavam as duas mamães tomando café. Liza, que pelo visto o esperava, saiu por outra porta e foi a seu encontro.

"Ai, meu Deus, se ela, que me julga tão honesto, tão puro e ingênuo, se ela soubesse!", pensou ele.

Liza, com o rosto sempre radiante, chegou-se a ele. Mas naquele momento ela lhe pareceu particularmente pálida, amarela, delgada e fraca.

X

Durante o café, como acontecia com frequência, a conversa decorreu naquele tom tão feminino, desprovida de qualquer nexo lógico, mas de alguma forma concatenada, uma vez que seguia ininterrupta.

As duas senhoras se alfinetavam e Liza se interpunha com tato entre elas.

– Fiquei tão aborrecida por seu quarto não ter ficado pronto antes da sua chegada – disse ao marido. – Eu queria tanto que estivesse tudo arrumado.

– E você, dormiu depois da minha saída?

– Dormi, sim, estou bem.

– Como pode estar bem uma mulher no seu estado, com este calor insuportável, com as janelas dando para o sol – disse Varvára Alieksiêievna, mãe de Liza. – E sem venezianas nem toldos. Em minha casa sempre houve toldos.

– Mas aqui temos sombra desde as dez horas da manhã – disse Mária Pávlovna.

– É daí que vem a febre. Da umidade – continuou a falar Varvára Alieksiêievna, sem perceber que estava se desdizendo completamente. – Meu médico dizia que nunca é possível definir a doença sem se conhecer o caráter do doente. E ele sabe muito bem o que diz, porque é um médico de primeira, e nos cobra cem rublos. Meu falecido marido não ligava para médicos, mas comigo não media despesas.

– E como pode um homem regatear quando estão em jogo as vidas de sua mulher e do filho, quem sabe...

– Ora, quando a mulher tem recursos, ela pode ser independente do marido. A boa esposa obedece ao marido – disse Varvára Alieksiêievna –, mas Liza ainda está fraca demais depois da doença.

– O que é isso, mamãe! Estou me sentindo ótima. Ainda não serviram o creme fervido?

– Para mim não é preciso. Pode ser cru mesmo.

– Eu ofereci a Varvára Alieksiêievna. Ela não quis – disse Mária Pávlovna, como que se justificando.

– Não é preciso, agora não quero. – E como se quisesse pôr fim a um assunto desagradável, cedendo generosamente, Varvára Alieksiêievna se dirigiu a Ievguêni: – E então, aplicaram as fosforitas?

Liza saiu apressada em busca do creme.

– Não, eu não quero, não quero mesmo.

– Liza, Liza! Calma! – disse Mária Pávlovna. – Esses movimentos bruscos fazem mal a ela.

– Nada faz mal quando se tem paz de espírito – disse Varvára Alieksiêievna, como se insinuasse alguma coisa, mesmo sabendo que essas palavras não podiam insinuar nada.

Liza voltou com o creme. Ievguêni tomava café e ouvia, taciturno. Estava acostumado a essas conversas, mas agora sua falta de sentido o irritava sobremaneira. Queria refletir sobre o que lhe havia acontecido e aquela tagarelice o impedia. Terminado o café, Varvára Alieksiêievna se retirou de mau humor. Liza, Ievguêni e Mária Pávlovna ficaram a sós e a conversa transcorreu simples e agradavelmente. Entretanto, levada pela intuição amorosa, Liza percebeu que algo atormentava Ievguêni e perguntou-lhe se não teria acontecido alguma coisa desagradável. Ele não estava preparado para essa pergunta e, titubeando ligeiramente, respondeu que não. Tal resposta deixou Liza ainda mais pensativa. Que alguma coisa o preocupava, e muito, era tão evidente como uma mosca que caísse no leite, mas ele não dizia o que estava acontecendo.

XI

Depois do café, todos se separaram. Ievguêni, como de costume, foi para seu escritório. Não se pôs a ler nem a escrever cartas, mas ficou sentado, fumando um cigarro atrás do outro, pensando. Estava terrivelmente surpreso e amargurado com aquele sentimento detestável que nele se manifestava inesperadamente, do qual se considerava livre desde o casamento. Desde então nunca experimentara aquele sentimento, nem por ela, por aquela mulher, nem por qualquer outra, exceto por sua esposa. Muitas vezes em seu íntimo se alegrava por essa libertação, e eis que de repente aquele acaso, que parecia insignificante, vinha lhe revelar que não estava livre. Atormentava-se nesse momento não pelo fato de estar outra vez subordinado àquele sentimento, de desejá-la – nem queria pensar nisso –, mas porque o sentimento ainda estava vivo dentro dele, porque era preciso estar em alerta. No íntimo, não havia nem sombra de dúvida de que acabaria por vencê-lo.

Tinha que responder a uma carta e preencher um documento. Sentou-se à escrivaninha e pôs-se a trabalhar. Quando terminou, esquecido do que o inquietava, deixou o escritório para ir à estrebaria. Outra vez, como por azar, não se sabe se por uma coincidência infeliz ou de caso pensado, mal descera à varanda fechada quando surgiu de um canto uma saia vermelha, um lenço vermelho e ela passou por ele, balançando os braços e se requebrando. Como se não bastasse ter passado, deu uma corridinha, evitando-o como numa brincadeira, e alcançou a companheira.

Outra vez aquele meio-dia, as urtigas, os fundos da cabana de Danila, o rosto sorridente à sombra dos bordos e a folhagem urticante ressurgiram na imaginação dele.

"Não, não posso deixar isso assim" – disse consigo e, depois de esperar que as mulheres sumissem de sua vista, dirigiu-se ao escritório. Já era hora do almoço, mas ele esperava encontrar ali o administrador. Foi o que aconteceu. Este acabara de acordar. Estava lá, espreguiçando-se, bocejando, olhando para um vaqueiro que lhe falava.

– Vassili Nicoláievitch!

– Pois não.

– Preciso falar com você.

– Às suas ordens.

– Termine primeiro ...

– Será que não dá pra trazer? – disse Vassili Nicoláievitch ao peão.

– É difícil, Vassili Nicoláievitch.

– Trazer o quê? – perguntou Ievguêni.

– Uma vaca que se apartou do rebanho. Então está combinado. Agora mesmo vou mandar atrelar um cavalo. Mande Nicolai Lizukh atrelar, ainda que seja a uma carroça.

O vaqueiro saiu.

– Veja só – Ievguêni começou a falar, corando e sentindo que corava. – Olhe, Vassili Nicoláievitch. No meu tempo de solteiro, cometi alguns pecados... é provável que você tenha ouvido falar ...

Vassili Nicoláievitch sorria com os olhos e, pelo visto com dó do patrão, disse:

– O senhor está falando de Stiepachka?

– Isso mesmo. Escute, por favor, não a mande mais para minha casa. Você entende, para mim é muito desagradável.

– Parece que foi o Vânia do escritório que a contratou.

– Então, por favor... Sim, e aquele resto, já aplicaram? – continuou Ievguêni a fim de disfarçar sua confusão.

– Vou agora mesmo verificar isso.

E com isso encerrou-se o assunto. Ievguêni acalmou-se, com esperança de que, assim como passara um ano sem vê-la, do mesmo modo seria dali em diante. "Ademais, Vassili dirá isso ao Ivan do escritório, Ivan falará com ela, e ela vai entender que eu não quero nada" pensava ele e alegrava-se pela coragem de falar com Vassili sobre um assunto tão difícil. "Tudo, tudo é melhor do que essa dúvida, essa vergonha." Estremeceu à simples lembrança daquele crime imaginário.

XII

O esforço moral que fizera para superar a vergonha de falar com Vassili Nicoláievitch deixou Ievguêni tranquilo. Parecia-lhe que agora tudo estava terminado. Liza percebeu no mesmo instante que ele estava totalmente sereno e até mais alegre que de costume. "Com certeza estava desgostoso com as alfinetadas trocadas entre nossas mães. É mesmo duro ter de ouvir essas indiretas hostis e de mau tom, principalmente para ele, sensível e nobre como é", pensava Liza.

O dia seguinte era o da Trindade. O tempo estava lindo, e as mulheres, como de costume, depois de entrelaçar grinaldas nos bosques, aproximaram-se da casa senhorial e começaram a cantar e a dançar. Mária Pávlovna e Varvára Alieksiêivna apareceram na varanda, em trajes de gala e de sombrinha, e aproximaram-se da roda de dança. Com elas, metido numa sobrecasaca chinesa, estava também o tio, obeso, devasso e beberrão, que passava aquele verão com Ievguêni.

Como de hábito, formou-se no centro um círculo multicor de mulheres jovens e mocinhas, enfeitadas com flores claras, em volta do qual acorriam os demais, como planetas e satélites desgarrados e rodopiantes: aqui, meninas de mãos dadas rodando seus *sarafans*[3] de chita, farfalhantes de novos; ali, meninos pequenos correndo para todos os lados, uns atrás dos outros; acolá, os mais crescidinhos, em *podiovkas* azuis e pretas, quepes e camisas vermelhas, o tempo todo mascando e cuspindo sementes de girassol; mais além, os criados da casa ou de fora, que observavam de longe a ciranda. As duas senhoras aproximaram-se da roda, seguidas de perto por Liza, que usava um vestido azul e fitas da mesma cor nos cabelos, com mangas bufantes que deixavam descobertos seu braços brancos e longos, de cotovelos angulosos.

Ievguêni estava sem vontade de sair de casa, mas não tinha cabimento esconder-se. Chegou à varanda fumando um cigarro. Cumprimentou com um aceno de cabeça alguns rapazes e mujiques. Enquanto isso, as camponesas continuavam cantando a plenos pulmões a música de dança, estalavam os dedos e batiam palmas.

---

3 Espécie de vestido sem mangas. [N. T.]

– A patroa está chamando – disse um rapazinho aproximando-se de Ievguêni, que não ouvira o chamado da mulher. Liza queria que ele observasse a dança e chamou-lhe a atenção para uma das dançarinas que a agradava em particular. Era Stiepanida. Vestia um *sarafan* amarelo, um colete de veludo e lenço de seda – lá estava ela, os quadris largos, cheia de energia, corada, alegre. Devia dançar bem. Ele não enxergava nada.

– É, é mesmo – disse ele, tirando e tornando a pôr o pincenê. – É, é sim – repetia. "Logo, não posso me livrar dela", pensava.

Ele não a olhava com medo do seu fascínio, mas justamente por isso, por olhá-la furtivamente, ela lhe pareceu mais atraente do que nunca. Percebeu-lhe pelo brilho dos olhos que ela o notava e via que ele estava inebriado. Ele permaneceu ali o tempo necessário para manter as aparências e, vendo que Varvára Alieksiêievna chamava-a e de forma desajeitada e afetada tratava-a com carinho, chamando-a de queridinha, deu meia-volta e voltou para casa. Afastou-se para não vê-la mas, subindo ao andar superior, sem saber como nem por quê, foi até a janela e, durante todo o tempo em que as mulheres estiveram junto ao terraço de entrada, ficou ali, olhando para ela, inebriado.

Sem que ninguém percebesse seus movimentos, desceu rápido e em silêncio até a varanda, acendeu um cigarro e, como se estivesse passeando, foi para o jardim na direção que ela havia tomado. Não dera dois passos pela aleia quando vislumbrou por trás das árvores o colete aveludado sobre o *sarafan* rosa e o lenço vermelho. Lá ia ela com outra mulher. "Para onde estarão indo?"

E de súbito sentiu-se incendiado por um desejo ardente que o agarrava pelo coração. Como se obedecesse a uma vontade alheia, olhou ao redor e encaminhou-se para ela.

– Ievguêni Ivánitch, Ievguêni Ivánitch! Queria pedir um favor ao senhor – falou alguém às suas costas, e Ievguêni, vendo o velho Samókhin, que estava cavando um poço para ele, recobrou a consciência e voltou-se rapidamente, dirigindo-se a ele. Conversando com o velho, olhou de lado e viu que as mulheres desciam evidentemente na direção do poço ou tomando o poço como pretexto, e algum tempo depois corriam para a roda de dança.

XIII

Depois de falar com Samókhin, Ievguêni voltou para casa, abatido como quem cometeu um crime. Em primeiro lugar, ela o entendera bem, percebera que ele queria vê-la, e ela também desejava isso. Em segundo lugar, aquela mulher – Ana Prókhorova – com certeza sabia de tudo.

O grave era sentir que estava vencido, sem vontade própria, que havia nele uma força que o impelia; sabia que só um golpe de sorte o salvara naquele dia e que, se nada acontecera hoje, então amanhã ou depois ele acabaria sucumbindo àquela força.

"É, vou sucumbir", não via a questão de outro modo. "Trair a esposa jovem e apaixonada, na aldeia, com uma camponesa, à vista de todos, não é mesmo sucumbir, sucumbir terrivelmente, depois do que não terei mais como viver? Não, eu preciso, eu preciso fazer alguma coisa."

"Meu Deus, meu Deus! O que é que eu faço? Será que vou acabar mesmo sucumbindo?", dizia a si mesmo. "Não posso tomar alguma medida? Ora, eu preciso fazer alguma coisa. Não, preciso agir com determinação. Não pensar nela!", ordenava-se a si mesmo. "Não pensar!", e de repente começava a pensar, enxergava-a diante de si, via-a à sombra dos bordos.

Lembrou-se de uma história que lera sobre um velho monge que, para fugir à tentação de uma mulher sobre a qual devia pousar a mão para curá-la, colocou a outra mão num braseiro e queimou os dedos. Refletiu. "É, estou mais bem preparado para queimar os dedos do que para sucumbir." E, certificando-se de que não havia ninguém por perto, acendeu um fósforo e pôs um dedo na chama. "Vamos, pense nela agora", disse com ironia. Sentiu dor, afastou bruscamente o dedo chamuscado e jogou fora o fósforo, rindo de si mesmo. "Que absurdo! Não é assim que se resolve o problema. Tenho é que tomar providências para não vê-la mais, ir embora daqui ou afastá-la. Sim, afastá-la! Oferecer dinheiro ao marido para que se mudem para outra cidade ou outro povoado. Vão ficar sabendo, vão falar. Mas e daí? Qualquer coisa é melhor que esse perigo. É, isso precisa ser feito", dizia consigo. Porém, no mesmo momento procurava-a com os olhos. "Aonde será que ela foi?", perguntou-se. Com certeza ela o vira na janela e, depois de olhar para ele, dera o braço a alguma mulher e saíra pelo jardim, agitando animadamente o braço. E lá se foi ele para o escritório, sem saber por quê, com que fim, só para acalentar os seus pensamentos.

Vassili Nicoláievitch, de sobrecasaca elegante, cheio de brilhantina, tomava chá com a esposa e uma outra mulher metida num xale de pano de tapete.

– Será que eu poderia dar uma palavrinha com você, Vassili Nicoláievitch?

– Pois não. À vontade. Já acabamos.

– Não, prefiro que venha comigo um instante.

– Num instante; vou só pegar o quepe. Tânia, tampe o samovar – disse Vassili Nicoláievitch, saindo bem-humorado.

Ievguêni achou que ele estava meio embriagado, mas paciência! Quem sabe assim não seria melhor e Vassili se colocaria com mais simpatia na situação dele!

– Quero lhe falar, Vassili Nicoláievitch. Outra vez sobre aquilo, sobre aquela mulher.

– O que aconteceu? Já ordenei que não a chamassem mais.

– Não, não é isso. Veja em que se resume a minha ideia e qual a sugestão que quero de você. Não seria possível tirá-los daqui, toda a família?

– Mandá-los para onde? – replicou Vassili, num tom que a Ievguêni pareceu descontente e malicioso.

– Bem, pensei em lhes dar dinheiro, ou até mesmo umas terras em Koltovsk, contanto que ela não ficasse mais aqui.

– Sim, mas como vamos mandá-los embora? Eles têm raízes aqui. E o que é que isso vai lhe adiantar? No que é que ela está atrapalhando o senhor?

– Ah! Vassili Nicoláievitch, procure entender que para minha mulher seria horrível saber disso.

– E quem iria lhe contar?

– Como é que se pode viver com esse receio? Além do mais, isso é angustiante.

– Ora, mas por que essa preocupação? Se o passado condena, fica-se longe dele. E quem não pecou aos olhos de Deus não é culpado perante o czar.

– Mesmo assim, seria melhor afastá-los. Você não poderia falar com o marido?

– Não há o que conversar. Ora, Ievguêni Ivánovitch, por que tudo isso? O que passou passou. Essas coisas acontecem. E, além do mais, quem hoje falaria mal do senhor? O senhor é uma pessoa de destaque.

– Seja como for, fale.

– Está bem, vou falar.

Mesmo sabendo de antemão que isso não daria em nada, Ievguêni se acalmou um pouco com aquela conversa. Principalmente porque percebeu que o nervosismo o fizera exagerar o risco.

Por acaso tinha ido ao encontro dela? Impossível. Ele apenas passava pelo jardim quando, por acaso, ela correu para lá.

XIV

Naquele mesmo dia da Santíssima Trindade, depois do almoço, Liza passeava pelo jardim e, ao tomar a direção do prado, para onde o marido a conduzia a fim de lhe mostrar um trevo, tropeçou e caiu ao passar sobre uma valeta. Caiu de lado, suavemente, mas deu um gritinho e em seu rosto o marido viu não apenas o susto mas também a dor. Quis levantá-la, mas ela lhe afastou a mão.

– Não, espere um pouco, Ievguêni – disse ela, com um riso tímido e olhando do chão para ele, com um ar que lhe pareceu de culpa. – Eu apenas torci o pé.

– É por isso que eu sempre digo – começou Varvára Alieksiêievna. – Onde já se viu saltar valeta nesse estado!

– Ora, mamãe, não foi nada. Já vou me levantar.

Levantou-se com a ajuda do marido mas, no mesmo instante, empalideceu e fez uma expressão de susto.

– É mesmo, não estou bem – e cochichou algo para a mãe.

– Ai, meu Deus! Que foi que fizeram! Eu bem que falei para não saírem – gritou Varvára Alieksiêievna. – Esperem, eu vou chamar alguém. Ela não deve caminhar. Precisa ser carregada.

– Você não está com medo, não é, Liza? Eu vou carregá-la – disse Ievguêni, enlaçando-lhe o pescoço com o braço esquerdo. – Ponha os braços em volta do meu pescoço, assim.

Inclinou-se, passou-lhe o braço direito por baixo das pernas e ergueu-a. Nunca mais poderia esquecer a expressão de seu rosto, misto de sofrimento e felicidade.

– É muito peso para você, querido – disse ela, sorrindo. – Olhe lá a mamãe correndo, fale com ela.

Inclinou-se para ele e deu-lhe um beijo. Pelo visto queria que a mãe o visse carregando-a.

Ievguêni gritou para que Varvára Alieksiêievna não se apressasse, que ele a levaria para casa. Varvára Alieksiêievna parou e começou a gritar ainda mais.

– Você vai deixá-la cair, com certeza vai deixá-la cair. Você quer matá-la. Você não tem consciência.

– Mas eu a estou carregando muito bem.

– Eu não quero, não posso ver como você está acabando com a minha filha. – E correu para um canto da aleia.

– Isso não é nada, vai passar – disse Liza sorrindo.

– Tomara que não aconteça como da outra vez.

– Não, não é disso que estou falando. Isso não me preocupa. É sobre mamãe. Você está cansado, descanse um pouco.

Embora sentisse o peso, Ievguêni carregou-a com orgulhosa alegria até a casa e não quis entregá-la à arrumadeira e ao cozinheiro que Varvára Alieksiêievna mandara para ajudá-lo. Levou-a até o quarto e a pôs na cama.

– Vá, pode ir – disse ela e, puxando-lhe a mão, beijou-a. – Eu me arranjarei com Ániuchka.

Mária Pávlovna também apareceu correndo dos fundos da casa. Despiram Liza e acomodaram-na no leito. Ievguêni foi sentar-se na sala, com um livro nas mãos, esperando. Varvára Alieksiêievna passou por ele com um ar de censura tão soturno que o deixou apavorado.

– E então? – perguntou.

– O quê? Você ainda pergunta? Aconteceu o que você provavelmente queria, obrigando-a a saltar aquela valeta.

– Varvára Alieksiêievna! – gritou Ievguêni. – Isto é intolerável. Se a senhora quer atormentar e envenenar a vida dos outros... – quis dizer: “então vá para algum lugar, vá para outro lugar”, mas se conteve. – Não sente nem pena de nós?

– Agora é tarde.

E ela saiu da sala, sacudindo a touca num gesto vitorioso.

A queda tinha sido feia mesmo. Liza torcera desajeitadamente o pé e corria o risco de outro aborto. Todos sabiam que nada podia ser feito, que ela precisava apenas repousar tranquilamente, mas ainda assim resolveram chamar o médico.

"Caríssimo Nicolai Semiónovitch", escreveu Ievguêni ao médico, "o senhor tem sido sempre tão gentil conosco que, espero, não se recusará a vir socorrer minha mulher. Ela está..." etc. Escrita a carta, foi até a cocheira para dar ordens sobre os cavalos e a carruagem. Era preciso deixar uma parelha de cavalos preparada para ir buscar o médico e outra para levá-lo de volta. Quando uma fazenda não anda bem, essas coisas não são fáceis de se arrumar, têm que ser planejadas. Depois de tudo providenciado, despachado o cocheiro, Ievguêni voltou para casa, por volta das dez horas. Liza estava deitada e disse que se sentia maravilhosamente bem e sem dor; mas Varvára Alieksiêievna estava ao pé do abajur, junto ao qual umas partituras protegiam Liza da luz, e tricotava uma grande manta vermelha com uma expressão no rosto a dizer claramente que, depois do que tinha acontecido, não poderiam mais viver em paz: "Façam os outros o que quiserem, eu pelo menos cumpri meu dever".

Ievguêni percebeu tudo, mas para fingir que não notava procurou assumir um tom bem-humorado e descontraído, contando como preparara os cavalos e como a égua Kavuchka formara muito bem no lado esquerdo da parelha.

– Pois é, naturalmente este é o momento certo para adestrar cavalos, quando se precisa de socorro. É bem provável que atirem também o doutor na vala – disse Varvára

Alieksiêievna, olhando por baixo do pincenê para o tricô e aproximando-o bem do abajur.

– Sim, mas era preciso mandar alguém. Eu fiz o melhor que pude.

– É, eu me lembro muito bem de como os seus cavalos quase me atiraram para baixo do trem.

Essa era uma antiga invencionice dela; dessa vez, porém, Ievguêni teve a imprudência de dizer que não era bem aquilo que havia ocorrido.

– Não é por acaso que eu sempre digo, e quantas vezes disse ao príncipe, que o mais duro é conviver com gente insincera e falsa; posso tolerar tudo, menos isso.

– Pois se há alguém para quem isso é ainda mais duro, sem dúvida esse alguém sou eu – disse Ievguêni.

– É, logo se vê.

– O quê?

– Nada, estou contando os pontos.

Ievguêni estava junto à cama; Liza olhava para ele e, com a mão úmida que estava sobre o cobertor, segurou a dele e apertou-a. "Suporte-a por mim. Ela não impede o nosso amor", diziam seus olhos.

– Não digo mais nada – murmurou ele, e beijou-lhe a mão úmida e longa, depois os olhos bonitos, que se fecharam ao contato de seus lábios.

– Será que vai ser como da outra vez? – disse ele. – Como se sente?

– Dá medo de dizer, dá medo de estar enganada, mas sinto que ele está vivo, que vai viver – disse ela, olhando para a barriga.

– Dá medo, dá medo só de pensar.

Apesar de Liza insistir para que fosse dormir, Ievguêni passou a noite com ela, cochilando, mas sempre atento a qualquer movimento seu, pronto para ajudá-la. Ela, porém, passou bem a noite e, se não houvessem chamado o médico, talvez tivesse se levantado.

O médico chegou na hora do almoço e, naturalmente, disse que, embora casos reincidentes pudessem inspirar cuidados, propriamente falando não havia indicação positiva mas, como também não havia contraindicação, por um lado se podia supor, assim como, por outro lado, também se podia supor... Por essa razão, disse que era necessário repouso e, mesmo sem gostar de receitar remédios, ainda assim era preciso tomá-los e repousar. Além disso, deu a Varvára Alieksiêievna uma aula de anatomia da mulher, que ela acompanhou com expressivos meneios de cabeça. Depois de receber os honorários com a ponta dos dedos, como era hábito seu, o doutor partiu e a doente permaneceu acamada por uma semana.

XV

Ievguêni passava a maior parte do tempo ao pé do leito da mulher, cuidando dela, conversando com ela, lendo para ela e, o que lhe era mais difícil, suportando sem queixas os ataques de Varvára Alieksiêievna, conseguindo até caçoar deles.

Mas ele não conseguia permanecer o tempo todo em casa. Em primeiro lugar porque sua mulher o mandava sair, dizendo que ele ficaria doente se passasse o dia inteiro com ela e, em segundo, porque a fazenda continuava exigindo a cada instante sua presença. Não conseguia parar em casa e, estivesse no campo ou no bosque, no jardim ou na eira coberta, não só o pensamento mas a imagem viva de Stiepanida o perseguia de tal forma que só raramente ele a esquecia. Mas isso ainda não era nada; talvez pudesse superar esse sentimento, mas o pior era que antes ele passava meses sem vê-la e agora a via a cada instante. Ela, óbvio, entendia que ele desejava reatar as antigas relações e tratava de aparecer diante dele. Nem ele nem ela diziam uma única palavra, e por isso nenhum dos dois ia diretamente ao encontro do outro, procurando apenas deixar que a coisa acontecesse.

O lugar em que podiam se ver era o bosque, onde as camponesas iam encher sacos de capim para o gado. Ievguêni sabia disso e todos os dias passava por lá. Todo dia ele se prometia não ir, e todo dia acabava tomando o rumo do bosque; quando ouvia barulho de vozes, recolhia-se por trás de algum arbusto, tomado de ansiedade, espreitando para ver se não seria ela.

Para quê saber se seria ela ou não? Não sabia. Se fosse ela e estivesse sozinha, não iria até ela, fugiria; mas precisava vê-la. Uma vez ele a encontrou: chegava ao bosque no momento em que ela vinha de lá com duas mulheres, carregando um pesado saco de capim às costas. Um minuto antes, e ele teria dado de encontro com ela. Agora, na presença das outras, seria impossível para ela voltar e ter com ele. Mesmo sabendo dessa impossibilidade, ele ficou ali muito tempo, escondido atrás dos arbustos, correndo o risco de chamar a atenção das outras mulheres. Naturalmente ela não voltou, mas ele permaneceu lá por um bom tempo. Ai, Deus, com que fascínios sua imaginação a desenhava! E isso se repetiu não uma, mas cinco, seis vezes. E quanto mais a desenhava maior era o fascínio. Ela nunca lhe parecera tão sedutora.

Sentia que ia perdendo a vontade própria, que estava a ponto de enlouquecer. A severidade consigo mesmo não enfraquecera um mínimo; ao contrário, percebia toda a vileza de seus desejos, de suas ações, porque esperá-la no bosque era uma ação. Sabia que bastaria deparar-se com ela em qualquer lugar, no escuro, e quem sabe tocá-la, para se render ao sentimento. Sabia que só a vergonha perante os outros, perante ela e perante si mesmo o continha. E sabia também que buscava circunstâncias que escondessem essa vergonha – o escuro e aquele toque, no qual essa vergonha seria abafada pela paixão animal. E por saber que era um criminoso vil, desprezava-se e odiava-se com todas as forças da alma. Detestava-se porque ainda não se entregara. Rezava a Deus todos os dias pedindo que lhe desse forças, que o salvasse da perdição, todos os dias decidia não dar nem mais um passo, não a olhar mais, esquecê-la. Todos os dias imaginava meios de livrar-se dessa alucinação, e os punha em prática.

Mas tudo em vão.

Um dos meios era ocupar-se continuamente; outro, desenvolver um intenso trabalho físico e jejuar; um terceiro, a noção clara que se fazia da vergonha que desabaria sobre sua cabeça quando todos – sua mulher, a sogra, os outros

– soubessem. Fazia tudo isso e parecia-lhe que iria vencer, mas chegava o momento, o meio-dia, a hora dos antigos encontros, o instante em que dava com ela a apanhar capim, e lá ia ele para o bosque.

Assim se passaram cinco dias de tortura. Ele apenas a avistou de longe e não se encontrou com ela uma única vez.

XVI

Liza se restabelecia pouco a pouco, começava a andar e se preocupava com a mudança que notava no marido e que não conseguia entender.

Varvára Alieksiêievna tinha viajado por uns tempos e, das visitas, só o tio permanecia com eles. Mária Pávlovna continuava na casa, como sempre.

Ievguêni estava nesse estado de semi-insanidade quando, como acontece com frequência depois das tempestades de junho, vieram dois dias de chuvas torrenciais. As chuvas deixaram todos sem trabalho. Nem o esterco pôde ser recolhido, por causa da lama e da umidade. As pessoas se fechavam em casa. Os peões a muito custo conseguiam tanger os rebanhos para os currais. As vacas e ovelhas iam para o campo e espalhavam-se pelos pastos. As mulheres, descalças, embrulhadas em xales, chapinhando na lama, lançavam-se à procura das vacas desgarradas. As enxurradas cobriam os caminhos, toda a forragem, todo o capinzal estavam alagados, das calhas desciam cascatas infindáveis para as poças borbulhantes. Ievguêni ficava em casa com a mulher, que andava particularmente importuna. Ela lhe perguntou várias vezes sobre sua insatisfação, mas ele respondeu agastado que não era nada. Ela parou de perguntar, mas ficou amargurada.

Passaram a manhã na sala de visitas. O tio contava pela centésima vez suas invencionices sobre amigos aristocratas. Liza tricotava um casaquinho e suspirava, queixando-se do tempo e de dores nos rins. O tio aconselhou que se deitasse e pediu vinho. Dentro de casa, Ievguêni ficava horrivelmente entediado. Tudo era tão medíocre, tão tedioso. Fumava e lia um livro, sem entender nada.

– Preciso ver os trituradores que chegaram ontem – disse. Levantou-se e saiu.

– Leve o guarda-chuva.

– Não preciso, vou de casaco de couro. Vou só até a usina.

Calçou as botas, vestiu o casaco e saiu para a usina; mas Ievguêni não deu vinte passos e lá vinha ela em sua direção, saia arrepanhada bem alto, deixando as panturrilhas brancas à mostra. Caminhava segurando o xale, cobrindo a cabeça e os ombros.

– O que você está fazendo? – perguntou ele, sem a reconhecer logo. Quando a reconheceu, já era tarde. Ela parou e ficou um bom tempo olhando para ele, sorrindo.

– Estou procurando um bezerrinho. Aonde o senhor vai com este tempo horrível? – perguntou ela, com um jeito de quem o via todos os dias.

– Vamos até a cabana – disse ele de repente, sem saber como. Era como se um outro houvesse pronunciado essas palavras de dentro dele.

Ela mordiscou o xale, fez um sinal com o olhar e saiu correndo na direção de onde vinha antes – na direção do jardim e da cabana, enquanto ele prosseguiu seu caminho, pretendendo contornar uma touceira de lilases e tomar o mesmo caminho que ela tomara.

– Patrão! – ouviu-se uma voz às suas costas. – A patroa pediu que o senhor fosse até lá.

Era seu criado Micha.[4]

"Meu Deus, tu me salvas pela segunda vez", pensou Ievguêni, e voltou imediatamente. Liza lembrou-lhe de que ele havia prometido levar um remédio para uma mulher doente na hora do almoço, de sorte que pedia que o levasse agora.

Até apanharem o remédio, cinco minutos se passaram. Depois, saindo com o remédio, decidiu não ir direto para a cabana, temendo que o vissem da casa. Quando não podia mais ser visto, mudou de rumo e foi para lá. Em sua imaginação, já a via no meio da cabana, sorrindo contente; mas ela não estava, na cabana não havia nada que indicasse que ela tivesse estado lá. Chegou a achar que ela não viera porque não tinha ouvido ou entendido o que ele dissera. Falara entre dentes, como se temesse que ela o escutasse. "Ou será que nem quis ouvir? Por que devo acreditar que ela estava louca para se jogar em meus braços? Tem lá o seu marido; só mesmo eu sou tão canalha, tendo uma mulher tão boa e correndo atrás da mulher de outro." Assim pensava ele, sentado na cabana molhada por uma goteira que pingava do teto de palha. "Ah, que felicidade se ela tivesse

4 Diminutivo de Mikhail. [N.T.]

vindo. Sozinhos aqui, com esta chuva! Tornar a abraçá-la ao menos mais uma vez, e depois fosse lá o que fosse. Ah! sim", lembrou-se, "pelas pegadas posso saber se esteve aqui." Procurou no chão pela picada que levava à cabana e viu pegadas de pés descalços, bem marcadas e recentes. "É, ela esteve aqui. Agora é o fim. Vou atrás dela onde quer que a aviste. À noite vou à casa dela." Ficou muito tempo na cabana e saiu de lá extenuado e abatido. Levou o remédio, voltou para casa e deitou-se em seu quarto, à espera do almoço.

XVII

Antes do almoço Liza foi ao quarto dele e, sempre tentando descobrir a causa de sua insatisfação, começou a dizer que temia que ele não gostasse da ideia de levá-la para dar à luz em Moscou e que ela havia decidido permanecer em casa. E não iria para Moscou de jeito nenhum. Ele sabia o quanto ela temia o parto e a possibilidade de não ter um filho normal e por isso não pôde evitar a comoção ao ver com que facilidade ela sacrificava tudo por amor a ele. Tudo em sua casa era tão bom, alegre e puro, mas sua alma era suja, vil e horrível. Ievguêni passou a noite angustiado por saber que, apesar do nojo sincero que sentia por sua fraqueza, apesar da firme intenção de romper com Stiepanida, no dia seguinte aconteceria a mesma coisa.

"Não, impossível", disse consigo, andando de um lado para o outro no quarto. "Tem que haver alguma coisa que eu possa fazer contra isso. Meu Deus! O que fazer?"

Alguém bateu à porta com um toque estranho. Ele sabia que era o tio.

– Entre – disse.

O tio vinha como embaixador voluntário de Liza.

– Saiba você ou não, – disse ele – tenho realmente notado que você anda mudado e compreendo como isso atormenta Liza. Compreendo que para você é difícil largar toda essa obra excelente que vem realizando aqui, mas o que você quer, *que veux tu*? Eu aconselharia uma viagem. Você e ela ficariam mais tranquilos. Sabe, sugiro a Crimeia. O clima é magnífico, lá existe um ótimo obstetra, e vocês chegariam lá em plena época das uvas.

– Tio, – falou de repente Ievguêni – o senhor pode guardar um segredo meu, um segredo terrível para mim, um segredo vergonhoso?

– Ora, será que você não confia em mim?

– Tio! O senhor pode me ajudar. Não só me ajudar, me salvar – disse Ievguêni. E a ideia de abrir-se com o tio, de quem não gostava, a ideia de mostrar-se a ele em seu aspecto mais desfavorável, de humilhar-se perante ele, dava-lhe prazer. Sentia-se vil, culpado, e queria punir-se.

– Fale, meu amigo. Você sabe como eu gosto de você – sussurrou o tio, pelo visto satisfeito por existir um segredo, e ainda mais um segredo vergonhoso, do qual seria confidente e que lhe poderia ser útil.

– Antes de mais nada, eu quero dizer que sou um crápula, um canalha, um verdadeiro canalha.

– Ei, o que é isso? – interrompeu o tio, enfunando-se.

– Como não ser crápula, se eu, marido de Liza, de Liza… porque é preciso conhecer sua pureza, seu amor… se eu, seu marido, estou querendo traí-la com uma camponesa?

– Espere aí, você diz que está querendo? Ainda não a traiu?

– Não, ou melhor, é como se tivesse traído. Se não aconteceu ainda não foi porque eu não quisesse. Estive prestes a fazê-lo. Alguém me atrapalhou, senão eu agora… senão agora… eu não sei o que teria feito.

– Espere, me explique.

– Então escute. Quando eu era solteiro, fiz a bobagem de ter relações com uma mulher daqui, da nossa aldeia. Ou melhor, eu me encontrava com ela no bosque, no campo…

– E ela, é bonitinha? – perguntou o tio.

A essa pergunta Ievguêni franziu o cenho, mas precisava tanto da ajuda de alguém que fingiu não ter ouvido e continuou:

– Bem, eu pensava que era só romper e tudo estaria acabado. Rompi antes do casamento e passei quase um ano sem vê-la nem pensar nela – ao próprio Ievguêni era estranho ouvir a si mesmo, ouvir-se descrevendo seu estado –, e depois, de repente, não sei por quê… às vezes a gente até chega a crer em feitiçaria… eu a vi, e um verme se enfiou em meu coração e está me corroendo. Eu me censuro, compreendo todo o horror do meu ato, quero dizer, do que a cada minuto estou prestes a cometer, eu mesmo crio as situações, e se ainda não fiz nada foi porque Deus me salvou. Ontem eu estava indo me encontrar com ela, quando Liza mandou me chamar.

– Como? Com aquela chuva?

– Pois é, estou arrasado, tio, e resolvi me abrir com o senhor e pedir-lhe ajuda.

– É, naturalmente isso não fica bem, sendo na sua fazenda. Vão acabar descobrindo. Eu entendo, Liza está fraca, é preciso poupá-la. Mas por que aqui na fazenda?

De novo Ievguêni fingiu não ouvir o que o tio dizia e recomeçou, indo diretamente à essência da questão.

– Por favor, salve-me de mim mesmo. Eu lhe peço só isso. Ontem fui impedido, mas não vão me impedir amanhã, noutra ocasião. Agora ela está sabendo. Não me deixe sair sozinho.

– Está bem, então – disse o tio. – Mas será que você está assim tão apaixonado?

– Ah! não é nada disso. Não é isso, é uma força qualquer que me agarrou e me domina. Não sei o que fazer. Quem sabe eu recobre as forças, e aí...

– Pois era o que eu estava dizendo – disse o tio. – Vamos para a Crimeia.

– Sim, sim, vamos, mas por enquanto ficarei ao seu lado, vamos conversando.

XVIII

O fato de ter confiado ao tio o seu segredo e, principalmente, a tortura da culpa e da vergonha que sofreu depois daquele dia de chuva devolveram-lhe a lucidez. A viagem a Yalta foi marcada para dentro de uma semana. Nesse intervalo, Ievguêni foi à cidade retirar dinheiro para a viagem, tomou providências administrativas e de novo sentiu-se alegre, apegado à mulher e renascendo moralmente.

Assim, não viu Stiepanida uma única vez depois daquele dia de chuva. Partiu com a mulher para a Crimeia. Passaram lá dois meses maravilhosos. Eram tantas as impressões novas para Ievguêni que todo o passado lhe parecia inteiramente apagado da memória. Na Crimeia encontraram antigos conhecidos e estreitaram a amizade com eles; além disso, conheceram outras pessoas. A vida para Ievguêni era uma festa contínua, ao mesmo tempo instrutiva e útil. Fizeram amizade com um antigo dirigente da província deles, homem inteligente e liberal, que gostou de Ievguêni, doutrinou-o e conquistou-o para suas posições. No final de agosto Liza teve uma menina, bonita e saudável, num parto inesperadamente muito fácil.

Em setembro, os Irtiêniev voltaram para casa, quatro agora, com a menina e a ama, pois Liza não podia amamentar. Completamente liberado dos antigos temores, Ievguêni voltou um homem inteiramente novo e feliz. Tendo vivido tudo o que os maridos costumam experimentar na hora do parto, amava sua mulher com mais intensidade ainda. O que sentia quando tomava a filha nos braços era algo divertido, novo, muito agradável, algo assim como cócegas. Além das questões administrativas, uma novidade surgiu em sua vida graças à amizade com Dúmtchin (o ex-dirigente de província) – um novo interesse pelo *ziêmstvo*,[5] em parte ambição pessoal, em parte consciência do dever. Em

---

5 Conselho administrativo regional dos proprietários de terra. [N. T.]

outubro se realizaria uma assembleia extraordinária, na qual ele deveria ser eleito. Depois do regresso, saiu uma vez para ir à cidade, outra, para visitar Dúmtchin.

Esquecera-se de pensar nos tormentos da tentação e na luta contra ela, e só a muito custo conseguiu trazê-los de volta à imaginação. Tudo aquilo lhe parecia algo como um acesso de loucura, do qual estava curado.

Agora sentia-se livre a tal ponto que ousou perguntar a respeito daquele caso ao administrador, numa ocasião em que o encontrou sozinho. Como já haviam conversado sobre aquilo, não sentiu vergonha em perguntar.

– E, então, Sídor Ptchélnikov continua fora de casa?

– Continua na cidade.

– E a mulher dele?

– Ah, aquilo não vale nada. Agora está andando com o Zinóviev. Essa não tem mais jeito.

"Mas que ótimo" – pensou Ievguêni. "É extraordinário como eu mudei."

XIX

Tudo saíra como Ievguêni queria. A fazenda ficara com ele, a usina passara a funcionar, a colheita de beterraba fora ótima, e esperavam-se grandes lucros; a esposa tivera um parto feliz, a sogra tinha ido embora e ele fora eleito por unanimidade.

Ievguêni voltava para casa depois da eleição. Recebia congratulações e cabia agradecer. Num almoço bebeu cinco taças de champanhe. Planos de vida completamente novos agora se apresentavam a ele. Voltava para casa pensando neles. Estavam no veranico do outono. Fazia uma viagem excelente e o sol brilhava. Já chegando em casa, Ievguêni refletia que, em consequência dessa eleição, ocuparia junto ao povo precisamente aquela posição com que sempre sonhara, isto é, aquela que lhe daria condição de servi-lo não só com produção, com empregos, mas exercendo uma influência direta sobre ele. Imaginava como os seus e os outros camponeses iriam julgá-lo dali a três anos. "Como aqueles, por exemplo", pensou, ao atravessar a aldeia e ver um mujique e uma camponesa que lhe cruzavam o caminho carregando uma tina de água. O casal parou, abrindo caminho para a carruagem. O mujique era o velho Ptchélnikov e a mulher, Stiepanida. Ievguêni olhou para ela, reconheceu-a e sentiu com alegria que ficara absolutamente impassível. Estava graciosa como sempre, mas isso não o tocou em nada. Chegou em casa. Sua mulher foi a seu encontro na varanda. Fazia uma bela tarde.

– Então, podemos parabenizá-lo? – perguntou o tio.

– Podem, fui eleito.

– Isso é ótimo! Precisamos comemorar.

Na manhã seguinte, Ievguêni saiu a cavalo pela fazenda, que relegara ao abandono. Na eira da granja, a nova debulhadora estava funcionando. Observando atentamente o trabalho, Ievguêni circulava entre as camponesas, fingindo não as notar; no entanto, por mais que fingisse, percebeu umas duas vezes os olhos negros e o lenço vermelho de Stiepanida, que carregava palha. Duas vezes passou perto dela e sentiu qualquer coisa, mas não soube definir o quê.

Só no dia seguinte, quando voltou à eira da granja e passou lá duas horas absolutamente desnecessárias, observando a debulhadora, sem parar acariciando com os olhos o vulto conhecido e belo da jovem, é que sentiu que estava perdido, irremediavelmente perdido. De novo aquela tortura, de novo o medo e o horror. Sem salvação.

Acabou acontecendo aquilo que ele esperava. Na tarde do dia seguinte, sem saber como, achou-se atrás da casa dela, diante do galpão de feno onde se haviam encontrado uma vez no outono. Como se estivesse andando a esmo, parou ali e acendeu um cigarro. Uma vizinha o avistou e ele, ao voltar-se para sair dali, ouviu-a falando a alguém:

– Vai! Ele está te esperando, é ele mesmo. Vai, sua boba!

Viu quando uma mulher – era ela – correu para o galpão, mas ele já não podia voltar porque havia cruzado com um mujique, e foi para casa.

XX

Quando entrou na sala de visitas, tudo lhe pareceu absurdo e artificial. Ao levantar-se naquela manhã, sentira-se bem-disposto e decidido a tomar uma atitude, a esquecer, a proibir-se qualquer pensamento. Mas, sem se dar conta, passou a manhã não só sem se interessar pelo que fazia como ainda procurou se livrar dos afazeres. O que antes lhe importava e interessava era agora insignificante. Procurou inconscientemente livrar-se das obrigações. Parecia-lhe que precisava de tempo livre para pensar e ponderar.

Largou tudo e isolou-se. Mal se viu sozinho, porém, saiu a perambular pelo jardim e pelo bosque. Todos aqueles lugares estavam saturados de recordações, de lembranças que o absorviam. E percebeu que caminhava pelo jardim dizendo-se que ponderava alguma coisa, mas não ponderava nada e a esperava desvairado, irracionalmente, esperava que, por algum milagre, ela entendesse como ele a desejava, e que viesse logo até ali ou a outro lugar qualquer onde ninguém os visse, ou então que, numa noite sem lua, quando ninguém, nem ela mesma o enxergasse, ela viesse e ele lhe tocasse o corpo...

"Pois é, e eu pensava que romperia quando quisesse", disse de si para si. "E foi apenas por minha saúde que me meti com uma mulher limpa, sadia... Não, está visto que não posso brincar com ela assim. Eu achava que a possuía, mas foi ela que se apossou de mim, se apossou e não me largou. E eu ainda achava que era livre, mas não era. Nunca mais soube o que é a liberdade. Eu estava me enganando quando casei. Foi tudo um absurdo, um engano. Desde que comecei a vê-la, experimentei um novo sentimento, o verdadeiro sentimento de varão. Eu devia era ter morado com ela."

"É, duas vidas seriam possíveis para mim. Uma, a que comecei com Liza: o serviço, a fazenda, a criança, a estima dos outros. Nesta não haveria lugar para Stiepanida. Seria preciso mandá-la embora, como eu já disse, ou eliminá-la, para que ela não existisse mais. A outra vida seria vivida aqui mesmo. Tirá-la do marido, dar dinheiro a ele, esquecer a vergonha e a desonra e viver com ela. Mas nesta vida não haveria lugar para Liza nem para Mimi, para a criança. Não, o que é isso!

A menina não atrapalha, mas é preciso que Liza suma, que vá embora. Que descubra tudo, me amaldiçoe e vá embora. Que descubra como eu a troquei por uma camponesa, como sou um traidor, um patife. Não, isso seria terrível demais! Isso é impossível. Sim, mas isso também pode acontecer", continuava ele a pensar, "também pode acontecer. Liza adoece e morre. Morre e no mesmo dia tudo será excelente."

"Excelente! Ah, patife! Não, se alguém tem que morrer, que seja ela. Se ela, se Stiepanida morresse, que bom seria!"

"É assim que se envenenam ou se matam as esposas e as amantes. É pegar o revólver e ir chamá-la, mas em vez de abraços, um tiro no peito. E tudo terminado."

"Ora, ela é o diabo. O verdadeiro diabo. Apoderou-se de mim contra a minha vontade. Matar? Sim. Só há duas saídas: matar minha mulher ou matá-la. Porque não há como viver assim. Não há... É preciso ponderar e prever tudo. Se as coisas ficarem como estão, o que vai acontecer?"

"Vai acontecer que mais uma vez vou dizer a mim mesmo que não quero, que vou deixá-la, mas eu só vou dizer, porque à tarde vou estar nos fundos da casa dela, e ela vai saber e vai se chegar. Outras pessoas vão saber e contar à minha mulher, ou eu mesmo vou lhe contar, simplesmente porque não posso mentir, não posso viver assim. Vão ficar sabendo. Todos. Paracha, o ferreiro, todos. Ora, por acaso se pode viver assim?"

"Impossível. Só tenho duas saídas: matar minha mulher ou matá-la. Mas ainda..."

"Ah, sim, existe uma terceira: matar-me", pronunciou baixinho, e de repente um frio lhe percorreu a pele. "É isso. Matando-me, não preciso matá-las." Sentiu pavor justamente porque sentiu que essa era a única saída possível. "O revólver eu tenho. Quer dizer que eu vou me matar? Eis aí uma coisa que eu nunca havia pensado. Como isso vai ser terrível!"

Voltou ao seu quarto e no mesmo instante abriu o armário onde estava o revólver. Porém mal o abriu e sua mulher entrou.

XXI

Jogou um jornal em cima do revólver.

– De novo?

– De novo o quê?

– A mesma expressão horrível de antes, quando você não quis me contar. Jênia, querido, fale pra mim. Estou vendo que você está atormentado. Fale pra mim. Você ficará mais leve. Qualquer coisa é melhor do que esse sofrimento. Ora, eu sei que não há nada de mau.

– Sabe mesmo? Até já.

– Conte, conte, conte. Não vou deixar você sair.

Ele deu um sorriso triste.

"Contar? Não, isso não é possível. E aliás não há o que contar".

Talvez lhe contasse, mas nesse momento entrou a ama, perguntando se podia ir passear. Liza saiu para vestir a menina.

– Você vai me contar. Volto logo.

– Está bem, pode ser...

Ela jamais conseguiria esquecer o sorriso atormentado com que ele disse isso. Saiu.

Com movimentos apressados e sorrateiros, como os de um bandido, ele agarrou o revólver, tirou-o do coldre. "Está carregado, sim, mas faz tempo, e está faltando uma cápsula. Bem, que seja."

Levou-o à têmpora, quis titubear, mas tão logo se lembrou de Stiepanida, da decisão de não tornar a vê-la, da luta, da tentação, da degradação e outra vez da luta, ele estremeceu de horror. "Não, é melhor isso." E apertou o gatilho.

Quando Liza entrou correndo no quarto – acabara de subir do terraço – ele jazia de bruços no chão, o sangue escuro e quente jorrava do ferimento e o corpo ainda estremecia.

Houve inquérito. Ninguém podia entender e explicar a causa do suicídio. Ao tio nem chegou a passar pela cabeça que a causa tivesse alguma coisa a ver com aquela confissão que Ievguêni lhe fizera dois meses antes.

Varvára Alieksiêievna assegurava que sempre previra isso. Era evidente quando ele discutia! Liza e Mária Pávlovna não conseguiam entender de maneira nenhuma por que aquilo tinha acontecido, e apesar de tudo não acreditavam na afirmação dos médicos, que diziam que ele era um doente mental. Não podiam concordar de maneira nenhuma com isso, porque sabiam que ele era mais sensato do que centenas de pessoas que conheciam.

De fato, se Ievguêni era um doente mental, então todas as pessoas são igualmente doentes mentais, e mais ainda aquelas que enxergam nos outros os sintomas de loucura que não enxergam em si mesmas.

[Variante do final de *O diabo*]

...disse consigo mesmo, chegando-se à escrivaninha; tirou da gaveta um revólver, examinou-o – faltava uma cápsula –, meteu-o no bolso da calça.

– Meu Deus! O que estou fazendo? – gritou de repente e, juntando as mãos, começou a rezar. Senhor, ajuda-me, livra-me. Sabes que eu não quero o mal, mas sozinho eu não consigo... Ajuda-me! – disse, persignando-se diante de uma imagem.

"Ora, eu posso me dominar. Vou dar uma volta e refletir."

Foi à sala de estar, vestiu uma peliça curta, calçou galochas e saiu para a varanda. Sem que ele o percebesse, seus passos contornaram o jardim, tomando a estrada do campo que dava na granja. Na granja a debulhadora continuava zunindo, e ouviam-se os berros dos meninos boiadeiros. Entrou na eira. Ela estava lá. Viu-a tão logo entrou. Amontoava espigas e, ao vê-lo, olhos risonhos, ágil e alegre, saiu a correr por entre espigas espalhadas, desviando-se delas com habilidade. Ievguêni queria, mas não conseguia tirar os olhos dela. Só se recobrou quando a perdeu de vista. O administrador informou que estavam debulhando as espigas prensadas, que estavam tomando muito tempo e rendendo pouco. Ievguêni chegou-se ao tambor, que batia levemente deixando passar as espigas mal preparadas, e perguntou ao administrador se ainda havia muitas espigas prensadas.

– Umas cinco carroças.

– Então, veja... – começou Ievguêni, e não terminou a frase. Ela se chegou até o tambor, varrendo as espigas espalhadas pelo chão, e o incendiou com seu olhar sorridente.

Aquele olhar falava do amor alegre e despreocupado que havia entre eles, de como ela sabia que ele a desejava, de como tinha ido ao galpão por ela e de como ela sempre estava pronta para viver e se divertir com ele, sem pensar em nenhuma condição nem nas consequências. Ievguêni sentiu-se sob seu poder, mas não queria entregar-se.

Lembrou-se de sua oração e tentou repeti-la. Começou a dizê-la consigo, mas logo percebeu que era inútil.

Agora um só pensamento o consumia completamente: como marcar um encontro com ela sem que os outros notassem?

– Se a gente terminar hoje o senhor dá ordem de começar uma nova meda ou deixa para amanhã? – perguntou o administrador.

– Pode ser, pode ser... – repetia Ievguêni, olhando involuntariamente na direção da pilha de espigas que ela e outra mulher juntavam.

"Será possível que eu não consigo me controlar?", pensava. "Será mesmo que estou perdido? Meu Deus! Ora, não existe Deus nenhum. Existe o diabo! E é ela. Ele se apossou de mim. Mas eu não quero, não quero. É o diabo, sim, o diabo."

Chegou bem perto dela, sacou do bolso o revólver e uma, duas, três vezes disparou, atingindo-a nas costas. Èla correu e caiu sobre uma pilha

– Meu Deus! Gente, o que foi isso? – gritaram as mulheres.

– Não, não foi sem querer. Matei-a de propósito, – gritou Ievguêni – mandem chamar o *stanovói*.[6]

---

6 Chefe de polícia distrital. [N. T.]

Chegou em casa e, sem dizer nada à mulher, entrou no seu escritório e trancou-se.

– Não venha me procurar – disse à mulher através da porta. – Você vai saber de tudo mais tarde.

Uma hora depois, tocou a campainha e disse ao criado que o atendeu:

– Vai te informar se Stiepanida está viva.

O criado já sabia de tudo e disse que ela estava morta há uma hora.

– Ótimo, melhor assim. Agora vá. Quando chegar o *stanovói* ou o juiz de instrução, vem me avisar.

O *stanovói* e o juiz chegaram na manhã seguinte; depois de abraçar a mulher e a filha, Ievguêni foi levado para a prisão.

Foi julgado. Eram os primeiros tempos do tribunal do júri. Foi considerado doente mental temporário e condenado apenas à penitência eclesiástica.

Passou nove meses no cárcere e um mês num mosteiro.

Começou a beber na prisão, continuou no mosteiro e voltou para casa um alcoólatra debilitado e irresponsável.

Varvára Alieksiêievna assegurava que sempre previra isso. Era evidente quando ele discutia! Liza e Mária Pávlovna não conseguiam entender de maneira nenhuma por quê aquilo tinha acontecido, e apesar de tudo não acreditavam na afirmação dos médicos, que diziam que ele era um doente mental. Não podiam concordar de maneira nenhuma com isso, porque sabiam que ele era mais sensato do que centenas de pessoas que conheciam.

De fato, se Ievguêni era um doente mental, então todas as pessoas são igualmente doentes mentais, e mais ainda

aquelas que enxergam nos outros os sintomas de loucura
que não enxergam em si mesmas.

[Tradução de Beatriz Ricci]

FALSO CUPOM

PRIMEIRA PARTE

I

Fiódor Mikháilovitch Smokóvnikov, presidente da Casa da Moeda, homem de probidade incorruptível e orgulhoso disso, liberal obscuro e não só livre-pensador como ainda tomado de ojeriza a quaisquer manifestações religiosas, por considerá-las um remanescente de superstições, retornava do trabalho de péssimo humor. O governador escrevera um memorando sumamente idiota, que permitia insinuar procedimentos desonestos da parte de Smokóvnikov. Furioso, ele respondera o documento sem pestanejar, em linguagem firme e mordaz.

Eram cinco para as cinco. Em casa tudo lhe parecia ir contra ele. Achava que o jantar seria servido assim que chegasse, mas este ainda não estava pronto. Bateu a porta e foi para o quarto. Alguém veio chamá-lo. "Quem diabo será?", pensou, gritando:

– Quem é?

Entrou o filho de quinze anos, ginasiano da quinta série.

– O que você quer?

– Hoje é dia primeiro.

– O quê? O dinheiro?

Era praxe que o pai desse ao filho uma mesada de três rublos a cada primeiro dia do mês. Fiódor Mikháilovitch franziu a testa, tirou a carteira do bolso, remexeu-a, puxou um cupom de dois rublos e meio, depois tirou o moedeiro e, deste, algumas moedinhas de prata, somando mais cinquenta copeques.

Quieto, o menino não pegou o dinheiro.

– Por favor, papai, dê-me um adiantamento.

– O quê?

– Eu não ia pedir, mas é que fiz um empréstimo, dei minha palavra de honra, prometi... E como sou uma pessoa honesta, não posso... eu preciso de mais três rublos, verdade, não vou pedir... não é que não vá pedir outra vez, mas é que... por favor, papai.

– Eu já lhe disse...

– Mas, papai, é só desta vez!

– Você recebe uma mesada de três rublos e sempre acha pouco. Na sua idade, eu não recebia nem 50 copeques!

– Mas agora todos os meus colegas ganham mais. Pietrov e Ivanitski ganham 50 rublos.

– E eu digo que se você continuar agindo assim, vai acabar trapaceiro. Eu já falei!

– Mas falou o quê? O senhor nunca se coloca na minha situação, e eu devo virar trapaceiro. Para o senhor é fácil!

– Já pra fora, vadio. Fora!

Fiódor Mikháilovitch levantou-se de um salto e investiu contra o filho.

– Fora! Você merece uma sova!

O menino ficou assustado e enfurecido, mais enfurecido, porém, que assustado, e rumou cabisbaixo para a porta a passos rápidos. Smokóvnikov não tinha intenção de bater no menino, mas, satisfeito com a própria ira, ainda ficou um bom tempo praguejando em altos brados atrás do filho.

Quando a criada chegou anunciando o jantar, Fiódor Mikháilovitch levantou-se.

– Até que enfim. Eu até perdi a fome!

E foi jantar, carrancudo.

À mesa, a mulher puxou assunto, mas ele só resmungou uma resposta lacônica com uma cara tão feia que ela se calou. O filho, igualmente calado, não ergueu os olhos do prato. Comeram em silêncio e em silêncio deixaram a mesa.

Depois do jantar, o ginasiano foi para o quarto, tirou o cupom e as moedinhas do bolso, jogou-as sobre a mesa, depois tirou o uniforme e vestiu uma jaqueta. Primeiro abriu uma surrada gramática latina, depois fechou a porta com um gancho, varreu o dinheiro da mesa com a mão e o meteu na gaveta, tirou dela alguns cartuchinhos de papel, encheu um deles com tabaco, fechou uma das pontas com algodão e começou a fumar.

Passou umas duas horas estudando a gramática e os cadernos sem entender nada, em seguida levantou-se e pôs-se a andar de um lado para o outro, pisando duro e remoendo tudo o que conversara com o pai. Lembrava-se de todas as palavras ofensivas do pai, principalmente da cara zangada, como se o estivesse vendo e ouvindo: "Vadio! Você merece uma sova!". Quanto mais se lembrava, mais se zangava com o pai. Recordava sua expressão quando dissera: "Pelo que vejo, você vai dar para trapaceiro. Fique sabendo! E se você continuar agindo assim, vai acabar trapaceiro". "Pra ele é fácil. Ele já se esqueceu que foi moço. Afinal de contas, qual foi o crime que eu cometi? Eu só fui ao teatro, não tinha como pagar, e o Piétia[1] Gruchetski me emprestou dinheiro. O que há de mal nisso? Fosse outro, sentia pena, perguntava, mas esse aí só faz xingar e pensar em si mesmo. É só lhe faltar alguma coisa que sai gritando pela casa toda, e ainda me sobra essa de trapaceiro. Não, ele pode ser meu pai, mas eu não gosto dele. Não sei se todos os pais são assim, só sei que não gosto dele."

A criada bateu à porta. Trazia um bilhete.

– Querem resposta sem falta.

No bilhete, lia-se:

É a terceira vez que peço de volta os seis rublos que lhe emprestei, mas você vive fugindo. Gente honesta não age assim. Peço enviar o dinheiro sem demora por este mensageiro. Preciso dele de qualquer jeito. Será possível que você não pode consegui-lo? Quer você devolva ou não o dinheiro, seu colega que o despreza ou estima,

Gruchetski

---

1 Diminutivo de Piótr. [N.T.]

"Vejam só, que porco. Não pode esperar! Vou tentar outra vez."

Mítia[2] foi procurar a mãe. Era sua última esperança. Ela era bondosa, não sabia negar e talvez até ajudasse, mas no momento estava preocupada com a doença do menorzinho Piétia, de dois anos. A mãe ficou brava com Mítia pelo modo estabanado como entrou no quarto e foi logo recusando seu pedido.

Mítia resmungou algo inarticulado e saiu do quarto. A mãe teve pena e chamou-o de volta.

– Espere, Mítia. Agora eu não tenho, mas amanhã eu consigo.

Mítia, porém, ainda espumava de raiva do pai.

– Por que amanhã, se é hoje que eu preciso do dinheiro? Fique sabendo que eu vou pedir para um colega meu.

E saiu batendo a porta.

"Não há mais nada a fazer, ele vai me ensinar onde é que eu posso empenhar meu relógio", pensou, apalpando o relógio no bolso.

Mítia tirou da gaveta o cupom, uns trocados, vestiu o casaco e dirigiu-se à casa de Mákhin.

II

Mákhin era um ginasiano bigodudo. Jogava cartas, conhecia mulheres e sempre tinha dinheiro. Morava com a tia. Mítia sabia que Mákhin não era um bom rapaz, mas em companhia dele submetia-se involuntariamente à sua vontade.

---

2 Diminutivo de Dmítri. [N. T.]

O rapaz estava em casa, preparando-se para ir ao teatro: o quarto sujo recendia a sabonete e água-de-colônia.

– Esta é a última coisa a ser feita, meu irmão – disse Mákhin, depois de Mítia contar-lhe a desgraça, mostrar o cupom e os 50 copeques, e dizer que precisava de nove rublos. – Pode-se empenhar o relógio, mas pode-se fazer ainda melhor – prosseguiu Mákhin, piscando um olho.

– Melhor como?

– Muito simples – Mákhin pegou o cupom. – Colocamos o número um na frente do dois e meio e o que obtemos? Doze rublos e meio!

– E por acaso existem cupons nesse valor?

– Como não! Existem até os bônus de 1.000 rublos. Eu mesmo já passei um desses.

– Não é possível.

– E então, vamos lá? – disse Mákhin, tomando da pena e desenrugando o cupom com a mão esquerda.

– Mas isso não está certo.

– Ih, que bobagem!

"É mesmo", pensou Mítia, e mais uma vez lhe vieram à lembrança as ofensas do pai: "trapaceiro!; "pois vou virar trapaceiro." Fitou o rosto de Mákhin, que o olhava com um sorriso tranquilo.

– Então, vamos lá?

– Vamos.

Mákhin traçou com cuidado o número um.

– Aí está. Agora vamos a uma loja. Tem uma ali naquela esquina: a de artigos fotográficos. A propósito, preciso de uma moldura para esta pessoa aqui.

Puxou a fotografia de uma garota de olhos grandes, vasta cabeleira e busto exuberante.

– Que coisinha, hein?

– É, é. Mas como é que…

– Muito simples. Vamos.

Mákhin acabou de se vestir e os dois saíram.

III

A sineta tocou à porta de entrada da loja de artigos fotográficos. Os ginasianos entraram e foram logo examinando a loja deserta, as prateleiras de equipamentos, as vitrinas dos balcões. Da porta dos fundos saiu uma mulher feia, de rosto bondoso, que detrás do balcão perguntou-lhes o que desejavam.

– Uma moldurinha bem bonitinha, madame.

– Até quanto? – perguntou a dama, enquanto as mãos em meias-luvas, rápidas e jeitosas, separavam com seus dedos roliços as molduras de formatos variados. – Estas custam 50 copeques, e estas são mais caras. Vejam esta, que delicadeza… é novidade… um rublo e vinte.

– Bem, vamos levar esta. Mas a senhora não poderia dar um desconto? Deixe por um rublo.

– Nunca damos desconto! – disse a dama com dignidade.

– Ah, deixa pra lá! – disse Mákhin, colocando o cupom sobre o balcão.

– Veja a moldurinha e o troco, e rápido. Não queremos chegar atrasados ao teatro.

– Vão chegar a tempo! – disse a dama, fixando os olhos míopes no cupom.

– Ela vai ficar linda nesta moldurinha, hein? – comentou Mákhin, voltando-se para Mítia.

– O senhor não teria outro tipo de dinheiro?

– Aí é que está o azar, não tenho. Foi meu pai quem me deu esse cupom, e eu preciso trocá-lo.

– Mas será que o senhor não tem um rublo e vinte?

– Tenho só 50 copeques. O que a senhora está temendo, que a estamos enganando com dinheiro falso?

– Não, não é por nada.

– Então devolva. Vamos trocá-lo.

– Bem, quanto lhe devo de troco?

– Onze e uns quebrados.

A vendedora agitou o ábaco, abriu a secretária, retirou uma nota de 10 rublos e remexeu os trocados, juntando seis moedas de vinte copeques e duas de cinco.

– Poderia dar-se o trabalho de embrulhar, por favor? – disse Mákhin, pegando sem pressa o troco.

– Num instante.

A vendedora fez o embrulho e passou-lhe um barbante.

Mítia só recobrou o fôlego quando a sineta da porta de entrada soou às suas costas e eles saíram para a rua.

– Bem, fica com esses dez rublos, o trocado fica comigo. Depois eu devolvo.

Mákhin foi ao teatro e Mítia à casa de Gruchetski para acertar as contas.

Uma hora depois da saída dos ginasianos, o dono da loja chegou em casa e pôs-se a contabilizar a féria.

– Ah, tola desastrada! Que imbecil! – esbravejou com a mulher ao examinar o cupom, percebendo de imediato a falsificação. E por que raios você anda aceitando esses cupons?

– Mas Jênia,[3] se eu mesma já vi você aceitando esses cupons de 12 rublos – respondeu a mulher embaraçada, magoada a ponto de chorar. – Nem eu mesma sei como aqueles ginasianos conseguiram me tapear desse jeito – dizia ela. – O belo rapaz me pareceu tão *comilfôt*...[4]

– Sua *comilfôt* imbecil! – continuou a praguejar o marido, enquanto fazia o caixa. – Pego o cupom e assim que boto o olho nele percebo a falsificação. Mas pelo jeito, depois de velha você só consegue mesmo enxergar o focinho desses ginasianos.

A mulher não conseguia mais suportar aquilo e explodiu.

– Que homem verdadeiro! Só sabe acusar os outros, mas ele mesmo perde 54 rublos no jogo, e isso não conta nada!

– Isso é outra coisa.

– Não quero conversa com você – disse a mulher, e saiu para o quarto, começando a lembrar-se de como a sua família havia tentado impedir aquele casamento por considerar o rapaz de nível bem inferior, de como ela insistira no casamento; lembrou-se de seu bebê morto, da indiferença

---

3 Diminutivo de Ievguêni. [N. T.]

4 Corruptela russa do francês *comme il faut* – conveniente, ajeitado. [N. T.]

do marido diante daquela perda, e tomou-se de tanto ódio dele que ficou a imaginar como seria bom se ele morresse. Mas só de pensar nisso teve medo dos seus sentimentos e apressou-se em vestir-se e sair. Quando o marido retornou ao apartamento, a mulher já não estava. Sem esperá-lo, vestira-se e fora à casa de um professor de francês conhecido, que a convidara para um sarau.

V

O professor de francês, um russo-polonês, serviu aos convidados um requintado chá, acompanhado de biscoitos doces, e em seguida todos se acomodaram ao redor de algumas mesas para o *vint*.[5]

A mulher do vendedor de artigos fotográficos sentou-se com o anfitrião, um oficial e uma senhora velha, surda, de peruca, viúva do proprietário de uma loja de artigos musicais e grande apreciadora e mestra dos jogos de cartas. A sorte estava com a mulher do vendedor de artigos fotográficos. Por duas vezes ela bateu. Ao seu lado havia um pratinho com uvas e peras, e ela estava de espírito alegre.

– Por que Ievguêni Mikháilovitch não aparece? – perguntou o anfitrião, de outra mesa. – Ele seria o quinto parceiro.

– Na certa, deixou-se levar pelas contas – disse a mulher de Mikháilovitch. – Hoje é dia de pagamento das provisões e da lenha.

---

5 Jogo de cartas semelhante ao bridge. [N.T.]

E franziu o cenho ao lembrar-se da cena com o marido; as mãos em meias-luvas tremeram de raiva.

– Este não morre mais! – disse o anfitrião, virando-se à chegada de Ievguêni Mikháilovitch. – Por que se atrasou?

– Muitos afazeres – respondeu ele num tom alegre, esfregando as mãos. E, para espanto da mulher, aproximou-se dizendo:

– Sabe, passei adiante aquele tal cupom.

– Verdade?

– É, e para o homem da lenha.

E, com grande indignação, Ievguêni Mikháilovitch contou a todos como os ginasianos desonestos haviam tapeado sua mulher, que ia acrescentando detalhes ao relato do marido.

– Bem, mas agora vamos ao que interessa – disse ele, sentando-se à mesa e, ao chegar sua vez, embaralhando as cartas.

VI

De fato, Ievguêni Mikháilovitch se desfizera do cupom ao pagar a lenha que lhe vendera o camponês Ivan Mirónov.

Ivan Mirónov negociava comprando lenha a braça e revendendo-a por toda a cidade; arrumava-a de tal forma que uma braça dava cinco feixes iguais, vendendo cada qual pelo preço de um quarto no depósito. Naquele dia fatídico, Ivan Mirónov levou para a cidade de manhã bem cedo um feixe de lenha e, após vendê-lo depressa, arrumou outro na esperança de vendê-lo, mas ficou carregando o feixe até à noitinha sem conseguir comprador. Deparava-se a todo momento com citadinos experientes que conheciam os velhos truques dos mujiques vendedores de lenha e não acreditavam, como ele queria fazer crer, que a lenha vinha do campo. Estava com fome e sentia frio sob a curta peliça surrada e a samarra em farrapos; ao anoitecer, o frio atingira 20 graus negativos; o rocim, do qual não sentia pena alguma, pois tinha a intenção de vendê-lo aos esfoladores, empacara de vez. Por essas e outras, Ivan Mirónov estava disposto a desfazer-se da lenha até com prejuízo, quando deparou com Ievguêni Mikháilovitch, que saíra para comprar tabaco e estava voltando para casa.

– Leve, patrão, faço bem baratinho, o rocim empacou.

– E de onde está vindo?

– Do campo. Minha lenha é da boa, sequinha.

– Eu te conheço. Bem, quanto quer?

Ivan Mirónov começou pedindo um preço alto, mas foi baixando, baixando, até deixar tudo elas por elas.

– Mas é só para o senhor, patrão, porque mora perto.

Ievguêni Mikháilovitch não regateou muito, contente com a ideia de passar o cupom. Arrastando de qualquer jeito a carreta para o pátio, Ivan Mirónov descarregou a lenha no galpão. O zelador não estava. A princípio relutou em pegar o cupom, mas Ievguêni Mikháilovitch foi tão convincente e pareceu um senhor tão respeitável que o camponês acabou aceitando.

Ao entrar pelos fundos, Ivan Mirónov fez o sinal da cruz, deixou que o caramelo de neve derretesse da barba, dobrou o cafetã, puxou um moedeiro de couro, retirou dele oito rublos e cinquenta copeques, devolveu o troco, enrolou o cupom num papelzinho e colocou-o no moedeiro.

Depois de agradecer ao senhor como de praxe, o camponês fustigou, já não com o chicote mas com o cabo, o rocim coberto de escarcha, condenado à morte, que a muito custo arrastava uma pata atrás da outra, e açoitou-o, já sem a carga, em direção a uma estalagem.

Lá chegando, Ivan Mirónov pediu oito copeques de vinho e chá e, depois de aquecido, até suado, pegou a conversar no mais alegre estado de espírito com o zelador sentado à mesma mesa. Soltou a língua com ele, contou-lhe todas as circunstâncias da sua vida. Contou que era da aldeia de Vassílievski e que esta ficava a doze verstas da cidade, que vivera separado do pai e dos irmãos e que agora morava com a mulher e dois filhos, dos quais o mais velho mal começara a frequentar a escola e ainda não ajudava em nada. Contou que ia dormir na estalagem e que, no dia seguinte, ia ao haras vender o rocim, dar uma espiada e, se fosse o caso, comprar um cavalo. Contou que tinha juntado dinheiro, que agora faltava um rublo para somar vinte e cinco e que metade do que possuía estava no cupom. Tirou o cupom do bolso e mostrou-o ao zelador. Embora analfabeto, este lhe disse que costumava trocar daqueles cupons para os inquilinos, que era dinheiro bom, mas que vez por outra aparecia um falso, razão pela qual o aconselhava a passá-lo ali mesmo no balcão, por garantia. Ivan Mirónov entregou o cupom ao criado do balcão, pediu o troco, mas o criado não o trouxe, e em vez dele apareceu o balconista careca, de cara luzente, com o cupom em sua mão gorducha.

– Seu dinheiro não serve – disse este, mostrando o cupom a Mirónov, mas sem devolvê-lo.

– O dinheiro é bom, foi um senhor que me deu.

– Está na cara que não é bom, é falso.

– Se é falso, então devolva.

– Não, irmão, o irmão precisa é de uma lição. Você e seus trapaceiros falsificaram o cupom.

– Devolva o dinheiro, que direito você pensa que tem?

– Sídor! Chama aqui a polícia – disse o balconista ao empregado.

Ivan Mirónov estava bêbado. Nessas horas, perdia a cabeça. Agarrou o balconista pela gola da camisa e começou a gritar:

– Devolva! Eu vou à casa daquele senhor. Eu sei onde ele mora!

O balconista soltou-se de Ivan Mirónov e sua camisa rasgou-se.

– Ah, então é assim. Segure o homem.

O criado agarrou Ivan Mirónov no exato instante em que aparecia um policial. Depois de escutar o ocorrido, decidiu-se de imediato.

– Pra delegacia!

O policial colocou o cupom em seu porta-moedas e levou Ivan Mirónov mais o cavalo para a delegacia.

VII

Ivan Mirónov passou a noite na delegacia entre bêbados e ladrões. Já era quase meio-dia quando o levaram à presença do chefe de polícia. Depois de interrogá-lo, este o mandou com um policial à casa do dono da loja de artigos fotográficos. Ivan Mirónov se lembrava da rua e do prédio.

Quando o policial chamou o senhor e lhe apresentou o cupom e Ivan Mirónov, que confirmava ser aquele mesmo o tal senhor, Ievguêni Mikháilovitch fingiu surpresa e assumiu um ar austero.

– Que história é esta, pelo visto perdeu o juízo? É a primeira vez que vejo este homem!

– Senhor, isso é pecado... todos nós vamos morrer... – disse Ivan Mirónov.

– O que aconteceu com ele? Você deve ter sonhado. Vendeu sua lenha para um outro sujeito qualquer – afirmou Ievguêni Mikháilovitch. – A propósito, espere um pouco, vou perguntar à minha mulher se ela comprou lenha ontem.

Ievguêni Mikháilovitch saiu e, sem demora, chamou o zelador Vassili, rapaz alegre, janota, formoso, astuto, de força ímpar, dizendo-lhe, caso perguntassem de onde viera a última remessa de lenha, que afirmasse ter vindo do depósito e que ali não se comprava lenha de mujiques.

– Há um mujique aí dizendo que eu passei um cupom falso. Um mujique estúpido, sabe Deus o que estará dizendo, mas você é homem inteligente. Vá lá e diga que nós só compramos lenha do depósito. Há tempo que eu venho pensando em lhe dar um casaco – acrescentou Ievguêni Mikháilovitch, e deu cinco rublos ao zelador.

Vassili pegou o dinheiro, passou os olhos na nota, no rosto do patrão, e esboçou um sorriso, sacudindo a cabeleira.

– É verdade, gente estúpida, ignorante. Não se preocupe. Já sei o que eu vou dizer.

Por mais que Ivan Mirónov suplicasse choroso para que Ievguêni Mikháilovitch reconhecesse o cupom e o zelador confirmasse suas palavras, tanto um quanto outro fincavam pé: jamais compravam lenha de carroceiros. E o policial levou de volta à delegacia Ivan Mirónov, acusado de falsificar o cupom.

Livrou-se da cadeia só depois de dar cinco rublos ao chefe de polícia, aconselhado por um escrivão bêbado sentado a seu lado, e foi embora sem o cupom e com sete rublos em lugar dos vinte e cinco que tinha até o dia anterior. Ivan Mirónov gastou três rublos em bebida e chegou em casa de cara quebrada e caindo de porre.

A mulher estava nos últimos dias de gravidez, e doente. Pôs-se a destratar o marido, ele lhe deu um empurrão e ela começou a bater nele. Ao invés de revidar, ele se deitou de bruços na tarimba e começou a soluçar.

Só na manhã seguinte a mulher entendeu o que acontecera, acreditou na história do marido e ficou muito tempo amaldiçoando o tal senhor trapaceiro que enganara seu Ivan. E Ivan, já sóbrio, lembrou-se do que lhe aconselhara um artesão com quem havia bebido no dia anterior e resolveu se queixar a um advogado.

VIII

O advogado aceitou o caso não tanto pelos honorários que viria a receber, mas porque acreditou em Ivan e ficou indignado com a maneira desonesta pela qual haviam enganado o mujique.

Ambas as partes compareceram ao tribunal; o zelador Vassili serviu de testemunha. A cena se repetiu: Ivan Mirónov invocava Deus e dizia que um dia todos iriam morrer. Mesmo atormentado pela consciência da patifaria que praticara e do risco que corria, Ievguêni Mikháilovitch não podia mais alterar seu depoimento e continuou negando tudo, mantendo o semblante em aparente calma.

O zelador Vassili recebeu mais dez rublos e, com um sorriso tranquilo, confirmou nunca ter visto Ivan Mirónov. Quando o fizeram prestar juramento, mesmo interiormente acovardado, repetiu, com aparente calma, sobre a cruz e o santo Evangelho, as palavras proferidas por um padre velhinho, jurando dizer toda a verdade.

O juiz negou a demanda a Ivan Mirónov, imputando-lhe custas judiciais de cinco rublos, generosamente perdoadas por Ievguêni Mikháilovitch. Ao absolver Ivan Mirónov, o juiz pregou-lhe um sermão, prevenindo-o para que fosse mais cuidadoso e contido ao acusar pessoas respeitáveis e agradecesse por ter sido perdoado das custas e por ter-se livrado de um processo por calúnia, pelo qual pegaria uns três meses de cadeia.

– Fico muito grato – disse Ivan Mirónov, e deixou a sala balançando a cabeça entre suspiros.

Tudo parecia acabar bem para Ievguêni Mikháilovitch e o zelador Vassili. Mas era só o que parecia.

Ocorreu algo que ninguém viu, mas que foi mais importante do que tudo o que as pessoas tinham visto.

Vassili deixara sua aldeia havia já três anos e morava na cidade. Ano após ano, reduzia a contribuição enviada ao pai e não mandava vir a mulher, que não lhe fazia falta. Mulheres na cidade, ele podia ter as que bem quisesse, e diferentes da desmazelada da sua mulher. A cada ano, esquecia mais e mais as leis da aldeia e assimilava os costumes da cidade. Lá, tudo era grosseiro, incivilizado, pobre, desordenado; aqui, tudo refinado, bom, limpo, abundante, tudo em ordem. E cada vez mais se convencia de que os aldeões viviam na ignorância feito animais selvagens, enquanto a gente da cidade era gente de verdade. Vassili lia livros de bons autores, romances, ia a espetáculos na Casa do Povo, coisa que na aldeia nem em sonhos imaginara poder fazer. Na aldeia os velhos diziam: viva na lei com a esposa, trabalhe, não coma demais, não ostente, mas na cidade as pessoas eram inteligentes, estudadas, logo conheciam as verdadeiras leis, viviam com prazer. E tudo ia bem. Até o incidente com o cupom, não acreditava que os senhores não tivessem leis sobre as quais basear suas vidas. Achava que não conhecia essas leis, mas que as leis existiam. Mas o último incidente com o cupom, principalmente seu falso testemunho, que não dera em nada de ruim para ele, a despeito do seu pavor, e ainda lhe rendera mais dez rublos, convenceram-no plenamente de que não existia lei alguma e de que precisava viver para o prazer. Assim, continuou a viver como antes. No início, fazia mão baixa somente nas compras dos inquilinos, mas isso era pouco face a todas as suas despesas, e quando e onde podia punha-se a surrupiar dinheiro e objetos valiosos dos apartamentos, e acabou roubando o porta-moedas de Ievguêni Mikháilovitch, que o pegou em flagrante e o demitiu, mas sem dar queixa.

Vassili não queria voltar para casa e continuou a morar em Moscou com a amante, saindo em busca de emprego. Encontrou um, insignificante, de zelador, numa pequena venda. Começou a trabalhar, mas logo no segundo mês de trabalho foi pego roubando sacos. O patrão não deu queixa, mas espancou Vassili e mandou-o embora. Depois desse incidente, não conseguiu mais emprego nenhum, gastou o que tinha e suas roupas foram se puindo, restando, por fim, apenas um paletó rasgado, uma calça e um par de sapatos velhos. A amante o deixou. Vassili, porém, não perdeu o espírito alegre e disposto e rumou a pé para casa com a chegada da primavera.

IX

Piotr Nicoláievitch Svientitski, homenzinho atarracado que usava óculos escuros – era doente da vista, sob risco de cegueira total –, levantou-se ao amanhecer como de costume e, após beber um copo de chá, vestiu a peliça de pele de cordeiro e rumou para suas terras.

Funcionário da alfândega, lá conseguira economizar dezoito mil rublos. Aposentara-se havia doze anos, não bem por vontade própria, e comprara uma pequena propriedade de um jovem arruinado. Casara-se ainda em serviço. A mulher, pobre órfã de antiga família nobre, alta, roliça, bonita, não lhe dera filhos. Em tudo e por tudo, Piotr Nicoláitch[6] era um homem ponderado, perseverante. Sem nada entender do funcionamento de uma propriedade rural (era filho de um pequeno nobre polonês), administrara tão bem sua fazenda que no decorrer de dez anos as terras arruinadas de trezentos hectares tornaram-se um modelo. Todas as construções, da casa ao celeiro e ao alpendre para os equipamentos de incêndio, eram sólidas, bem alicerçadas, revestidas de ferro e pintadas na hora certa. No galpão das ferramentas, dispunham-se em ordem telegas, charruas, arados, grades. Os arreios estavam sempre lubrificados. Os cavalos, de porte médio, quase todos de criação própria, eram baios, bem alimentados, robustos, parecidos entre si. A debulhadora funcionava sobre a eira coberta, a forragem era armazenada em galpão especial, o esterco líquido escorria para um fosso calçado. Também de criação própria, as vacas davam muito leite, apesar do porte médio. Os porcos eram de raça inglesa. Possuía um aviário e raças especiais de galinhas. O pomar era cuidadosamente regado e cultivado. Por toda a parte havia sinais de boa administração, solidez, limpeza, conservação. Piotr Nicoláitch sentia-se feliz em suas terras e orgulhava-se do fato de ter alcançado tudo aquilo sem oprimir os camponeses, mas, ao contrário, praticando uma rigorosa justiça para com eles. Mesmo entre os nobres era ele que sustentava opiniões intermediárias, antes liberais que conservadoras, e diante de um defensor da servidão sempre defendia o povo. Que

---

6 Variação do patronímico Nicoláievitch. [N. T.]

fossem bons para com eles e eles seriam bons. É verdade que não fazia vista grossa às falhas dos trabalhadores, instigava-os por vezes e exigia trabalho, mas em compensação a moradia e a alimentação estavam entre as melhores, o ordenado era pago em dia e nos feriados havia distribuição de vodca.

Pisando com cuidado a neve semiderretida – era fevereiro –, Piotr Nicoláitch rumou em direção às isbás de seus empregados, próximas à cavalariça. Ainda estava escuro e a neblina intensificava a escuridão, mas se via luz nas janelas. Os empregados se levantavam. Pretendia botar-lhes pressa: eles tinham de sair com seis cavalos à cata do resto de lenha no bosque.

– O que é isso? – pensou ele, ao ver a porta da cavalariça entreaberta. – Ei, quem está aí?

Ninguém respondeu. Piotr Nicoláitch entrou.

– Ei, quem está aí?

Ninguém respondia. Estava escuro, o chão sob os pés mole e cheirando a estrume. Logo à direita da porta costumava ficar um par de potros baios. Piotr Nicoláitch estendeu o braço – nada. Esticou a perna. Estariam deitados? O pé nada encontrou. "Para onde os terão levado?", pensou ele. "Atrelar, não atrelaram, os trenós ainda estão lá fora". Svientitski saiu e gritou:

– Ô, Stiepan!

Stiepan, um velho empregado, saiu da isbá.

– Caramba! – respondeu alegre Stiepan. – É o senhor, Piotr Nicoláitch? Os rapazes já vêm vindo.

– Por que a cavalariça está aberta?

– A cavalariça? Não sei dizer, não, senhor. Ô, Prochka,[7] traz o lampião.

Ele o trouxe. Entraram na cavalariça. Stiepan compreendeu de pronto.

– Foram ladrões, Piotr Nicoláitch. Quebraram o cadeado.

– Está mentindo?

– Os bandidos levaram. Machka[8] sumiu, Iástrieb[9] também... não, Iástrieb tá ali, foi Piostri[10] que sumiu. Krassávtchik[11] também sumiu.

Faltavam três cavalos. Piotr Nicoláitch não disse palavra.

Franziu a testa e respirou fundo.

– Ah, se eu pego... Quem estava de vigia?

– Pietka.[12] Dormiu demais.

Piotr Nicoláitch apresentou queixa à polícia, ao *stanovói*, ao chefe do *ziêmstvo*, colocou seus homens à caça dos bandidos. Os cavalos não foram encontrados.

– Gentalha! – dizia Piotr Nicoláitch. – O que acharam de fazer? Como se eu não lhes tivesse feito o bem. Pois esperem e verão. Ladrões, são todos ladrões. Vocês vão ver só como serão as coisas daqui por diante.

---

7 Diminutivo de Prókhorov. [N. T.]

8 Forma popular de Mária. [N. T.]

9 "Açor", em russo. [N. T.]

10 "Malhado", "pintado", em russo. [N. T.]

11 Derivado de *krassávietz*, "belo". [N. T.]

12 Outra forma diminutiva de Piótr. [N. T.]

X

Mas os cavalos, três baios, já haviam chegado ao seu destino. Machka foi vendida a um cigano por dezoito rublos, Piostri foi trocado por outro com um mujique quarenta verstas adiante, esfalfaram e mataram Krassávtchik. A pele foi vendida por três rublos. Todos esses acontecimentos deram-se por obra de Ivan Mirónov. Estivera trabalhando para Piotr Nicoláitch, conhecia-lhe os hábitos e decidiu reaver seu dinheirinho. Assim, planejou tudo.

Depois da desgraça com o cupom falso, Ivan Mirónov andou muito tempo a beber e teria vendido tudo, não fosse a mulher ter escondido as peças de arreio, as roupas e tudo o que pudesse ser vendido. À época das bebedeiras, Ivan Mirónov não parava de pensar no seu ofensor e em todos os senhores e senhoras respeitáveis, que só vivem para extorquir seus irmãos. Certa feita, Ivan Mirónov bebia com mujiques dos arredores de Podolsk. No caminho de volta, os mujiques, embriagados, contaram-lhe como haviam tomado cavalos de um mujique. "Isso é pecado," – dizia ele – "cavalinho de mujique é o mesmo que um irmão, se você o toma, tira-lhe o sustento. Se querem roubar, que roubem dos senhores. Esses cachorros bem que merecem". Prosseguiram a conversa, e os mujiques de Podolsk diziam que era complicado tomar cavalos dos senhores. Era preciso conhecer o lugar, e sem gente do bando no local era impossível. Foi então que Ivan Mirónov lembrou-se de Svientitski, para quem já trabalhara, lembrou-se de que ele havia descontado de seu ordenado um rublo e meio por uma cravija quebrada e lembrou-se dos cavalos baios com os quais fazia o trabalho.

Ivan Miriónov voltou à casa de Svientitski fingindo estar à procura de serviço, mas com o único fim de observar e inteirar-se de tudo. Ao descobrir tudo, que não havia guardas, que os cavalos ficavam nas baias da cavalariça, juntou-se aos ladrões e executou seu plano. Depois de repartir o produto do roubo com os mujiques de Podolsk, Ivan Miriónov voltou para casa com cinco rublos no bolso. Em casa, não tinha o que fazer: não possuía cavalos. Desde então, Ivan Miriónov passou a andar com ciganos e ladrões de cavalos.

XI

Piotr Nicoláitch Svientitski fazia todos os esforços para encontrar o ladrão. Sabia que sem alguém de dentro da propriedade não teria sido possível executar o serviço. Por isso, passou a suspeitar de seus homens e, inquirindo os trabalhadores sobre quem não havia dormido em casa na noite do roubo, chegou a Prochka Nicoláiev – rapazinho bonito, astuto, que acabara de chegar do serviço militar como soldado e havia sido empregado por Piotr Nicoláitch para fazer as vezes de cocheiro nas carruagens. O *stanovói* era amigo de Svientitski, que conhecia também o *isprávnik*,[13] o chefe do *ziêmstvo* e o juiz de instrução. Todas essas personalidades frequentavam sua casa nas festividades do dia do santo

13 Chefe de polícia distrital na Rússia czarista. [N. T.]

que levava seu nome e conheciam seus saborosos licores de frutas e os cogumelos em conservas – agáricos, boletos, *gruzdi*.[14] Estavam todos com pena e queriam ajudá-lo.

– É nisso o que dá, proteger esses mujiques – disse o *stanovói*. – É verdade, eu já lhe disse: são piores que animais. Chicote e cacete são os únicos remédios. Bem, o senhor estava falando de Prochka, seu cocheiro?

– É, ele mesmo.

– Traga-o aqui.

Chamaram Prochka e começaram a interrogá-lo.

– Onde você esteve?

Prochka sacudiu a cabeleira, os olhos brilhando.

– Em casa.

– Como assim, em casa, se todos os empregados testemunharam que você não dormiu aqui?

– Como o senhor quiser.

– Ora, não se trata de querer. Onde é que você esteve?

– Em casa.

– Pois bem. *Sotski*,[15] ponha-o a ferros.

– Como o senhor quiser.

E Prochka acabou mesmo sem dizer aonde fora, pois naquela noite estivera na casa de sua namoradinha, Parachka,[16] e prometera não traí-la, o que realmente não fez. Mas Piotr Nicoláitch tinha certeza de que tudo fora planejado por ele e passou a odiá-lo. Certo dia, Svientitski fez Prokofi de

---

14 Variedade de cogumelo. [N. T.]

15 Estaroste eleito em unidade militar na Rússia czarista. [N. T.]

16 Diminutivo de Praskóvia. [N. T.]

cocheiro e mandou-o comprar ração para os cavalos. Como sempre fazia no armazém, Prochka pediu duas medidas de aveia. Aos cavalos deu uma medida e meia, trocando o restante por bebida. Piotr Nicoláitch descobriu tudo e levou o caso a um juiz de paz. Este condenou Prokofi a três meses de prisão. Prochka era todo amor-próprio. Achava-se superior aos outros, era orgulhoso. A prisão foi uma humilhação para ele. Não tinha mais do que se orgulhar diante das pessoas e não tardou a esmorecer de vez.

Voltou da prisão exaltado não tanto com Piotr Nicoláitch quanto com o mundo todo.

Como todo mundo dizia, depois da prisão Prokofi degradou-se, amoleceu o corpo no serviço, começou a beber e logo foi pego roubando roupas de uma mulher da cidade, o que o fez voltar à cadeia.

Dos cavalos, a única notícia que Piotr Nicoláievitch recebeu foi a descoberta da pele de um capão baio, que reconheceu como sendo de Krassávtchik. A impunidade dos ladrões irritou-o ainda mais. Ele não podia mais encarar os mujiques e falar deles sem rancor, e sempre que podia procurava oprimi-los.

XII

Embora Ievguêni Mikháilovitch tivesse esquecido o episódio tão logo passara adiante o cupom, sua mulher, Mária Vassílievna, não conseguia perdoar nem a si mesma, por ter-se deixado enganar, nem ao marido, pelas palavras cruéis dirigidas a ela, e muito menos aos dois patifezinhos que a haviam enganado com tamanha habilidade.

Desde aquele dia, passara a observar todos os ginasianos. Certa vez encontrou Mákhin, mas não o reconheceu porque, ao vê-la, o rapaz fez tamanha careta que modificou inteiramente o rosto. Mas ao dar de cara com Mítia Smokóvnikov numa calçada cerca de duas semanas depois do fato, reconheceu-o de imediato. Deixou que ele passasse e o seguiu. Indo até o prédio onde morava o rapaz e informada sobre quem era seu pai, foi no dia seguinte ao ginásio e encontrou à entrada o professor de catecismo Mikhail Vvedienski. Este lhe perguntou o que desejava. Ela queria ver o diretor.

– O diretor não se encontra no momento, não vai bem de saúde; talvez eu possa substituí-lo ou, quem sabe, transmitir algum recado.

Mária Vassílievna resolveu contar tudo ao professor.

Vvedienski era viúvo, acadêmico de teologia e homem cheio de amor-próprio. Ainda no ano anterior encontrara-se com o pai de Mítia numa reunião social; discutiram sobre fé religiosa e, depois de o derrotar em todos os pontos, ridicularizando-o, Vvedienski resolveu prestar especial atenção no filho, encontrando neste a mesma indiferença demonstrada pelo pai ateu com relação à lei divina, e decidindo persegui-lo a ponto de reprová-lo no exame.

Quando tomou conhecimento do que fizera o jovem Smokóvnikov através de Mária Vassílievna, Vvedienski não pôde deixar de sentir prazer, tomando o fato como comprovação de suas suposições sobre a amoralidade das pessoas privadas da orientação da Igreja, e resolveu tirar proveito da situação, com o objetivo – como ele mesmo procurou se convencer – de demonstrar os perigos que ameaçavam todos aqueles que se afastavam da Igreja – mas, no fundo, no fundo, para vingar-se daquele ateu presunçoso, cheio de orgulho.

– É muito, muito triste – dizia Mikhail Vvedienski, acariciando com os dedos as bordas lisas do crucifixo que usava ao redor do pescoço. – Fico muito satisfeito por ter a senhora transmitido o caso a mim; como servo da Igreja, vou me empenhar para que o rapaz não fique sem um conselho, vou inclusive me esforçar para que o sermão seja o mais brando possível.

"É, arranjarei as coisas como se deve a um homem da minha condição", disse a si mesmo o padre Mikhail, pensando que, uma vez esquecida a hostilidade do pai para com ele, tinha em vista apenas o bem e a salvação do filho.

No dia seguinte, na aula de catecismo, o padre Mikhail contou aos alunos todo o episódio do cupom falso, acrescentando ter sido um ginasiano o autor de tal feito.

– Uma conduta má, vergonhosa – disse ele –, mas negar-se a assumi-la é ainda pior. Se o culpado for um de vocês, o que eu não acredito, será melhor que confesse em vez de ficar se escondendo.

Dizendo isso, o padre Mikhail encarou Mítia. Acompanhando o gesto do professor, os ginasianos cravaram os olhos no colega. Vermelho, suando, Mítia acabou chorando e saiu correndo da classe.

Ao ser informada do ocorrido, a mãe de Mítia arrancou toda a verdade do filho e correu à loja de artigos fotográficos. Pagou os doze rublos e meio à proprietária e a convenceu a calar o nome do estudante. Pediu ao filho que desmentisse tudo e que por nada nesse mundo dissesse a verdade ao pai.

De fato, quando soube o que acontecera na escola e quando o filho, chamado à sua presença, negou tudo, Fiódor Mikháilovitch foi ao ginásio para conversar com o diretor e, depois de relatar toda a história, disse que o procedimento do professor de catecismo havia sido altamente reprovável e que ele não deixaria o caso assim. O diretor convidou o sacerdote à sala e entre ele e Fiódor Mikháilovitch teve lugar uma acalorada discussão.

– Uma mulher estúpida vem caluniar meu filho, depois nega o que disse antes e o senhor não encontra nada melhor do que difamar um menino sincero, um menino franco!

– Eu não difamei ninguém, e nem permito que o senhor fale comigo nesse tom. O senhor respeite meu hábito.

– Pois pouco me importa o seu hábito.

– Suas opiniões deturpadas são conhecidas de toda a cidade – disse o professor, o queixo tremendo de maneira a fazer a barbicha rala tremelicar toda.

– Senhores, reverendo... – dizia o diretor, procurando em vão botar panos quentes. Mas era impossível acalmá-los.

– Por dever de meu hábito devo cuidar da formação moral-religiosa.

– Basta de fingimento! Como se eu não soubesse que o senhor não passa de um santo de pau oco!

– Considero indigno da minha pessoa ficar aqui discutindo com o senhor – proferiu o padre, ofendido com as últimas palavras de Smokóvnikov, principalmente porque sabia que ele estava certo. O padre Mikhail havia frequentado todo o curso de teologia, portanto havia muito que não acreditava nas próprias confissões e pregações, e acreditava apenas que todas as pessoas deviam obrigar-se a acreditar no que ele mesmo se obrigava a acreditar.

Smokóvnikov ficou menos indignado com o comportamento do professor de catecismo do que com o fato de ver nele uma boa ilustração da influência clerical que começava a se impor à sociedade, e contava a todos o ocorrido.

Por sua vez, vendo no incidente a manifestação do niilismo e do ateísmo que se afirmavam não só na nova como também na velha geração, o padre Vvedienski se convencia cada vez mais da necessidade de lutar contra isso. Quanto mais condenava o ateísmo de Smokóvnikov e seus semelhantes, mais ele se convencia de que sua fé era sólida e inabalável, e menos sentia necessidade de pô-la à prova ou ajustá-la à sua própria vida. Sua fé, que supunha reconhecida por todo o mundo ao seu redor, era o principal instrumento de luta contra quem a renegava.

Esses pensamentos, que lhe haviam brotado do confronto com Smokóvnikov, aliados aos aborrecimentos que no ginásio decorreram de tal confronto – a bem dizer, a censura e a repreensão recebidas do diretor –, fizeram-no aceitar algo que há muito tempo, desde a morte da mulher, vinha seduzindo-o: dedicar-se à vida monástica e escolher a mesma carreira seguida por alguns de seus companheiros da Academia Teológica, um dos quais já era prelado e outro, arquimandrita à espera de vaga de bispo.

No final do ano letivo, Vvedienski abandonou o ginásio e tomou o hábito de monge sob o nome de Missail, logo conquistando a vaga de reitor no Seminário de uma cidade às margens do Volga.

XIII

Enquanto isso, Vassili, o zelador, seguia na estrada real para o sul.

De dia viajava, e algum *dessiátski*[17] indicava-lhe um albergue para passar a noite. Por toda parte lhe davam pão, e vez por outra era convidado à mesa para jantar. Numa aldeia da província de Orlovski, onde passava a noite, disseram-lhe que um comerciante, que arrendara o pomar de um proprietário de terras, procurava vigias jovens. Cansado de mendigar e sem vontade de voltar para casa, Vassili rumou para lá, arrumando emprego de vigia por cinco rublos ao mês.

Achou muito agradável a vida que levava em sua tenda, especialmente quando as maçãs tenras e doces começavam a amadurecer, e vigias traziam do telheiro senhorial enormes feixes de palha fresca que tiravam debaixo das debulhadoras. Passava ali o dia inteiro, deitado naquela palha fresca e cheirosa, ao lado de montes de maçãs ainda mais cheirosas, derrubadas pelo vento na primavera e no inverno,

---

17 Funcionário eleito, oriundo do meio camponês, que exercia funções policiais na Rússia czarista. [N. T.]

ficava de olho para ver se não apareciam meninos querendo apanhar maçãs, assobiava e cantarolava. E que mestre do canto! Tinha boa voz. Da aldeia, apareciam mulheres e mocinhas que vinham atrás das maçãs. Vassili esbanjava gracejos, dependendo de como essa ou aquela lhe agradasse, trocava mais ou menos maçãs por ovos ou alguns copeques, e lá ia ele outra vez estirar-se sobre a palha: era só sair para o desjejum, o almoço, o jantar.

Tinha uma só camisa, de chita cor-de-rosa, toda furada, nada para calçar, mas o corpo era forte, saudável e, quando retiravam do fogo a panela com mingau, comia por três, para admiração de um velho vigia. À noite, Vassili não dormia, ora se punha a assobiar, ora a gritar, e via longe feito gato na escuridão. Certa vez, uns meninos crescidos vieram da aldeia para sacudir as macieiras. Vassili aproximou-se de mansinho e se atirou sobre os garotos; estes tentaram escapar, mas, depois de distribuir socos e pontapés a torto e a direito, o vigia agarrou um deles, levou-o à sua tenda e o entregou ao patrão.

A primeira tenda de Vassili ficava no pomar distante, mas a segunda, para a qual se mudara à época da colheita, ficava a quarenta passos da casa senhorial. E nessa nova tenda Vassili estava ainda mais alegre. Passava o dia todo assistindo ao patrão e à mulher que se divertiam, saíam para esquiar, para caminhadas, à tardinha e à noite tocavam piano, violino, cantavam, dançavam. Via os patrões sentados à janela com os filhos estudantes, trocando carinhos e depois saindo sozinhos a passear sob as aleias de tílias escuras, onde o luar penetrava apenas em nesgas e réstias. Via os criados correndo para lá e para cá com comes e bebes, e cozinheiros, lavadeiras, feitores, jardineiros, cocheiro, todos trabalhando com o único objetivo de alimentar, saciar e divertir os patrões. Às vezes, jovens senhores passavam para vê-lo em sua tenda e Vassili escolhia a dedo as maçãs, oferecendo-lhes as melhores, as mais vermelhas e as mais suculentas que encontrava, e as jovens damas as mordiam ali mesmo estalando a língua e tecendo elogios, falando algumas palavras em francês – Vassili entendia que falavam dele –, e o obrigavam a cantar.

Vassili adorava aquele tipo de vida, lembrava-se da vida que levava em Moscou, e a ideia de que tudo se resumia a dinheiro cravava-se cada vez mais em sua cabeça.

E Vassili não parava de pensar no que fazer para logo botar as mãos em mais dinheiro. Começou a lembrar-se do que fazia antes e resolveu que não devia agir daquela forma, que não devia, como antes, apoderar-se do que estava mal guardado, mas planejar de antemão, achar e fazer um serviço limpo, para não deixar nenhuma pista. Às vésperas do Natal, foram colhidas as últimas maçãs *antônovka*.[18] O patrão tirou bom proveito, pagou e agradeceu a todos, a Vassili também.

Vassili vestiu-se – o jovem senhor lhe dera de presente uma jaqueta e um chapéu – mas não rumou para casa, sentia nojo só em pensar na vida rude de mujique que o aguardava, voltou para Moscou com alguns soldados beberrões, que também haviam vigiado o pomar. Lá chegando, resolveu arrombar à noite e assaltar a mesma loja na qual traba-

18 Maçã de sabor ácido e adocicado. [N.T.]

lhara e morara e cujo dono o havia espancado e mandado embora sem pagamento. Conhecia todas as entradas e saídas e sabia onde o dinheiro ficava guardado, deixou um soldadinho de guarda do lado de fora, arrombou a janela do pátio, penetrou na loja e pegou todo o dinheiro. A coisa foi feita com arte, nenhuma pista foi encontrada. Eram trezentos e setenta rublos. Vassili entregou cem para o comparsa e o restante levou consigo para uma outra cidade, onde caiu na farra junto aos companheiros e companheiras.

XIV

Entrementes, Ivan Mirónov tornara-se um ladrão de cavalos astuto, audacioso e bem-sucedido. Se antes Afímia, sua mulher, censurava-o pelas más ações, como ela mesma costumava dizer, agora vivia satisfeita, com orgulho do marido, que andava de sobrecasaca de pele forrada e dera a ela um grande lenço floreado e um casaco de pele novo.

Da aldeia ao distrito, todos sabiam que qualquer roubo de cavalo levava a marca de Ivan Mirónov, mas tinham medo de provar sua culpa e, quando acontecia de suspeitarem, ele saía sempre inocentado, limpo. Sua última façanha se dera no pasto noturno de Kolotovka. Sempre que podia, Ivan escolhia suas vítimas, dando preferência a latifundiários e comerciantes. Contudo, era mais difícil roubar dessa gente. Por esse motivo, quando não tinha como roubar desses, roubava camponeses mesmo. E foi o que aconteceu em Kolotovka, no pasto noturno, de onde levou os cavalos que encontrou pela frente. Quem fez o serviço não foi ele próprio mas Guerássim, um rapazinho esperto com quem fechara um trato. Os mujiques só deram pela falta dos cavalos na manhã seguinte bem cedo, e saíram pela estrada a procurá-los. Mas os cavalos haviam sido escondidos num barranco de um bosque do Estado. Ivan Mirónov pretendia mantê-los ali até a noite seguinte, e depois levá-los à casa de um zelador conhecido, quarenta verstas adiante. Passou pelo bosque para ver Guerássim e levar-lhe pastelão e vodca, retornando por um atalho, onde não esperava encontrar ninguém. Para azar dele, deparou com um soldado de guarda.

– Procurando cogumelos? – perguntou o soldado.

– Só que agora não tem nada – respondeu Ivan Mirónov, mostrando o cesto que, por via das dúvidas, levava consigo.

– É, o verão está ruim pra cogumelos – retrucou o soldado e continuou andando.

O soldado percebeu que tinha coisa ali. Não havia nenhum motivo para Ivan Mirónov andar pelo bosque público àquela hora da manhã. O guarda voltou para o local da conversa e ficou por ali, vasculhando. Perto do barranco, escutou o bufo de um cavalo e foi andando de mansinho na direção de onde partira o som. O barranco estava pisoteado e coberto com esterco de cavalo. Mais adiante estavam Guerássim, sentado, comendo alguma coisa, e dois cavalos amarrados a uma árvore.

O guarda correu para a aldeia e trouxe o estaroste, o *sotski* e duas testemunhas. Cercando o local por três lados, aproximaram-se do rapaz e o surpreenderam. Gueraska[19] nem se

19 Diminutivo de Guerássim. [N. T.]

deu ao trabalho de negar o roubo, bêbado que estava, confessando tintim por tintim. Contou que Ivan Mirónov o enchera de bebida, convencera-o a fazer o serviço e prometera voltar ao bosque naquele mesmo dia para buscar os cavalos. Os mujiques armaram uma cilada e, deixando os cavalos e Guerássim onde estavam, ficaram à espera de Mirónov. Ao cair da noite, ouviu-se um assobio. Guerássim respondeu. Mal Ivan Mirónov começou a descer o barranco, os homens atiraram-se sobre ele e o levaram para a aldeia. Na manhã seguinte, uma multidão reunia-se ao redor da isbá do estaroste. Levaram Ivan para fora e puseram-se a interrogá-lo. Stiepan Pielaguiêiuchkin, mujique alto, encurvado, braços compridos, nariz aquilino e rosto sombrio, foi o primeiro. Mujique solitário, Stiepan fizera o serviço militar obrigatório havia pouco, mudara-se da casa do pai e começara a levar vida própria, e aí roubaram o seu cavalo. Depois trabalhou um ano nas minas e comprou mais dois cavalos. Eles também foram roubados.

– Diz onde estão meus cavalos! – pôs-se a interrogar Stiepan, sombrio, pálido de raiva, fitando ora a terra, ora o rosto de Ivan.

Ivan Mirónov não abria a boca. Stiepan deu-lhe um bofetão na cara e quebrou-lhe o nariz, de onde o sangue escorreu.

– Vai falando, senão te mato!

Ivan Mirónov inclinava a cabeça, calado. Stiepan bateu-lhe com a mão comprida uma vez e outras mais. Ivan permanecia calado, limitando-se a virar a cabeça ora para um lado, ora para outro.

– Que batam todos! – gritou o estaroste.

E foi o que fizeram. Ivan caiu e por fim gritou:

– Bárbaros, demônios, podem me bater até matar. Eu não tenho medo de vocês.

Foi então que Stiepan agarrou uma pedra de uma pilha a seu lado e quebrou-lhe a cabeça.

XV

Os assassinos de Ivan Mirónov foram julgados. Stiepan Pielaguiêiuchkin estava entre eles. Sua pena foi mais severa que a dos outros, depois que todas as testemunhas confirmaram ter sido ele a quebrar a cabeça do ladrão de cavalos. Sem nada esconder, Stiepan explicou que, depois que levaram sua última parelha, ele dera parte à polícia do distrito, que podia ter descoberto as pistas através dos ciganos, mas o *stanovói* não quis nem recebê-lo e muito menos dar-se ao trabalho de procurá-los.

– O que é que a gente faz com um tipo desses? Ele nos arruinou.

– E por que foi logo o senhor a bater e não os outros? – retrucou o promotor.

– Isso não é verdade, foi todo mundo, foi o *mir*[20] que resolveu acabar com ele. Eu só acabei de matar. Pra que torturar o homem sem necessidade?

O juiz surpreendeu-se com a expressão de absoluta tranquilidade de Stiepan ao relatar o ato, como haviam espancado Mirónov e como ele mesmo acabara de matá-lo.

---

20 Comunidade rural. [N.T.]

De fato, Stiepan não vira nada de espantoso no assassinato. Durante o serviço militar fora obrigado a fuzilar um soldado, e tanto naquela ocasião quanto no assassinato de Ivan Mirónov nada viu de espantoso. Matou, está morto. Hoje foi a vez dele, amanhã pode ser a minha.

Deram-lhe uma pena leve, um ano de prisão. No depósito da prisão para a qual Stiepan foi levado, fizeram-no tirar as roupas de mujique, deram-lhe um número, roupão e calçados de prisioneiro.

Ele já não tinha o menor respeito por autoridades, e agora estava plenamente convencido de que todas as autoridades, todos aqueles senhores respeitáveis – todos, exceto o czar, que era o único a ter pena do povo e a ser justo para com este – eram bandidos que só faziam sugar o sangue das pessoas simples. Os casos narrados por deportados e galés, com os quais convivia na prisão, consolidaram essa convicção. Um deles fora enviado a trabalhos forçados porque denunciara uma autoridade por roubo, outro, porque batera em uma autoridade quando esta embargava ilegalmente os bens de um camponês, um terceiro, porque falsificara uma nota promissória. Os senhores, os comerciantes, por mais que fizessem, sempre saíam ilesos, enquanto os pobres dos mujiques por qualquer coisinha eram jogados nas prisões para serem comidos pelas pulgas.

A mulher o visitava na prisão. Já ia mal com ele foragido, agora estava pior ainda e totalmente arruinada, tinha de sair com as crianças para pedir esmolas. A infelicidade da mulher deixava Stiepan ainda mais enfurecido. Vivia com raiva de todo mundo na prisão, e certa vez por um triz não matou a machadadas o cozinheiro, pelo que teve sua pena elevada em mais um ano. No decorrer deste último soube que a mulher morrera e que sua casa não existia mais...

Ao final da pena, Stiepan foi chamado ao depósito, onde retiraram de um pau as roupas de mujique que ele vestia ao chegar e as devolveram.

– E pra onde é que eu vou agora? – dizia ele ao quarteleiro. – Não tenho mais casa. Vou ter de pegar a estrada, saquear as pessoas.

– Se fizer isso, volta pra cá.

– É, pode ser.

E Stiepan foi-se embora. Apesar de tudo, rumou para casa. Não tinha mesmo para onde ir.

No caminho, resolveu pernoitar numa hospedaria e botequim de um conhecido.

Cuidava do lugar um pequeno-burguês gorducho da cidade de Vladímir, conhecido de Stiepan. Sabia que ele fora preso por desgraça e o deixou passar a noite em sua casa. O pequeno-burguês era homem abastado, raptara a mulher de um mujique das vizinhanças e a mantinha como esposa e empregada.

Stiepan conhecia toda a história: como o estalajadeiro ofendera o mujique e como aquela sirigaita indecente havia deixado o marido e agora estava ali, gorda e suada, tomando chá e servindo Stiepan por caridade. Estavam sem hóspedes. Deixaram-no dormir na cozinha. Matriona ajeitou tudo e foi para o quarto. Stiepan deitou-se no forno, mas não conseguiu dormir, os cavacos de carvão estalavam ao menor movimento. A pança avantajada do estalajadeiro, pendendo-lhe da cintura, coberta por uma camisa de chita que de tanto lavar estava toda desbotada, não saía da cabeça de Stiepan. O tempo todo imaginava-se metendo a faca naquela pança e botando-lhe as tripas para fora. O mesmo acontecia ao pensar na sirigaita. Ora dizia a si mesmo "Ao diabo com eles, vou-me embora amanhã mesmo", ora se lembrava de Ivan Miriónov e voltava-lhe à cabeça a pança do estalajadeiro e a garganta branca, suada, de Matriona. Se é para matar, que sejam logo os dois. O galo cantou pela segunda vez. Se é para fazer, que seja agora, antes que amanheça. Na noite anterior, havia reparado onde estavam guardadas a faca e a machadinha. Deslizou do forno, muniu-se da machadinha, da faca, e deixou a cozinha. No exato instante em que passava para o outro cômodo, ouviu um estalido no ferrolho da porta do outro lado. O estalajadeiro saía do quarto. Não fez como planejara. Desistiu da faca e empunhou a machadinha, partindo-lhe a cabeça. O pequeno-burguês desabou sobre a soleira e no chão.

Stiepan entrou no quarto. Matriona ergueu-se num pulo e permaneceu de camisola junto à cama. Stiepan a matou com a mesma machadinha. Depois acendeu uma vela, retirou o dinheiro da escrivaninha e saiu.

XVI

Na cidade provincial, distante de outras edificações, vivia um velho bêbado, antigo funcionário, com duas filhas e um genro. A filha casada também bebia e levava uma vida ruim, e a mais velha, Mária Semiónovna, viúva, beirando os cinquenta, magra e cheia de rugas, sustentava a todos sozinha com sua pensão de duzentos e cinquenta rublos. Com esse dinheiro alimentava a família inteira. Fazia todo o serviço da casa. Cuidava do velho pai doente, fraco e beberrão, do filhinho da irmã, cozinhava e lavava. Como sempre acontece nesses casos, tudo recaía sobre ela, os três a xingavam e o genro chegava até a bater-lhe quando estava bêbado. Suportava tudo calada, submissa e, como também sempre acontece, quanto mais tarefas tinha a executar, mais tempo arrumava. Ainda se privava para ajudar os pobres, distribuía suas roupas e ajudava a cuidar de doentes.

Certa feita, contratou os serviços de um alfaiate de aldeia, perneta. Este reformou uma *podiovka* do velho e forrou uma peliça curta de lã que serviria para Mária Semiónovna ir ao mercado no inverno.

O alfaiate coxo era um homem inteligente e observador, que, devido à profissão, vivia em contato com pessoas as mais variadas e, pelo fato de ser coxo, passava a maior parte do tempo sentado, adquirindo pendor para a reflexão. Convivendo uma semana sob o mesmo teto com Mária Semiónovna, não cansava de admirar a vida que esta levava. Certo dia ela foi lavar algumas toalhas na cozinha onde ele costumava trabalhar, e os dois puseram-se a conversar sobre a vida dele, como o irmão o ofendia e como ele se separara dele.

– Eu achei que ia ser melhor, mas é tudo a mesma coisa, é a necessidade.

– Melhor mesmo é não mudar, viver do jeito que se vive.

– O que mais me admira em você, Mária Semiónovna, é o jeito como você está sempre dando conta de tudo e de todos sozinha. Mas retribuição que é bom...

Mária Semiónovna permaneceu calada.

– Você deve ter lido nos livros que a recompensa está no outro mundo.

– Isso não se sabe – disse Mária Semiónovna –, só se sabe que é melhor viver assim.

– É isso o que os livros dizem?

– É isso o que os livros dizem – confirmou ela, lendo para ele, em seguida, o Sermão da Montanha do Evangelho. O alfaiate coxo ficou pensativo. Depois que acertou as contas e voltou para casa, continuou a pensar no que vira na casa de Mária Semiónovna e no que ela lhe dissera e lera.

XVII

Piotr Nicoláitch mudou de atitude com os mujiques e os mujiques mudaram de atitude com ele. Em menos de um ano, derrubaram vinte e sete carvalhos e reduziram a cinzas um telheiro pouco seguro e a eira recoberta da propriedade. Piotr Nicoláitch decidiu que era impraticável a convivência com os mujiques locais.

Por essa época, os Livientsov estavam à procura de um administrador para suas terras, e o chefe do *ziêmstvo* recomendou-lhes Piotr Nicoláitch como o melhor da região. As fazendas dos Livientsov, imensas, não lhes rendiam nada, e os camponeses se aproveitavam de tudo. Piotr Nicoláitch encarregou-se de deixar tudo em ordem, arrendou sua fazenda e mudou-se com a mulher para uma distante província do Volga.

Piotr Nicoláievitch sempre apreciara a ordem e a observância das leis, e agora é que não podia admitir que aquela gente rude e selvagem desrespeitasse a lei e se apropriasse de bens que não lhe pertenciam. Sentiu-se feliz com a possibilidade de ensinar aquela gente e lançou-se com todo o rigor à tarefa. Levou um camponês à prisão por furto de madeira, espancou um outro com as próprias mãos porque este não lhe dera passagem nem lhe tirara o chapéu na estrada. Quanto aos prados em litígio, dos quais os camponeses julgavam ter a posse, Piotr Nicoláitch declarou que, se soltassem seus animais ali, seriam todos confiscados.

A primavera chegou e, como sempre faziam nos anos anteriores, os camponeses soltaram o gado nos prados senhoriais. Piotr Nicoláitch reuniu seus empregados e ordenou-lhes que tocassem o gado para o curral senhorial. Os mujiques estavam na lavoura e, apesar dos gritos de protesto das mulheres, os empregados encurralaram o gado. Ao retornarem do trabalho, os camponeses dirigiram-se em bando ao curral para reclamar o gado. Piotr Nicoláitch caminhou até eles com a espingarda pendurada no ombro (acabara de voltar da ronda) e declarou que só iria devolver o gado mediante o pagamento de cinquenta copeques pelos bois e dez pelas ovelhas. Os mujiques começaram a gritar que o prado lhes pertencia, que antes pertencera a seus avós e a seus pais e que não existia esse direito de se apossar do gado alheio.

– Devolva o gado senão a coisa vai ficar ruim – disse um velho, investindo contra Svientitski.

– E o que é que vai acontecer de ruim? – berrou o administrador, pálido, avançando para o velho.

– Devolva, pra evitar desgraça. Vigarista!

– O quê? – esbravejou Piotr Nicoláitch, esbofeteando o mujique.

– Você não vai se atrever a brigar. Meninos, peguem o gado no muque.

A multidão avançou. Piotr Nicoláitch queria escapar, mas foi impedido. Tentou abrir caminho. A espingarda disparou, matando um dos camponeses. Seguiu-se uma briga violenta. Aniquilaram Piotr Nicoláitch. Cinco minutos depois, carregaram o corpo deformado para uma ravina.

Levaram os assassinos à corte marcial, e dois deles foram condenados à forca.

XVIII

No povoado onde morava o alfaiate, cinco camponeses abastados arrendaram de um latifundiário, por trezentos rublos, cento e cinco hectares de uma terra fértil, negra como breu, e os lotearam para os mujiques, a uns por dezoito, a outros por quinze rublos. Nenhum lote saiu por menos de doze rublos. De sorte que o lucro foi bom. Os próprios arrendatários tomaram para si cinco hectares, que nada lhes custaram. Com a morte de um deles, propuseram sociedade ao alfaiate coxo.

Quando os arrendatários começaram a partilha, o alfaiate não aceitou a vodca que lhe ofereciam e, na hora de discutir quem ficaria com quanta terra, sugeriu que tudo deveria ser dividido em partes iguais, ninguém deveria ficar com mais do que lhe era devido.

– Como assim?

– Então não somos cristãos? Isso pode dar certo lá entre os poderosos, mas nós somos camponeses. Devemos seguir a palavra de Deus. Assim é a lei de Cristo.

– E onde estão esses ensinamentos?

– Ora, no livro, no Evangelho. No próximo domingo, venham à minha casa, eu leio para vocês e aí conversaremos.

No domingo não foram todos, mas apenas três à casa do alfaiate, que leu para eles cinco capítulos de Mateus. Em seguida, puseram-se a interpretá-los. Todos escutavam, mas apenas um, Ivan Tchúiev, acolheu aquelas palavras. Tanto acolheu, que seguiu os ensinamentos à risca. Da mesma forma procedeu sua família. Tchúiev abdicou da terra excedente, ficando apenas com o lote que lhe cabia.

E as pessoas passaram a frequentar a casa do alfaiate e de Ivan, e começaram a compreender, e compreenderam, e abandonaram o fumo, a bebida, deixaram de se destratar com palavras injuriosas, ajudavam-se uns aos outros. E pararam de ir à igreja e devolveram os ícones aos popes. E dezessete casas foram erguidas. Sessenta e cinco almas ao todo. E o sacerdote local ficou apavorado e informou o prelado. O prelado pensou no que fazer e decidiu enviar ao povoado o arquimandrita Missail, que ensinara catecismo no ginásio.

XIX

O prelado fez Missail sentar-se e o colocou a par das novidades que estavam ocorrendo em sua eparquia.

– Tudo vem da fraqueza de espírito e da ignorância. Tu és um homem estudado. Confio em ti. Vai lá, convoca o rebanho e esclarece-o.

– Com a bênção do Monsenhor, não pouparei esforços – disse o padre Missail. Estava feliz com a incumbência. Alegrava-se sempre que surgia uma oportunidade de demonstrar sua fé. Ao converter os outros, mais se convencia desta fé.

– Não poupa esforços, ando sofrendo muito com o meu rebanho – disse o prelado, ao receber sem pressa, com as mãos brancas e gorduchas, a xícara de chá oferecida pelo acólito.

– Como, só um tipo de geleia? Traga outro! – o prelado dirigiu-se ao acólito. – Para mim é muito doloroso – continuando sua preleção ao padre.

Missail estava feliz em poder mostrar serviço. Mas como não era pessoa abastada, solicitou uma verba para as despesas de viagem, além de ordens do governador para que, em caso de necessidade, a polícia local lhe prestasse assistência, pois receava a resistência daquela gente rude.

O prelado arranjou tudo, e Missail, com a ajuda do acólito e da cozinheira, encaixotou bebidas e mantimentos – provisões indispensáveis em viagens para um lugar ermo – e rumou para o local designado. Ao partir para sua missão, o padre experimentou a agradável sensação de importância que seu culto iria desempenhar e, mais do que isso, do fim de quaisquer dúvidas quanto a sua fé – ao contrário, experimentou a total certeza de sua autenticidade.

Seus pensamentos não estavam voltados para a essência da fé – que ele considerava um axioma –, mas para a refutação das objeções que se faziam às suas formas externas.

XX

No povoado, o sacerdote e a mulher receberam Missail com grandes honras, e no dia seguinte reuniram o povo na igreja. De batina nova, de seda, uma cruz sobre o peito e os cabelos bem penteados, Missail subiu ao altar, ao seu lado postou-se o sacerdote, a distância ficaram os sacristãos e coristas, e os soldados nas portas laterais. Os sectários chegaram em seguida, em suas peliças curtas, grosseiras, imundas. Após o *Te Deum*, Missail leu a prédica, exortando aqueles que se afastavam a retornarem ao seio da Madre Igreja, ameaçando-os com o fogo do inferno e prometendo inteiro perdão aos que se arrependessem.

Os sectários permaneciam calados. Mas ao serem questionados, responderam. À pergunta sobre o porquê de se terem afastado da igreja, responderam que lá se reverenciavam deuses de madeira criados pelo homem, ao passo que nas escrituras esse tipo de reverência não só não existia, como se pregava o oposto nas profecias. Quando Missail perguntou a Tchúiev se era verdade que haviam chamado os santos ícones de tábuas, este respondeu: "É só tu virares qualquer ícone ao contrário, e verás". Quando lhes perguntaram por que não reconheciam o sacerdócio, responderam que nas escrituras lia-se: "De graça recebes, de graça retribuis", mas os popes só distribuíam a bem-aventurança por dinheiro. Todas as tentativas de Missail de apoiar-se nas escrituras sagradas, o alfaiate e Tchúiev refutavam-nas com serenidade e firmeza, referindo-se às mesmas escrituras, que conheciam solidamente. Missail se irritou e os ameaçou com os poderes seculares. A isto os sectantes responderam com o que estava escrito: "Perseguiram-me, e vós também sereis perseguidos".

Nada aconteceria e tudo correria bem, mas na missa do dia seguinte Missail fez o sermão sobre o mal representado pelos corruptores, dizendo que mereciam toda a sorte de castigos, e as pessoas que saíam da igreja começaram a discutir como poderiam dar uma lição aos ateus, para que não tentassem sublevar o povo. E, nesse mesmo dia, enquanto Missail beliscava salmão e trutas em companhia do pároco e de um inspetor que viera da cidade, no povoado armava-se um tumulto. Ortodoxos apinhavam-se frente à isbá de Tchúiev e esperavam que os sectários saíssem para espancá-los. Os sectários eram uns vinte, entre homens e mulheres. O sermão de Missail, somado à multidão e seu vozerio ameaçador, provocavam nos sectários um sentimento de raiva que antes não existia. Caiu a tarde, hora em que as camponesas costumavam ordenhar as vacas, mas os ortodoxos ainda estavam lá fora esperando, espancaram um jovem que ia sair, mandando-o de volta à isbá. Os sectários conversavam sobre o que fazer, mas não entravam em acordo.

O alfaiate dizia: "Temos de suportar, não devemos resistir". Tchúiev, por outro lado, retrucava que se suportassem tudo, seriam todos massacrados, e muniu-se de um atiçador para deixar a isbá. Os ortodoxos atiraram-se sobre ele.

– Então é isso o que querem? Que se cumpram as leis de Moisés! – gritou ele e começou a bater com o atiçador nos ortodoxos, vazando o olho de um deles, e os demais se precipitaram da isbá para suas casas.

Tchúiev foi julgado por corrupção e blasfêmia, e condenado ao exílio.

Já o padre Missail recebeu recompensa e foi nomeado arquimandrita.

XXI

Dois anos antes do incidente, chegara a Petersburgo para prosseguir os estudos a bela Turtchanínova, moça saudável, de traços orientais, das terras do Exército do Don. Lá conheceu o estudante Tiúrin, filho de um chefe de *ziêmstvo* da província de Simbirski, e sentiu amor por ele, mas não o amou com o amor comum às mulheres, expresso no desejo de ser esposa e mãe dos filhos dele, mas com um amor de companheira alimentado sobretudo por uma mesma revolta e ódio tanto à ordem social estabelecida como às pessoas que a representavam, e pela consciência da superioridade intelectual, cultural e moral que detinham sobre essas pessoas.

Exímia nos estudos, Turtchanínova gravava as lições num piscar de olhos, passava nos exames, além de devorar os livros mais recentes em grande quantidade. Estava certa de que sua vocação não era dar à luz e educar filhos – via isso até com nojo e desprezo –, mas destruir aquela ordem estabelecida que tolhia as melhores potencialidades do povo, e mostrar às pessoas o novo caminho para a vida que os mais modernos escritores europeus lhe indicavam. Corpo roliço, pele alva, corada, bonita, olhos negros brilhantes e enormes tranças igualmente negras, despertava nos homens sentimentos que não desejava e nem mesmo poderia partilhar, absorvida que estava pelo trabalho de agitar e discutir. No entanto, achava agradável provocar tais sentimentos, e por isso, mesmo não se enfeitando, não descuidava da aparência. Agradava-lhe o fato de gostarem dela, mas para efeitos práticos queria mostrar como desprezava o que outras mulheres valorizavam. Em suas concepções sobre os meios de luta contra a ordem estabelecida ia mais longe que seus companheiros e seu amigo Tiúrin e, admitia que, na luta, são bons e aplicáveis todos os meios, até mesmo o assassinato. Entretanto, essa mesma revolucionária, Kátia Turtchanínova, era uma mulher abnegada, de bom coração, sempre preferia claramente o prazer, o bem-estar e a vantagem dos outros ao próprio prazer, ao próprio bem-estar, à própria vantagem, sempre nutria alegria autêntica com a possibilidade de fazer alguma coisa agradável a algum vivente: criança, velho ou animal.

Turtchanínova passava o verão em casa de uma amiga, professora rural, numa cidadezinha de concelho no Volga. No mesmo concelho estava Tiúrin passando férias na casa do pai. Os três se reuniam frequentemente com o médico local, trocavam livros, discutiam e enchiam-se de revolta. A fazenda dos Tiúrin ficava ao lado da dos Livientsov, onde Piotr Nicoláitch havia-se empregado como administrador. Mal chegou, Svientitski começou a pôr ordem em tudo e o jovem Tiúrin, identificando nos camponeses dos Livientsov o espírito independente e a firme intenção de defender seus direitos, tomou-se de interesse e passou a ir com frequência à aldeia conversar com os mujiques, fomentando entre eles a teoria socialista em geral e a ideia da nacionalização da terra em particular.

Quando ocorreu o assassinato de Piotr Nicoláitch e instalou-se o tribunal, o círculo revolucionário do concelho obteve um sólido pretexto para indignar-se com o julgamento e manifestar sua revolta de maneira audaciosa. As idas de Tiúrin à aldeia para conversar com os camponeses foram levadas ao tribunal. Fizeram uma busca na casa do rapaz, apreenderam algumas brochuras de conteúdo revolucionário, prenderam-no e o enviaram a Petersburgo.

Turtchanínova viajou para Petersburgo logo em seguida e tentou visitá-lo na prisão, mas não permitiram sua entrada em dia comum, mas tão somente no dia de visitas coletivas, quando pôde vê-lo apenas por trás das grades. Isso aumentou sua revolta. Mas o que levou essa revolta ao limite mais extremo foi a conversa que teve com um belo oficial gendarme, que parecia disposto a ser condescendente se ela aceitasse uma proposta dele. O ódio e a indignação com todos os representantes do poder chegaram ao limite máximo. Queixou-se ao chefe de polícia. Este lhe disse o mesmo que lhe dissera o gendarme, que eles nada podiam fazer e que para o caso havia uma deliberação do ministro. Turtchanínova apresentou uma petição ao ministro, solicitando uma entrevista, que lhe foi negada. Decidiu-se, então, por um gesto desesperado e comprou um revólver.

XXII

O ministro recebia em seu gabinete, no horário habitual. Esquivara-se de três peticionários, conversara com o governador e aproximou-se de uma bela jovem em traje preto, olhos negros, em pé com um papel na mão esquerda. Uma chama de volúpia e ternura ardeu nos olhos do ministro ante a visão da bela peticionária, mas assumiu um ar de seriedade ao lembrar-se da sua condição.

– Em que posso servi-la? – disse, aproximando-se dela.

Sem responder, ela rapidamente livrou da pelerine a mão que segurava o revólver, mirou-lhe o peito e disparou, mas errou o alvo.

O ministro quis segurar-lhe mão, ela recuou e disparou uma vez mais. Ele saiu correndo. Agarraram-na. Ela tremia, não conseguia falar. De repente, soltou uma gargalhada histérica. O ministro não sofreu um arranhão.

Era Turtchanínova. Foi levada para a casa de detenção, em prisão preventiva. Enquanto isso, o ministro – objeto de congratulações e condolências das mais altas autoridades e inclusive do próprio soberano – nomeava uma comissão para investigar a conspiração que redundara no atentado.

A conspiração, bem entendido, não existia; mas tanto os oficiais da polícia secreta como os da não secreta se esmeravam na busca da mais ínfima pista da conspiração inexistente e faziam jus honestamente aos ordenados e soldos: já em pé de manhã cedo, ainda escuro, davam busca após busca, transcreviam documentos, livros, liam diários, cartas pessoais, tiravam extratos destes em excelente papel e caligrafias perfeitas, interrogavam Turtchanínova a todo momento e faziam acareações, com o objetivo de arrancar dela seus cúmplices.

O ministro era no fundo um homem bondoso, e tinha muita pena daquela cossaca saudável e bela, porém dizia a si mesmo que em suas costas pesavam os deveres de Estado, que cumpria por difíceis que fossem. E quando se encontrou num baile da corte com um antigo colega, um camarista conhecido dos Tiúrin, e este intercedeu por Tiúrin e Turtchanínova, o ministro deu de ombros de tal forma que enrugou a faixa vermelha sobre o colete branco, e disse:

– *Je ne demanderais pas mieux que de lâcher cette pauvre fillette, mais vous savez – le devoir.*[21]

Enquanto isso, Turtchanínova estava em prisão preventiva e ora comunicava-se tranquilamente com seus companheiros por meio de sinais "telegráficos" e lia livros que lhe davam, ora caía de repente em desespero e fúria, debatia-se contra a parede, gania e gargalhava.

---

21 Em francês no texto original: "Eu ficaria muito feliz em soltar essa pobre mocinha, mas o senhor sabe – é o dever". [N.T.]

XXIII

Um dia, ao voltar para casa após ter ido receber a pensão do tesouro público, Mária Semiónovna encontrou-se com um professor conhecido.

– E então, Mária Semiónovna, recebeu a pensão? – gritou ele do outro lado da rua.

– É, recebi. Mas só dá para tapar buracos.

– Quê! O dinheiro é muito, você vai tapar os buracos e ainda ficar com sobra! – disse o professor, despedindo-se.

– Até logo – respondeu Mária Semiónovna e, com os olhos ainda fixos no professor, chocou-se com um homem alto, de braços muito compridos e semblante austero.

Ao se aproximar de casa, porém, ela se surpreendeu ao reencontrar aquele mesmo homem de braços compridos. Depois de vê-la entrar em casa, o homem permaneceu em pé, virou-se e foi embora.

A princípio Mária Semiónovna sentiu pavor, depois tristeza. Mas quando entrou deu docinhos ao velho e ao pequeno Fédia[22] – doente de escrófula –, fez festas a Trezork, que gania de alegria, voltou a sentir-se bem, deu dinheiro ao pai e pegou no trabalho, que nunca lhe faltava.

O homem com quem ela se chocara era Stiepan.

Depois de matar o estalajadeiro, ele não voltara à cidade. E, fato surpreendente, para Stiepan a lembrança daquele assassinato não só não era desagradável como ele ainda recordava a chacina várias vezes ao dia. Agradava-lhe pensar

22 Diminutivo de Fiódor. [N. T.]

que podia fazer a coisa tão bem feita, com tanta habilidade que ninguém descobriria nem lhe impediria de repeti-la com outras pessoas. Sentado à mesa de uma taberna e tomando chá e vodca, observava os transeuntes com um só pensamento: de que maneira matá-los. Passara pela casa de um conterrâneo, carroceiro, para pernoitar. Ele havia saído. Disse que ia esperar e sentou-se, conversando com uma mulher. Quando ela voltou para o fogão, ocorreu a Stiepan a ideia de matá-la. Surpreendeu-se, balançou a cabeça de si para si, tirou a faca do cano da bota, derrubou a mulher no chão e cortou-lhe a garganta. As crianças começaram a gritar, ele as matou e foi embora, sem pernoitar na cidade. Entrou na taberna de uma aldeia nos arredores da cidade e dormiu por ali mesmo.

No dia seguinte, voltou à sede do concelho e ouviu na rua a conversa entre Mária Semiónovna e o professor. O olhar da mulher o amedrontou, mas mesmo assim resolveu entrar na casa e roubar o dinheiro que ela havia recebido. À noite, forçou a fechadura da porta e penetrou num dos cômodos. A primeira a ouvi-lo foi a filha mais nova, casada. Esta começou a gritar. Stiepan a degolou sem piscar. O marido acordou e ambos se atracaram. O homem agarrou Stiepan pelo pescoço e eles passaram um bom tempo lutando, mas Stiepan era mais forte. Deu cabo do marido e, exaltado, excitado com a luta, passou para o outro lado do tabique. Lá estava Mária Semiónovna deitada na cama. Ela soergueu-se e fitou Stiepan com olhos assustados e submissos, fazendo o sinal da cruz. Aquele olhar o amedrontou uma vez mais. Stiepan baixou a cabeça.

– Cadê o dinheiro? – disse ele, sem levantar os olhos.

Ela permanecia calada.

– Cadê o dinheiro? – tornou a perguntar, apontando-lhe a faca ensanguentada.

– O que é isso, como pode? – disse ela.

– Pois posso!

Stiepan aproximou-se, pronto para segurá-la pelos braços de modo que ela não o atrapalhasse, mas ela não levantou os braços, não resistiu, limitou-se a apertá-los contra o peito, dizendo ofegante:

– Oh, que grande pecado. O que é isso? Tenha pena de si mesmo. Você arruína outras almas, e arruína ainda mais a sua... o-oh! – gemeu ela.

Stiepan não conseguiu aguentar nem mais um minuto aquela voz, aquele olhar, e passou-lhe a faca pela garganta. "Conversar com a senhora!". Ela caiu sobre o travesseiro e resfolegou, empapando-o de sangue. Stiepan deu-lhe as costas e andou pelo cômodo, recolhendo objetos. Depois de roubar o que precisava, acendeu um cigarro, sentou-se um momento, limpou a roupa e foi embora. Acreditava que essa chacina teria para ele o mesmo efeito das anteriores, mas antes de chegar à pousada sentiu de repente tamanho cansaço que não conseguiu mover nem mais um membro do corpo. Deitou-se num fosso e ficou estirado por lá mesmo pelo resto daquela noite, mais o dia e a noite seguintes.

SEGUNDA PARTE

I

Estirado no fosso, Stiepan não cessava de ver diante de si o rosto magro, assustado, dócil, de Mária Semiónovna, e de ouvir-lhe as palavras: "Como pode?", dizia a voz única, ciciante, queixosa. Stiepan revivia tudo o que fizera a ela. Ficou apavorado, e fechou os olhos, e sacudiu a cabeça cabeluda tentando expulsar tais pensamentos e recordações. Por instantes livrava-se deles, mas em seu lugar lhe apareciam, primeiro, um demônio, depois outro, e mais outros demônios de olhos vermelhos, e faziam caretas, e diziam a uma só voz: "Você acabou com ela, agora acabe com você ou não lhe daremos sossego". Abria os olhos e mais uma vez via e escutava a mulher e sentia pena dela, e nojo, e pavor de si mesmo. De novo fechava os olhos e de novo surgiam os demônios.

Ao cair da noite seguinte, levantou-se e foi para a taberna. A muito custo arrastou-se até lá e começou a beber. E por mais que bebesse não conseguia embriagar-se. Estava à mesa em silêncio, bebendo um copo atrás do outro. Entrou um policial.

– Quem é você? – perguntou-lhe este.

– Sou aquele que degolou todos ontem na casa dos Dobrotvórov.[23]

---

23 Sobrenome derivado de *dóbri*, "bom", e *tvórtchestvo*, "obra", "criação" etc., significando "praticante de boas ações". [N. T.]

Stiepan foi amarrado e enviado a uma cidade da província, depois de o terem mantido um dia na casa do *stanovói*. O diretor da prisão reconheceu nele seu antigo preso turbulento, agora perigoso facínora, e recebeu-o com severidade.

– Cuidado, não quero baderna aqui. À menor deixa, eu te açoito até a morte. De mim tu não escapas – rouquejou o diretor, franzindo o cenho e projetando a mandíbula.

– Por que eu iria fugir? Fui eu mesmo que me entreguei... – respondeu Stiepan, os olhos baixos.

– Bem, comigo não tem conversa. E olha de frente quando falar com uma autoridade – gritou o diretor, e deu-lhe um murro no queixo.

Naquele momento, surgiu outra vez diante de Stiepan a figura da mulher, e ele ouviu sua voz. Não escutava o que o diretor dizia.

– O quê? – perguntou, voltando a si ao sentir o murro no rosto.

– Bem, vamos andando. E nada de simulações.

O diretor esperava violência, conspirações com outros presos, tentativas de fuga. Mas nada disso aconteceu. Todas as vezes que o guarda ou o próprio diretor espiavam pela janelinha da cela, Stiepan estava sentado sobre um saco cheio de palha, a cabeça apoiada nas mãos, murmurando alguma coisa de si para si. Nos interrogatórios do juiz de instrução ele tampouco se assemelhava aos outros presos: ficava distraído, não ouvia as perguntas, e quando as entendia era tão sincero que o juiz, acostumado a usar da esperteza e da astúcia nas lutas com os réus, agora experimentava algo semelhante ao que se sente quando, no final de uma escada, levanta-se a perna no escuro para um degrau inexistente. Testa franzida, Stiepan contava a todos a matança da qual fora o autor, os olhos fixos num ponto, no tom mais natural e prático, esforçando-se por lembrar todos os detalhes. "Ele saiu descalço e parou na soleira da porta, então eu dei o golpe e ele soltou um grunhido, aí eu fui atrás da mulher...", dizia Stiepan sobre a primeira matança etc. Durante a visita do promotor público às celas da prisão, perguntaram a Stiepan se ele não tinha queixas a fazer ou se precisava de alguma coisa. Respondeu que não precisava de nada e que não o maltratavam. Depois de dar alguns passos pelo corredor fétido, o promotor deteve-se e perguntou ao diretor, que o acompanhava, como se comportava aquele detento.

– Fico admirado – respondeu o diretor, satisfeito porque Stiepan elogiara o tratamento que lhe estavam dando. – É seu segundo mês conosco, conduta exemplar. Temo apenas que ele esteja maquinando alguma coisa. O homem é valente e tem uma força sobre-humana.

II

No primeiro mês de prisão, Stiepan foi atormentado sem tréguas pelas mesmas coisas: via a parede cinzenta da cela, ouvia os sons do cárcere – um ruído surdo sob seus pés vindo da cela coletiva, os passos do guarda pelo corredor, o tique-taque dos relógios, e ao mesmo tempo via a mulher – o olhar dócil que triunfara sobre ele desde o encontro na rua, o pescoço magro, coberto de rugas, degolado, escutava a voz meiga, ciciando, queixosa: "Você arruína outras almas, e arruína ainda mais a sua. Como pode?". Depois a voz se calava e surgiam aqueles três: os demônios negros. Surgiam de qualquer jeito, abrisse ou fechasse os olhos. E se tornavam ainda mais nítidos com os olhos fechados. Stiepan os abria, os demônios se confundiam com a porta, com as paredes e sumiam pouco a pouco para depois avançarem de três direções, fazendo caretas, sentenciando: "Mata-te, mata-te. Podes fazer um nó, começar um incêndio". Stiepan sentia um calafrio e punha-se a dizer em voz alta as orações que conhecia: Ave-Maria, Pai-Nosso, e a princípio isso parecia acalmá-lo. Ao fazer as orações, recordava sua vida: lembrava-se do pai, da mãe, da aldeia, do cão Lobo, do avô trepado no forno, dos bancos de madeira nos quais brincava com outras crianças, depois se lembrava das moças e suas canções, e depois dos cavalos, de como haviam sido roubados, de como capturaram o ladrão, de como ele acabou de matá-lo com uma pedra. Lembrou-se da primeira prisão, de como saiu de lá, do estalajadeiro gordo, da mulher do carroceiro, das crianças, e outra vez lembrou-se dela. Sentiu calor, deixou cair o roupão dos ombros, levantou-se da tarimba num salto e, como animal enjaulado, começou a andar a passos largos de um lado para o outro da cela minúscula, voltando-se bruscamente ao atingir as paredes suadas e úmidas. De novo fazia as orações, mas as orações já não ajudavam.

Numa das longas noites de outono, quando o vento bramia e silvava nas chaminés, Stiepan sentou-se na tarimba já cansado de correr pela cela e sentiu que não podia mais lutar, os demônios haviam vencido, rendia-se a eles. Há tempos ele vinha observando o respiradouro da estufa. Se fizesse um laço com um barbante fino ou uma tira de pano estreita, este não escorregaria. Mas era preciso engenho nos arranjos. Pôs mãos à obra e, em dois dias, preparou as tiras de pano que arrancou do saco no qual dormia (quando entrava o guarda, Stiepan cobria a tarimba com o roupão). As tiras, amarrou-as com um nó duplo para que elas suportassem o peso do corpo e não se rasgassem. Enquanto fazia os preparativos, não se atormentava. Depois de tudo pronto, fez o laço mortal, passou-o pelo pescoço, subiu na cama e se enforcou. Mas no justo momento em que sua língua se punha de fora, as tiras se rasgaram e ele caiu. O barulho trouxe o guarda à cela. Chamaram o enfermeiro e o levaram ao hospital. No dia seguinte, completamente recuperado, ao invés de voltar para a cela individual, Stiepan foi enviado à coletiva.

Na cela coletiva ele passou a viver em companhia de vinte homens, mas era como se estivesse sozinho, não via ninguém, não falava com ninguém e se atormentava do mesmo jeito. A coisa ficava sobretudo difícil à hora em que todos dormiam e ele não conseguia conciliar o sono e continuava a ver a mulher, a ouvir-lhe a voz; depois reapareciam os demônios negros de olhos medonhos, a provocá-lo.

De novo, ele fazia as orações como antes, e como antes elas não o ajudavam.

Certa vez, ela tornou a aparecer após as orações. Stiepan pôs-se a rogar à sua alma, pedindo para deixá-lo em paz, perdoá-lo. E quando, ao amanhecer, despencou sobre o saco amarrotado, adormecendo profundamente, ela lhe apareceu em sonho, o pescoço magro, enrugado, degolado.

– Então você me perdoa?

Ela o fitou com o olhar dócil e nada respondeu.

– Perdoa?

Por três vezes ele fez a mesma pergunta. E mesmo assim ela nada respondeu. E ele acordou. Desde então começou a se sentir mais leve e, como se despertasse, olhou ao redor e pela primeira vez chegou-se aos companheiros de cela e começou a conversar.

III

Na mesma cela encontrava-se Vassili, preso outra vez por roubo e condenado ao exílio, e Tchúiev, também condenado à deportação. Vassili passava o tempo todo cantando canções com uma voz magnífica ou contando suas aventuras aos companheiros. Já Tchúiev trabalhava, fazia alguma costura de peças do vestuário ou lia o Evangelho e os salmos.

À pergunta de Stiepan sobre o motivo da deportação, Tchúiev explicou que estava sendo deportado por sua fé verdadeira em Cristo e que os popes, embusteiros do espírito, não podiam ouvir os que viviam segundo o Evangelho e os desmascaravam. E quando Stiepan lhe perguntou em que consistiam as leis do Evangelho, Tchúiev lhe explicou que consistiam em reverenciar o espírito e a verdade e não orar a deuses criados pelos homens. E contou que ele e os amigos haviam descoberto essa fé verdadeira por intermédio de um alfaiate coxo, durante uma partilha de terras.

– Bem, e o que acontece a quem pratica más ações? – perguntou Stiepan.

– Tudo está dito.

E Tchúiev leu para ele:

"Quando o filho do Homem vier na sua glória, acompanhado de todos os anjos, então se assentará em seu trono glorioso. Todos os povos da terra serão reunidos diante dele, e ele separará uns dos outros, assim como o pastor separa as ovelhas dos cabritos. E colocará as ovelhas à sua direita, e os cabritos à sua esquerda. Então o Rei dirá aos que estiverem à sua direita: 'Venham vocês, que são abençoados por meu Pai. Recebam como herança o reino que meu pai lhes preparou desde a criação do mundo. Pois eu estava com fome, e vocês me deram de comer; eu estava com sede, e me deram de beber; eu era estrangeiro, e me receberam em sua casa; eu estava sem roupa, e me vestiram; eu estava doente, e cuidaram de mim; eu estava na prisão, e vocês foram me visitar.' Então os justos lhe perguntarão: 'Senhor, quando foi que te vimos com fome e te demos de comer; com sede, e te demos de beber? Quando foi que te vimos como estrangeiro e te recebemos em casa, e sem roupa e te vestimos? Quando foi que te vimos doente, ou preso e fomos te visitar?' Então o Rei lhes responderá: 'Eu garanto a vocês: todas as vezes em que vocês fizeram isso a um dos menores dos meus irmãos, foi a mim que o fizeram'. Depois o Rei dirá aos que estiverem à sua esquerda: 'Afastem-se de mim, malditos. Vão para o fogo eterno, preparado para o diabo e seus anjos. Porque eu estava com fome, e vocês não me deram de comer; eu estava com sede, e não me deram de beber; eu era estrangeiro, e vocês não me receberam em casa; eu estava sem roupa, e não me vestiram; eu estava doente e na prisão, e vocês não me foram visitar'. Também estes responderão: 'Senhor, quando foi que te vimos com fome, ou com sede, ou como estrangeiro, ou sem roupa, doente ou preso, e não te servimos?' Então o Rei responderá a estes: 'Eu garanto a vocês: todas as vezes que vocês não fizeram isso a um desses pequeninos, foi a mim que não o fizeram. Portanto, estes irão para o castigo eterno, enquanto os justos irão para a vida eterna'" (Mateus, XXV: 31-46).

Acocorado diante de Tchúiev e atento à leitura, Vassili acenou com a bela cabeça, concordando.

– Certo! – disse, resoluto. – Vós que nunca deram de comer a ninguém, mas que se fartaram a si mesmos, vão, malditos, para o suplício eterno. É assim que deve ser. Dê-me aqui, vou ler um pouco – acrescentou ele, querendo gabar-se de sua leitura.

– É, mas será que não vai haver perdão? – perguntou Stiepan, baixando a cabeça cabeluda em silêncio.

– Espere, fique calado um momento – disse Tchúiev a Vassili, que não cessava de condenar os ricos que não davam de comer aos peregrinos nem visitavam as masmorras. – Será que você pode esperar? – repetiu Tchúiev, folheando o Evangelho. Ao encontrar o que procurava, desenrugou as páginas com a mão grande, forte, embranquecida pelo tempo de prisão.

“Levavam também outros dois criminosos, junto com ele, para serem mortos”, começou Tchúiev. “E, depois que chegaram ao chamado ‘lugar da Caveira’, aí crucificaram Jesus e os criminosos, um à sua direita e outro à sua esquerda. E Jesus dizia: ‘Pai, perdoa-lhes! Eles não sabem o que estão fazendo.’ O povo permanecia aí, olhando. Os chefes, porém zombavam de Jesus, dizendo: ‘A outros ele salvou. Que salve a si mesmo, se de fato é o Messias de Deus, escolhido!’ Os soldados também caçoavam dele. Aproximavam-se e ofereciam-lhe vinagre, e diziam: ‘Se tu és o rei dos Judeus, salva-te a ti mesmo.’ Acima dele havia um letreiro, escrito em grego, latim e hebraico: ‘Este é o rei dos judeus.’ Um dos criminosos crucificados o insultava, dizendo: ‘Não és tu o Messias? Salva-te a ti mesmo e a nós também.’ Mas Jesus o repreendeu, dizendo: ‘Não temes a Deus, sofrendo a mesma condenação? Para nós ela é justa, porque estamos recebendo o que merecemos; mas ele não fez nada de mal.’ E dizia a Jesus: Senhor, lembra-te de mim, quando entrares no teu reino. E acrescentou: ‘Jesus, lembra-te de mim quando vieres em teu reino.’ Jesus respondeu: ‘Eu lhe garanto: hoje mesmo você estará comigo no paraíso’” (Lucas, XXIII, 32-43).

Stiepan não disse uma palavra e permaneceu sentado e pensativo, como se ouvisse o que lia Tchúiev, mas já sem escutar mais nada.

“Então a verdadeira fé é isso”, pensou ele. “Salvam-se apenas os que dão de comer e beber aos pobres e visitam os prisioneiros, e os que não fazem isso vão para o inferno. Mas apesar de tudo o ladrão só se arrependeu na cruz, e mesmo assim foi para o paraíso." Ele não viu aí nenhuma contradição, ao contrário, uma coisa confirmava a outra: indo os misericordiosos para o céu e os incapazes de misericórdia, para o inferno, isso significava que todos deveriam ser misericordiosos, e que Cristo perdoara o ladrão porque Cristo também era misericordioso. Todas essas coisas eram inteiramente novas a Stiepan; surpreendia-se apenas pelo fato de que até então isso lhe havia sido oculto. E passava todo o tempo livre com Tchúiev, fazendo-lhe perguntas e ouvindo-o. E, ao ouvir, entendia. Desvendou-se para ele o sentido geral de toda doutrina no ensinamento de que os homens são irmãos e devem se amar e ter compaixão uns pelos outros, e desse modo tudo irá bem. E, ao ouvir, assimilava, como algo esquecido e familiar, tudo aquilo que confirmava o sentido geral dessa doutrina, sem dar ouvidos ao que não o confirmava, atribuindo o fato à sua incompreensão.

E desde então Stiepan tornou-se outro homem.

IV

Stiepan Pielaguiêiuchkin já antes era homem resignado, mas nos últimos tempos ele vinha surpreendendo tanto o diretor quanto os guardas e mesmo os companheiros, devido à mudança nele operada. Sem que lhe ordenassem e sem ser sua vez, fazia todos os trabalhos mais pesados, inclusive a limpeza dos cabungos. Mas, apesar da resignação, os colegas o respeitavam e o temiam por conhecer-lhe a firmeza e a grande força física, sobretudo depois do acontecido a dois vagabundos que o atacaram e foram rechaçados, um deles saindo de braço quebrado. Esses vagabundos resolveram ganhar no jogo de um jovem preso abastado e tomaram tudo o que o rapaz possuía. Stiepan intercedeu em seu favor e tomou o dinheiro que ganharam. Eles começaram a xingar Stiepan e depois a bater, mas ele dominou os dois. E quando o diretor quis saber o motivo da briga, os vagabundos afirmaram que Pielaguiêiuchkin os tinha espancado. Stiepan não se defendeu e, submisso, aceitou o castigo que consistia em três dias na solitária e transferência para uma cela individual.

Para ele, a cela era penosa porque o separava de Tchúiev e do Evangelho, e além disso temia que as visões da mulher e dos demônios voltassem. Mas as visões não voltaram. Toda a sua alma estava plena de um novo e radiante sentido. Ele ficaria feliz na solidão se tivesse e pudesse ler o Evangelho. O Evangelho ele podia conseguir, mas não sabia ler.

Em menino, começara a ler e escrever à moda antiga: asa, bola, casa, mas por ser incapaz de compreender não passou do abecê e, como na época não houve meio de conseguir entender as combinações de letras, permaneceu analfabeto. Agora, porém, Stiepan havia decidido aprender a ler e pediu o Evangelho ao guarda. O guarda trouxe o Evangelho e ele se pôs ao trabalho. As letras ele reconhecia, mas não conseguia combiná-las. Por mais que quebrasse a cabeça para entender como as letras formavam palavras, não conseguia nada. Não dormia à noite, só vivia pensando, não sentia fome, e a melancolia se apoderou dele como um parasita, a tal ponto que ele não tinha forças para se livrar dela.

– Como é, ainda não conseguiu? – perguntou-lhe certa vez o guarda.

– Não.

– E o *Pai-Nosso*, você sabe?

– Sei.

– Veja aqui, leia. Aqui está – e o guarda mostrou-lhe o *Pai-Nosso* no Evangelho.

Stiepan iniciou a leitura, comparando as letras com os sons conhecidos. E, de súbito, foi-lhe revelado o mistério da formação das palavras: ele começou a ler. Foi uma grande alegria. Desde então passou a dedicar-se à leitura, e o sentido que, aos poucos, iam assumindo as palavras formadas com dificuldade adquiria para ele um significado ainda maior.

A solidão não era mais um peso e sim uma alegria para Stiepan. Estava completamente envolvido com seus afazeres e não ficou contente quando o transferiram de volta para a cela coletiva a fim de desocupar lugares para presos políticos recém-chegados.

V

Agora já não era Tchúiev, mas Stiepan quem lia o Evangelho na cela, e enquanto alguns presos cantavam músicas obscenas, outros ouviam a leitura de Stiepan e seus comentários sobre o que era lido. Dois deles sempre ouviam Stiepan calados e atentos: Makhórkin, um carrasco, homicida condenado a trabalhos forçados, e Vassili, preso por roubo, que se encontrava naquela prisão aguardando julgamento. Por duas vezes desde a época de sua detenção Makhórkin desempenhara as funções de carrasco, ambas as vezes tendo de viajar, pois não se encontrava gente para executar as sentenças dos tribunais. Os camponeses que mataram Piotr Nicoláitch haviam sido julgados por um tribunal militar, e dois deles foram condenados à morte por enforcamento.

Makhórkin foi requisitado à cidade de Pienza para cumprir a função de carrasco. Antes, em ocasiões semelhantes, ele escrevia de imediato um documento ao governador – era instruído a tanto –, no qual declarava estar sendo enviado em missão a Pienza para cumprir suas funções e, por essa razão, solicitava ao chefe do governo uma verba para alimentação; mas agora, para surpresa do chefe da prisão, ele declarava que não iria e que não mais executaria as funções de carrasco.

– E dos açoites, você se esqueceu? – gritou o chefe da prisão.

– E daí, que venham os açoites, mas matar é contra a lei.

– O que é isso agora, pegou do Pielaguiêiuchkin? Achamos um profeta na prisão! Cuide-se!

VI

Enquanto isso, Mákhin, o ginasiano que havia aprendido a falsificar cupons, acabara o ginásio e o curso universitário na Faculdade de Direito. Graças ao sucesso com as mulheres, entre as quais a antiga amante de um velho confrade do ministro, Mákhin foi nomeado, ainda muito jovem, juiz de instrução. Homem de não honrar dívidas, sedutor de mulheres, jogador inveterado, era porém sagaz, inteligente, de boa memória, e sabia conduzir muito bem suas causas.

Mákhin era o juiz de instrução no distrito onde Stiepan Pielaguiêiuchkin estava sendo julgado. No primeiro interrogatório, Stiepan já o havia surpreendido com suas respostas simples, sinceras e tranquilas. Sentia inconscientemente que o homem algemado e de cabeça raspada bem à sua frente, que dois soldados haviam trazido, vigiavam e levariam de volta para trás das grades, sentia que aquele era um homem inteiramente livre e moralmente superior, num nível inacessível. Por isso, ao interrogá-lo, não cessava de se encorajar e estimular de modo a não se desorientar ou confundir. Ficou pasmo com a maneira pela qual Stiepan falava de seus atos, como de algo que se passara havia muito tempo, não com ele, absolutamente, mas com uma outra pessoa qualquer.

– E você não sente pena deles? – perguntou Mákhin.

– Não, naquela época eu não compreendia.

– Bem, e agora?

Stiepan sorriu tristonho.

– Agora nem que me ateassem fogo eu faria aquilo.

– Por que não?

– Porque compreendi que todos os homens são irmãos.

– Como assim, eu também sou seu irmão?

– E como não haveria de ser?!

– Como posso ser seu irmão, se o estou condenando a trabalhos forçados?

– Por não compreender.

– E por que é que eu não compreendo?

– Se o senhor está condenando, então não compreende.

– Bem, continuemos. Depois você foi para onde?

Mákhin ficou ainda mais pasmo quando soube pelo diretor da ascendência de Pielaguiêiuchkin sobre o carrasco Makhórkin, que se recusou a cumprir com as obrigações, arriscando-se a ser punido.

VII

No sarau dos Ierópkin, onde estavam presentes duas ricas moças em idade de casar, ambas cortejadas por Mákhin, após os cantos das romanças, nos quais o jovem juiz se distinguia particularmente pela grande musicalidade – além de fazer uma segunda voz magnífica, também fazia o acompanhamento –, Mákhin passou a contar com muito detalhe, minúcia – tinha uma memória fantástica – e absoluta indiferença o caso do estranho criminoso que convertera um carrasco. Mákhin memorizava tão bem e era capaz de narrar tudo porque sempre nutria absoluta indiferença pelas pessoas com quem lidava. Ele não penetrava nem sabia como penetrar no estado de espírito de outras pessoas, e por isso mesmo podia lembrar-se tão bem de tudo quanto acontecia a elas, o que faziam, o que diziam. Entretanto, Pielaguiêiuchkin despertara-lhe o interesse. Embora não penetrasse na alma de Stiepan, fazia-se involuntariamente uma pergunta: o que se passava na alma daquele homem? E sem obter resposta, mas sentindo que havia algo de interessante, contou o caso todo no sarau: a conversão do carrasco, os relatos do diretor acerca do comportamento estranho de Pielaguiêiuchkin, das leituras do Evangelho e da grande influência que exercia sobre os companheiros.

A história de Mákhin deixou todos interessados, e mais que todos Liza, filha mais nova dos Ierópkin, dezoito anos, recém-saída da escola superior, que despertava da obscuridade e estreiteza das condições de vida em que havia sido criada, como se irrompesse das águas e sorvesse com paixão o hálito fresco da vida. Ela começou a indagar de Mákhin os detalhes e o porquê daquela mudança, e Mákhin contou o que ouvira de Stiepan sobre seu último assassinato, de como a doçura, a resignação e o destemor à morte daquela mulher muito bondosa, sua última vítima, acabaram por vencê-lo, abriram-lhe os olhos, e de como a leitura do Evangelho incumbira-se do restante.

Naquela noite, Liza Ierópkina custou muito a conciliar o sono. Já fazia alguns meses que vinha travando uma luta interior entre a vida mundana, para a qual a arrastava a irmã, e a paixão por Mákhin, mesclada ao desejo de corrigi-lo. Mas agora esta última predominava. Já ouvira falar antes da mulher assassinada. Depois daquela morte horrível, relatada por Mákhin com as próprias palavras de Pielaguiêiuchkin, ela conheceu em detalhes a história de Mária Semiónovna e ficou impressionada com tudo o que ouviu.

Liza foi tomada pelo ardente desejo de ser como Mária Semiónovna. Ela era rica e temia que Mákhin a cortejasse por dinheiro. E decidiu repartir sua fazenda, contando o fato ao jovem juiz.

Este se alegrou diante da oportunidade de manifestar desinteresse, dizendo-lhe que não gostava dela pelo dinheiro e que aquela decisão generosa deixara-o profundamente tocado. Entretanto, teve início uma luta entre Liza e a mãe, contrária à partilha da fazenda (que pertencia ao pai). E Mákhin ajudou-a. E quanto mais a ajudava, mais compreendia aquele mundo de aspirações espirituais completamente diversas que vislumbrara em Liza, até então estranhas a ele.

VIII

A cela era toda silêncio. Stiepan estava estirado em seu canto na tarimba e ainda não dormia. Vassili aproximou-se e, puxando-o pelo pé, fez sinal com os olhos para ele se levantar e segui-lo. Stiepan deslizou da tarimba e chegou-se a Vassili.

– Bom, irmão, – disse Vassili – veja se você pode me fazer um favor.

– E que favor é esse?

– É que eu quero fugir.

E Vassili revelou a Stiepan ter tudo preparado para a fuga.

– Amanhã eu vou perturbá-los – disse, apontando para os que estavam deitados. – Vão botar a culpa em mim. Aí me transferem para cima e, estando lá, já sei o que fazer. Só que você terá de me soltar a armela da porta do necrotério.

– Isso eu posso fazer. E depois, para onde você vai?

– Vou sair por aí sem rumo. E por acaso esse mundo não anda cheio de gente ruim?

– Assim é, irmão, só que não somos nós que vamos julgá-los.

– E por acaso eu sou um facínora? Eu não matei ninguém, e roubar, o que é roubar? O que há de mal nisso? Por acaso eles não esfolam nossos irmãos?

– O problema é deles. Eles vão responder por isso.

– E por acaso a gente vai ter de ficar assistindo a isso calado? Olha, eu roubei uma igreja. Quem se prejudicou com isso? Mas agora o que eu quero fazer não é roubar uma lojinha, mas me apoderar do tesouro e distribuí-lo. Distribuí-lo entre as pessoas de bem.

Um preso soergueu-se na tarimba e se pôs a escutar a conversa. Stiepan e Vassili separaram-se.

No dia seguinte, Vassili executou seu plano. Começou a reclamar que o pão estava cru, incitou todos os presos a chamarem o diretor à cela e darem queixa. O diretor veio, xingou todo mundo e, ao saber que fora Vassili o instigador da sublevação, ordenou que o metessem na solitária do andar superior.

Era tudo de que Vassili precisava.

IX

Vassili conhecia a cela do andar superior onde estava preso. Conhecia o soalho e, assim que chegou, começou a destruí-lo. Quando pôde passar pelo buraco que abrira, arrancou o forro sob os pés e saltou para o andar de baixo, para o necrotério. Naquele dia havia um cadáver deitado sobre uma mesa. Lá ficavam armazenados os sacos para a confecção de colchões. Vassili sabia e contava com aquilo. A armela estava solta, puxada para dentro. Ele saiu em direção a uma latrina em construção no final do corredor. Ali, uma cavidade ligava o terceiro andar à latrina do porão. Depois de procurar a porta às apalpadelas, Vassili voltou ao necrotério, retirou o pano que cobria o cadáver frio como o gelo (roçou os braços do morto ao despi-lo), em seguida pegou os sacos, atou-os uns aos outros com nós, de maneira a fazer uma corda, e levou-a à latrina; lá chegando, amarrou a corda numa viga e começou a descer. Ela não alcançava o chão. Não sabia se faltava muito ou pouco, mas, como nada houvesse a fazer, dependurou-se na ponta da corda e saltou. Machucou as pernas, mas conseguia andar. No porão, havia duas janelas. Era possível passar através delas, não fossem as grades de ferro. Precisava forçá-las. Com quê? Vassili pôs-se a vasculhar. Pedaços de tábua estavam esparramados pelo porão. Encontrou um, pontiagudo, e começou a cavoucar os tijolos que fixavam as grades. Trabalhou durante longo tempo. Os galos já haviam cantado duas vezes e as grades continuavam firmes. Por fim, um dos lados cedeu. Vassili enfiou o pedaço de tábua sob a fenda aberta e forçou-o para baixo. O gradeado cedeu por inteiro, mas um tijolo caiu fazendo barulho. As sentinelas poderiam ter ouvido. Vassili ficou imóvel. Tudo silêncio. Meteu-se pela janela e saiu. Para escapar, precisava pular o muro. Numa das extremidades do pátio havia um anexo. Teria de escalá-lo e pular dali.

Precisaria levar consigo o pedaço de tábua, sem o qual não conseguiria escalar o anexo. Vassili pulou a janela, voltou com a tábua e ficou imóvel, espreitando a sentinela. Como calculara, esta caminhava pelo outro quadrado do pátio. Ele se aproximou do anexo, apoiou-se na tábua e começou a subir. A tábua deslizou e ele caiu. Como estivesse de meias, Vassili tirou-as para melhor firmar os pés; de novo, apoiou-se na tábua, erguendo-se e agarrando a calha. "Paizinho, não pode quebrar, tem de aguentar." Firma-se na calha e o joelho toca o telhado. A sentinela se aproxima. Ele se deita, imóvel. Ela não o vê e segue adiante. Num pulo, Vassili se levanta. A chapa de ferro estala sob seus pés. Mais um, dois passos e está diante do muro. É fácil alcançá-lo com a mão. Um braço, depois outro, estica-se todo e está em cima do muro. Precisa apenas cuidar para não se machucar ao saltá-lo. Vira-se, pendura-se no muro, estica o corpo, solta uma das mãos, outra: "Abençoa-me, senhor!". Está em terra. Uma terra macia. As pernas estão inteiras, ele sai correndo.

No subúrbio, Malánia abre-lhe a porta, e ele se mete sob o quente cobertor de retalhos, impregnado do cheiro de suor.

X

Alta, bela, sempre serena, sem filhos, roliça feito vaca estéril, a mulher de Piotr Nicoláitch viu da janela como mataram o marido e o arrastaram para algum lugar no campo. A sensação de horror provocada pela visão da carnificina que

Natália Ivánovna (assim se chamava a viúva) presenciara foi, como sempre acontece, tão violenta que sufocou nela todos os outros sentimentos. Mas quando a multidão desapareceu atrás da sebe do pomar, fazendo cessar o ruído surdo das vozes, e Malânia, descalça – ela lhes servia de criada – chegou correndo com a novidade, os olhos arregalados, como se o fato de Piotr Nicoláitch ter sido morto e atirado no barranco fosse coisa alegre, então, por trás do primeiro sentimento de horror sobreveio o de contentamento por estar livre do déspota de olhos cobertos por óculos escuros, que há dezenove anos a mantinha como escrava. Aterrorizava-a esse sentimento, que não confessava a si própria, muito menos a outras pessoas. Quando banharam, vestiram e colocaram no caixão o corpo disforme, amarelado e cheio de pelos, ela ficou aterrorizada, chorou e soluçou. Quando o juiz de instrução encarregado de casos importantes chegou ao gabinete e tomou seu depoimento como testemunha ocular, ela viu de imediato os dois camponeses algemados reconhecidos como os principais culpados. Um, já de idade, barba longa e encaracolada, rosto bonito, expressão serena e austera; o outro, de compleição cigana, ainda moço, olhos negros brilhantes e cabelos crespos eriçados. Ela declarou conhecê-los, reconheceu neles os mesmos homens que primeiro agarraram Piotr Nicoláitch pelo braço e, mesmo quando o mujique aciganado fitou-a com os olhos brilhantes por baixo das sobrancelhas agitadas e disse em tom de censura: "É pecado, senhora! Oh, nós vamos morrer!", mesmo então ela não teve a mínima compaixão. Ao contrário, durante o inquérito foi tomada por um sentimento hostil e pelo desejo de vingar-se dos assassinos do marido.

Mas um mês depois, quando a causa, entregue a um tribunal militar, foi decidida com a condenação de oito pessoas a trabalhos forçados e dois à forca – o velho de barba branca e o cigano moreno, como o chamavam –, ela foi tomada de uma sensação um tanto desagradável. Contudo, sob influência da solenidade do tribunal, essa dúvida desagradável logo passou. Se a mais alta das autoridades reconhecera que assim devia ser, então estava bem.

A execução deveria realizar-se na aldeia. E domingo, ao voltar da missa de vestido e sapatos novos, Malânia informou à senhora que haviam levantado uma forca, que esperavam para quarta-feira um carrasco de Moscou e que as famílias choravam a altos brados, ouvidos por toda a aldeia.

Natália Ivánovna recusou-se a sair de casa para não ter de dar com os olhos na forca e nas pessoas, desejando uma única coisa: o que tivesse de ser feito, que o fosse sem demora. Ela só pensava em si mesma e não nos condenados ou em suas famílias.

XI

Na terça-feira, passou pela casa de Natália Ivánovna o *stanovói*, seu conhecido. A viúva serviu-lhe vodca e cogumelos em conserva preparados por ela. Bebendo e lambiscando, o *stanovói* lhe informou que o enforcamento não mais se daria no dia seguinte.

– Como? Por quê?

– Uma história surpreendente. Não se conseguiu encontrar um carrasco. Havia um em Moscou, mas esse, meu filho me contou, andou se empanturrando de Evangelho e está dizendo que não pode matar. O próprio foi condenado a trabalhos forçados por assassinato, mas agora pega e diz de repente que não pode matar mesmo tendo a lei a seu favor. Disseram que iriam retalhá-lo de de tanto açoitar. "Que açoitem", disse, "mas matar eu não posso."

De repente, Natália Ivánovna corou, chegando mesmo a transpirar, devido aos pensamentos que lhe ocorreram.

– E não se pode perdoá-los agora?

– Como perdoar, quando já foram julgados? Só o czar pode perdoá-los.

– Mas como o czar ficaria sabendo?

– Eles têm direito ao pedido de indulto.

– Mas eles estão sendo enforcados por minha causa – disse a tola Natália Ivánovna. – E eu os perdoo.

O *stanovói* começou a rir.

– Pois então perdoe.

– Eu posso?

– Decerto que pode.

– Mas ainda vai dar tempo?

– Você pode enviar um telegrama.

– Ao czar?

– Decerto! Também ao czar se pode enviar telegramas.

A notícia de que o carrasco se negara a cumprir ordens, preferindo sofrer a matar, provocou súbita mudança no interior de Natália Ivánovna, e o sentimento de compaixão e horror, que algumas vezes ameaçara aflorar, irrompeu e se apossou dela.

– Meu caro Filip Vassílievitch, escreva o telegrama para mim. Eu quero pedir o indulto ao czar.

O *stanovói* balançou a cabeça.

– Espero que não nos punam por isso!

– Mas eu sou a responsável. Não vou citar o senhor.

– Êta mulher bondosa, – pensou o *stanovói* – boa mulher. Se a minha fosse assim, seria o paraíso, não o que é agora.

E escreveu o telegrama ao czar: "A Vossa Majestade Imperial, Soberano Imperador. Esta súdita fiel da Vossa Majestade Imperial, viúva de Piotr Nicoláitch Svientitski, assessor de colégio, assassinado por camponeses, prostrando-se aos sagrados pés de Vossa Majestade Imperial", este ponto do telegrama agradava particularmente ao *stanovói*, "suplica-vos o indulto aos seguintes camponeses condenados à morte, do concelho tal, povoado tal, província tal".

O telegrama foi enviado pelo *stanovói* em pessoa, e a alma de Natália Ivánovna era pura alegria e bem-estar. Parecia-lhe que, se ela, a viúva do homem assassinado, perdoava e pedia o indulto aos camponeses, o czar não teria como negar-se ao pedido.

XII

Liza Ierópkina vivia em constante estado de exaltação. Quanto mais longe avançava no caminho da vida cristã que a ela se revelava, mais estava certa de ser aquele o verdadeiro caminho, e mais radiante se sentia.

Tinha agora duas metas mais imediatas: primeiro, converter Mákhin ou, antes, como dizia consigo, fazer com que ele voltasse a si mesmo, à sua natureza bondosa, magnífica. Amava-o, e à luz desse amor se revelava a ela o aspecto divino da alma de Mákhin, comum a todas as pessoas; entretanto, via nesse princípio de vida comum a todos uma bondade, uma ternura e uma elevação peculiares a ele. A outra meta era deixar de ser rica. Queria livrar-se dos bens para testar Mákhin, mas também por si mesma, pela própria alma – queria fazê-lo para seguir as palavras do Evangelho. Começaria repartindo os bens, mas o pai a impediu, e mais ainda que o pai, uma enxurrada de pedidos pessoais e por carta. Então Liza decidiu dirigir-se a um estaroste famoso por sua vida santa, com o intuito de fazê-lo ficar com o dinheiro e proceder como bem entendesse. Ao saber disso, o pai ficou uma fúria e numa conversa acalorada chamou-a de louca, psicopata, dizendo que ia tomar medidas para defendê-la da própria loucura.

Magoou-se com o tom severo, irritado do pai, e Liza, descontrolada, verteu um choro rancoroso, dirigindo a ele palavras grosseiras, chamando-o de déspota e até de ambicioso.

Ela pediu perdão ao pai e este lhe respondeu dizendo que não ficara zangado, mas ela percebeu que ele estava ofendido e no fundo da alma não a havia perdoado. Não queria falar disso a Mákhin. A irmã, que lhe tinha ciúmes por causa de Mákhin, afastara-se dela completamente. Não tinha com quem compartilhar seus sentimentos nem a quem se confessar.

"É preciso confessar-me a Deus", disse a si mesma e, como estavam na quaresma, resolveu jejuar para a confissão e a comunhão, dizer tudo ao confessor e pedir-lhe que a aconselhasse dali em diante.

Não muito distante da cidade havia um mosteiro, onde vivia o estaroste famoso pela vida santificada, os ensinamentos, as profecias e as curas que lhe atribuíam.

O estaroste recebera uma carta do velho Ierópkin, que o prevenia da chegada da filha, de seu estado de anormalidade e excitação, e expressava a confiança de que o estaroste iria apontar à filha o caminho da verdade – a *aurea mediocritas*, a vida de bondade cristã, sem perturbação das condições vigentes.

Cansado das visitas, o estaroste recebeu Liza procurando incutir-lhe em tom sereno a moderação, a resignação às condições vigentes e aos pais. Liza guardava silêncio, corava e transpirava, mas quando ele terminou, pôs-se a falar, de início com timidez, lágrimas brotando dos olhos, sobre o que Cristo havia dito: "Abandona pai e mãe e me segue", depois, mais e mais animada, expressou tudo o que a sua compreensão do cristianismo podia abarcar. O estaroste primeiro esboçou um sorriso e retrucou com os ensinamento usuais, mas depois se calou e ficou repetindo entre suspiros: "Oh, Senhor!".

– Pois bem, venha se confessar amanhã – disse ele, e abençoou-a com a mão enrugada.

No dia seguinte ele a recebeu em confissão, mas não reatou a conversa anterior, deixando-a ir embora com a peremptória recusa a deixá-la dispor dos seus bens.

A pureza, a absoluta dedicação à vontade de Deus e a impetuosidade da jovem deixaram pasmo o estaroste. Havia muito tempo que vinha querendo renunciar ao mundo, mas o mosteiro exigia que continuasse em suas atividades, das quais o mosteiro auferia recursos. E ele anuía, embora sentisse de modo vago toda a falsidade de sua situação. Faziam dele um santo, um milagreiro, mas era um homem fraco, que se deixara levar pelos êxitos. Mas ao se revelar a ele, a alma daquela jovem também lhe revelou a sua. E compreendeu como estava distante do que queria ser e do que lhe preenchia o coração.

Logo após a visita de Liza, o estaroste entrou em retiro, do qual só saiu três semanas depois para ir à igreja e celebrar uma missa, ao término da qual pregou um sermão, censurou a si mesmo, apontou os pecados do mundo e o conclamou ao arrependimento.

Pregava um sermão a cada duas semanas. E a esses sermões acorria cada vez mais gente. E sua fama como pregador espalhava-se cada vez mais. Havia algo de extraordinário, ousado, sincero em suas prédicas. Por isso produziam efeito tão forte nas pessoas.

XIII

Enquanto isso, Vassili fazia tudo como planejara. À noite, penetrou com alguns comparsas na casa do tal ricaço Kraspúzov.[24] Sabia que o homem era avaro e devasso, meteu-

---

24 Literalmente, "pança vermelha" ou "barriga vermelha". [N. T.]

-se pelo escritório e tomou-lhe trinta mil em dinheiro. E fez como planejara. Deixou até de beber e começou a dar dinheiro a noivas pobres. Fazia casamentos, resgatava dívidas, mas sem aparecer. Sua única preocupação era repartir bem o dinheiro. Dava-o até à polícia. E não o importunavam.

Seu coração pulava de alegria. E quando, apesar de tudo, foi preso, ria e se gabava durante o julgamento, dizendo que o dinheiro do barrigudo era mal-empregado, que o homem nem sabia quanto tinha, mas não ele, ele colocara o dinheiro em circulação e ajudara muita gente boa.

Sua defesa foi tão bem-humorada e cheia de bondade que os jurados por pouco não o absolveram. Foi condenado à deportação.

Ele agradeceu e disse de antemão que iria escapar.

XIV

O telegrama da viúva de Svientitski ao czar não surtiu efeito algum. A comissão de petições decidira primeiro não o transmitir ao czar, mas depois, quando se começou a falar do caso Svientitski durante o almoço no palácio, o diretor da comissão, que almoçava com o soberano, informou-lhe sobre o telegrama enviado pela mulher do homem assassinado.

– *C'est très gentil de sa part*[25] – disse uma das damas pertencentes à família imperial.

---

25 Em francês no texto original: "É muito gentil de sua parte". [N.T.]

O soberano suspirou, deu de ombros sob as dragonas e disse: "É a lei" – oferecendo a taça para o criado servir o mosela espumante. Todos fingiram admiração diante das palavras sábias do soberano. Não se falou mais sobre o telegrama. E os dois mujiques – o velho e o moço – foram enforcados com a ajuda de um carrasco tártaro, assassino cruel e com tara por animais, mandado de Kazan.

A velha queria vestir o corpo de seu velho com uma camisa branca, polainas brancas e botas, mas não lhe permitiram, e ambos os corpos foram enterrados numa cova atrás do muro do cemitério.

– A princesa Sófia Vladímirovna me disse que ele é um pregador admirável – disse certa vez ao filho a mãe do soberano, a velha imperatriz: – *Faites-le venir. Il peut prêcher à la cathédrale.*[26]

– Não. Melhor que seja aqui – respondeu o soberano e deu ordens para convidarem o estaroste Isidor.

Todos os generais estavam reunidos na capela do palácio. Era um acontecimento a vinda de um pregador novo e original.

Um velhinho magricela de cabelos grisalhos saiu da sacristia, lançou um olhar sobre todos na capela: "Em nome do Pai, do Filho, e do Espírito Santo", e iniciou a missa.

A princípio tudo ia bem, mas à medida que avançava a prédica as coisas pioravam. "*Il devenait de plus en plus*

---

26 Em francês no texto original: "Faça-o vir. Ele pode pregar na catedral". [N. T.]

agressif",[27] como disse mais tarde a imperatriz. Ele criticou a todos com violência. Falou sobre as execuções. E atribuiu a necessidade de execuções ao mau governo. Por acaso era possível a um país cristão matar pessoas?

Todos os presentes se entreolhavam, e a todos preocupava unicamente a inconveniência do pregador e o quanto aquilo era desagradável para o soberano, mas ninguém externou tal preocupação. Quando Isidor disse "Amém", o metropolita aproximou-se dele, pedindo que o acompanhasse.

Depois da conversa com o metropolita e o procurador-geral do Sínodo, o velhinho foi enviado imediatamente de volta ao mosteiro, não ao seu, mas ao de Súzdal, onde o padre Mikhail era abade e administrador.

XV

Todos fingiam que o sermão de Isidor não causara nada de desagradável e ninguém o mencionava. Ao próprio czar pareceu que as palavras do estaroste não lhe haviam deixado marca alguma, mas durante o dia ele se lembrou umas duas vezes do enforcamento dos camponeses e do indulto solicitado pelo telegrama da viúva de Svientitski. Naquele dia houve parada militar, passeio, recepção de ministros, jantar e, à noite, teatro. Como era de hábito, o czar pegou no sono

---

27 Em francês no texto original: "Ele se tornava mais e mais agressivo". [N. T.]

assim que encostou a cabeça no travesseiro. À noite, um sonho terrível o despertou: um campo repleto de forcas, e nelas cadáveres balançando, e nos cadáveres línguas estiradas, e línguas se estirando mais e mais. E alguém gritava: "É obra tua, é obra tua". O czar acordou suado e ficou pensativo. Pela primeira vez pensou na responsabilidade que pesava sobre seus ombros, e todas as palavras do estaroste vieram-lhe à mente...

Mas só de longe via em si um homem, e não podia render-se às simples exigências de homem devido às exigências que de todas as partes se faziam ao czar; não tinha forças para reconhecer que as exigências de homem eram mais importantes que as de um czar.

XVI

Depois de cumprir a segunda pena de prisão, Prokofi, aquele rapaz destemido, janota cheio de amor próprio, saiu de lá homem totalmente acabado. Quando estava sóbrio, ficava sentado sem mexer uma palha e, por mais que o pai o censurasse, ele só comia, não arrumava emprego, pior, tratava de surrupiar qualquer coisa para beber no botequim. Vivia sentado, tossia, escarrava e cuspia. O médico que consultou auscultou-lhe o peito e balançou a cabeça.

– É, irmão, você precisa daquilo que não tem.

– Disso eu sei, é sempre assim.

– Tome leite e não fume.

– Ora, estamos na quaresma, e além disso não tenho vaca.

Uma vez, na primavera, passou a noite toda sem dormir, melancólico, seco por um gole. Em casa não havia nada de que pudesse lançar mão. Pôs o gorro e saiu. Caminhou pela rua até à casa dos popes. O ancinho do sacristão estava encostado na cerca. Prokofi chegou-se a ele e colocou-o às costas com o intento de levá-lo à hospedaria na Pietrovna. "Vai ver que vale uma garrafinha". Nem bem se afastara, o sacristão saiu ao terraço. Já era dia claro e ele pôde ver Prokofi carregando o ancinho.

– Ei você, o que está fazendo?

Pessoas acorreram, agarraram Prokofi, meteram-no num calabouço. O juiz de paz o condenou a onze meses de prisão.

Era outono. Prokofi foi levado ao hospital. Tossia, o peito em frangalhos. Não conseguia aquecer-se. Os mais doentes pelo menos não tremiam. Mas Prokofi tremia dia e noite. Por medida de economia, o encarregado guardava a lenha e até novembro não havia aquecido o hospital. Prokofi padecia de dores pelo corpo todo, mas pior de tudo era a dor na alma. A tudo sentia aversão, a todos odiava: ao sacristão, ao encarregado que não o aquecia, ao guarda, ao vizinho de leito de lábio vermelho e inchado. Tomou-se de ódio também pelo novo forçado que tinham acabado de trazer para perto dele. Era Stiepan, que pegara erisipela na cabeça e fora hospitalizado e colocado ao lado de Prokofi. No começo, este se enchera de ódio por Stiepan, mas depois se afeiçoou tanto que contava os minutos para conversar com ele. E somente depois de conversarem aliviava-se a melancolia em seu coração. Stiepan vivia contando a todos seu último assassinato e o efeito que este lhe causara.

– Era o caso de gritar ou fazer qualquer coisa – dizia ele, –, mas ela: "Tá, pode me esfaquear. Tenha piedade de si mesmo, não de mim."

– É, a gente sabe que é terrível matar alguém, uma vez eu tive que abater um carneiro e não foi nada divertido. Eu mesmo não tirei a vida de ninguém, e por que esses miseráveis me destruíram? Eu não fiz mal pra ninguém...

– Bem, tudo isso vai ser considerado a seu favor.

– E onde?

– Como onde? E Deus?

– Esse a gente não vê por aí; eu não acredito, irmão. Acho que a gente morre e a grama cresce. E isso é tudo.

– Que jeito de pensar é esse?! Quanta gente eu não matei, e ela, que coração, só fazia ajudar as pessoas. Então você acha que eu e ela vamos pro mesmo lugar? Não, espere aí...

– E você acredita que a gente morre e a alma fica?

– E como não haveria de ser? Isso é verdade.

Foi difícil a morte de Prokofi, estava sufocando. Mas de repente, no último instante, sentiu-se aliviado. Chamou Stiepan.

– Bem, irmão, adeus. Pelo jeito minha hora chegou. Tive medo, mas agora não. Que ela venha logo.

E Prokofi morreu no hospital.

XVII

Enquanto isso, os negócios de Ievguêni Mikháilovitch iam de mal a pior. A loja fora hipotecada. As vendas estavam paradas. Uma outra loja igual à sua havia sido aberta na cidade, e exigiam dele o pagamento dos juros. Precisava de novos empréstimos a juros. E, por fim, loja e mercadorias foram postas à venda. Ievguêni Mikháilovitch e a mulher precipitaram-se por toda a cidade, mas em nenhum lugar conseguiram os quatrocentos rublos de que necessitavam para salvar o negócio.

Conservavam um resto de esperança no comerciante Krasnopúzov, cuja amante era uma conhecida da mulher de Ievguêni Mikháilovitch. Mas àquela altura todos na cidade já sabiam da enorme quantia roubada da casa de Krasnopúzov. Falavam de meio milhão de rublos.

– E sabe quem roubou? – contava a mulher de Ievguêni Mikháilovitch. – Vassili, nosso antigo zelador. Dizem que ele agora anda atirando dinheiro aos quatro ventos, suborna policiais.

– Era um patife – afirmou Ievguêni Mikháilovitch. – Precisava vê-lo prestando falso testemunho, a maior cara de pau. Eu nunca podia imaginar.

– Dizem que passou pelo nosso pátio. A cozinheira diz que era ele. Diz que ele casou catorze noivas pobres.

– Quê! Invencionices.

Naquele momento entrou na loja um estranho já idoso, vestindo uma jaqueta de lã.

– O que deseja?

– Carta para o senhor.

– De onde?

– Está escrito aí.

– Ei, e a resposta? Espere um momento.

– Não posso.

Depois de entregar o envelope, o estranho saiu apressado.

– Que esquisito!

Ievguêni Mikháilovitch examinou o polpudo envelope e não acreditou no que viam seus olhos: notas de cem rublos. Quatro. O que é isso? Acompanhava o dinheiro uma carta cheia de erros dirigida a Ievguêni Mikháilovitch: "O Evangelho diz, faz o bem em vez do mal. O sinhor mi fêis muito mal pra mim com o cupom e eu fui obrigado prejudicar o pobre do mujique, mas eu tenho pena do sinhor. Vai, pega essas quatro notas e lembra do teu zelador Vassili".

– Não, é surpreendente! – dizia Ievguêni Mikháilovitch à mulher e a si mesmo. E quando lembrava ou falava do assunto com a mulher, as lágrimas brotavam de seus olhos e a alegria invadia sua alma.

XVIII

Na prisão de Súzdal havia catorze clérigos, quase todos por desvio da ortodoxia; para lá também fora encaminhado Isidor. O padre Mikhail internou-o com base nos documentos e, sem ao menos tê-lo entrevistado, ordenou que o instalassem numa cela separada, como a um criminoso importante. Na terceira semana da chegada de Isidor, o padre Mikhail visitou os internos. Quando entrou na cela de Isidor, perguntou: não estaria ele precisando de nada?

– Preciso de muita coisa, não posso falar diante de outros. Dê-me a oportunidade de falar-lhe a sós.

Entreolharam-se, e Mikhail compreendeu que nada tinha a temer. Ordenou que trouxessem Isidor à sua cela e, quando ficaram a sós, disse:

– Bem, pode falar.

Isidor caiu de joelhos.

– Irmão! – disse Isidor – O que está fazendo? Tenha pena de si mesmo! Pois não há canalha pior do que você, você blasfemou contra tudo o que há de sagrado…

Um mês depois, Mikhail deu entrada com os papéis solicitando a libertação, por arrependimento, não só de Isidor como também de sete outros, e pedindo licença para se recolher ao mosteiro em retiro.

XIX

Passaram-se dez anos.

Mítia Smokóvnikov terminara o curso na escola técnica e era engenheiro nas minas de ouro da Sibéria, recebendo ótimo salário. Certa vez precisou visitar um setor. O diretor das minas lhe propôs levar consigo o forçado Stiepan Pielaguiêiuchkin.

– Como, um forçado? Não é perigoso?

– Com ele não há perigo. É um santo homem. Pergunte a quem quiser.

– E por que ele?

O diretor sorriu.

– Matou seis pessoas, mas é um santo homem. Eu lhe asseguro.

E Mítia recebeu Stiepan, homem calvo, magro, queimado de sol, e partiu com ele.

No caminho, Stiepan seguia atrás de Smokóvnikov, cuidando dele como fazia com todos, onde podia, como se fosse seu próprio filho, contando-lhe toda a sua história. Contava-lhe como, por que e para que vivia agora.

E, fato surpreendente, Mítia Smokóvnikov, que até então vivera apenas para beber, comer, jogar, para as mulheres e o vinho, pela primeira vez começou a refletir sobre a vida. E esses pensamentos não o deixaram, mas desenvolveram cada vez mais sua alma. Ofereceram-lhe um posto bastante vantajoso. Recusou-o e decidiu que, com o que economizara, iria comprar uma fazenda, casar e, dentro das suas possibilidades, servir o povo.

XX

E assim fez. Mas antes visitou o pai, com quem andava estremecido por conta da nova família que este constituíra. Agora resolvera aproximar-se dele. E assim o fez. O pai ficou surpreso, debochou de Mítia, mas desistiu da ofensa e lembrou-se das inúmeras vezes em que fora culpado perante o filho.

[Tradução de Beatriz Morabito]

DEPOIS DO BAILE

– Pois bem, vocês dizem que o homem não pode compreender por si só o que é bom, o que é mau, que tudo depende do meio, que o meio devora tudo. Eu, porém, penso que tudo depende do acaso. É de mim que estou falando.

Assim começou a falar Ivan Vassílievitch, respeitado por todos, ao final de uma conversa que tivemos, quando dizíamos que, para o aprimoramento pessoal, era antes necessário mudar as condições de vida dos homens. Ninguém havia dito propriamente que lhe era impossível compreender o que é bom e o que é mau, mas Ivan Vassílievitch tinha aquele jeito peculiar de reagir às ideias que lhe surgiam de uma conversa e tomá-las como ensejo para contar episódios de sua vida. Era frequente esquecer por completo o motivo que o levara a narrar, deixando-se arrebatar pela narração. Era o que acontecia naquele momento.

– Eu falo de mim. Toda minha vida tem sido assim e não de outro jeito, não decorreu do meio, mas de algo bem diferente.

– De que então? – perguntamos nós.

– Essa é uma longa história. Para entendê-la é preciso contar muita coisa.

– Pois então conte.

Ivan Vassílievitch ficou pensativo, meneou a cabeça.

– É… – disse ele. – Toda minha vida transformou-se em uma noite, ou antes, em uma manhã.

– Mas o que foi que aconteceu?

– Aconteceu que eu estava muito apaixonado. Já estivera apaixonado muitas vezes, mas aquele era o amor mais forte que eu já sentira. Faz muito tempo. Ela já tem uma filha casada. Era a B… Sim, a Várienka[1] B… – Ivan Vassílievitch disse o sobrenome. – Mesmo aos cinquenta anos, era de uma beleza notável. Mas na mocidade, aos dezoito anos, era encantadora: alta, esbelta, graciosa e majestosa, majestosa é a palavra. Porte singularmente ereto, sempre, como se não pudesse ser de outra forma, cabeça levemente inclinada para trás, o que, com aquela beleza e a estatura alta, apesar de ser magra e até ossuda, dava-lhe certo ar de rainha, que afastaria as pessoas não fosse ela afável, sempre com um sorriso alegre nos lábios, aqueles olhos magníficos e brilhantes e todo o seu ser jovem e encantador.

– Como Ivan Vassílievitch pinta o quadro!

– É, por mais que eu descreva não dá para pintar de forma que vocês atinem como ela era. Mas o caso não é esse. O que eu quero contar aconteceu nos anos quarenta. Naquela época eu era estudante da universidade da província.

---

1 Diminutivo de Varvára. [N. T.]

Não sei se isso é bom ou mau, mas o fato é que não havia na nossa universidade nenhum círculo, nenhuma teoria, e nós éramos simplesmente jovens e vivíamos como é próprio da juventude: estudávamos e nos divertíamos. Eu era um rapaz esperto, alegre e ainda por cima rico. Tinha um cavalo fogoso, de passo largo; descia os morros a galope em companhia das moças (os patins ainda não estavam na moda), farreava com os colegas (só bebíamos champanhe e, quando o dinheiro acabava, não bebíamos nada, nem vodca, como fazemos agora). Meus maiores prazeres eram as festas e os bailes. Eu dançava bem e não era feio.

– Ora, nada de modéstia! – interrompeu-o uma das senhoras que o ouviam. – Nós conhecemos bem o seu retrato. O senhor não era nada feio, era bem bonito.

– Vamos que fosse bonito, mas não vem ao caso. O fato é que, no período daquele amor mais forte por ela, estava eu no baile do último dia de carnaval, na casa do chefe da província, velhinho bonachão, ricaço hospitaleiro e *kammerherr*.[2] Bonachona como ele, sua mulher recebia os convidados vestida em veludo marrom, na cabeça um diadema de brilhantes, os ombros e o colo velhos, brancos e roliços, como um retrato de Ielizavieta Pietrovna.[3] O baile estava maravilhoso: o salão, lindo, com coros e músicos – os então famosos conjuntos de servos dos senhores de terras aficcionados de música –, um bufê esplêndido e um verdadeiro mar de champanhe. Apesar de ser um grande

2 Título superior ao de cadete na Rússia czarista. [N.T.]

3 Filha de Pedro, o Grande e czarina da Rússia entre 1741 e 1762. [N.T.]

consumidor de champanhe, eu não bebi, porque já estava bêbado – não de vinho, mas de amor; em compensação, dancei até cair – dancei quadrilha, valsa, polca, é evidente que, na medida do possível, com Várienka. Ela estava de vestido branco, cinto cor-de-rosa, luvas de pelica brancas que quase lhe chegavam aos cotovelos magros, pontiagudos, e sapatinhos forrados de cetim branco. Tomaram-me a mazurca, já estava combinada de antemão com o nojentinho do engenheiro Aníssimov, nunca o perdoei por isso: convidou-a logo que ela chegou, enquanto eu corria ao barbeiro atrás de umas luvas e me atrasava. De sorte que não dancei com ela a mazurca, mas com uma alemãzinha que eu antes cortejara um pouquinho. Mas temo que nessa festa eu não tenha sido muito cortês com ela – não conversei nem olhei para ela, só tinha olhos para a silhueta alta e bem feita naquele vestido branco com cinto rosa, para aquele rosto radiante e rosado com covinhas e aqueles olhos carinhosos e encantadores. Todos, e não só eu, olhavam para ela e se deliciavam, homens e mulheres deliciavam-se apesar de ela ofuscar a todos. Era impossível não se deliciar.

– Por causa da tal etiqueta social, perdi a mazurca, mas na verdade passamos quase o tempo todo dançando juntos. Sem se perturbar, ela atravessava a sala inteirinha em minha direção, eu saltava, sem esperar o convite, e ela agradecia com um sorriso a minha perspicácia. Quando os pares cruzavam e ela não adivinhava o meu passo, ela encolhia os ombros magros, em sinal de lástima e consolo, e sorria para mim. Quando a figura da mazurca era a valsa, valsávamos longamente e ela, ofegante, sorria e me dizia: "*encore!*".[4] Eu rodopiava mais e mais e nem sentia meu corpo.

– Ah! mas como não sentia?! Claro que sentia quando abraçava a cintura dela, sentia o seu corpo e, naturalmente, o dela também – disse um dos convidados.

Ivan Vassílievitch corou subitamente e exclamou, quase zangado:

– Vocês é que são assim, a juventude de hoje! Vocês não enxergam nada além do corpo. No nosso tempo era diferente. Quanto mais eu me apaixonava, mais incorpórea ela se tornava para mim. Vocês agora olham os pés, os tornozelos e mais alguma coisa, desnudam as mulheres pelas quais se apaixonam; para mim, porém, como dizia Alphonse Karr[5] – bom escritor –, o objeto do meu amor esteve sempre vestido de bronze. Nós, além de não despirmos, ainda procurávamos cobrir a nudez, como o bom filho de Noé. Mas qual! Vocês não vão entender.

– Não lhe dê atenção. E depois? – disse alguém.

– O fato é que acabei dançando mais com ela e não percebi o tempo passar. Os músicos, já em desespero de tão cansados – vocês sabem como é no fim dos bailes –, agarravam-se ao mesmo tema de mazurca; nas salas de estar os papais e as mamães já se levantavam das mesas de jogo, aguardando o jantar, os criados circulavam rapidamente ajeitando as coisas. Eram mais ou menos três horas. Os úl-

---

4 "Mais!", em francês, no texto original. [N. T.]

5 Escritor francês (1809-90). [N. T.]

timos minutos precisavam ser aproveitados. Mais uma vez a convidei, e pela centésima vez percorremos o salão.

"Então, depois do jantar a quadrilha é minha?", disse-lhe, conduzindo-a ao seu lugar.

"Naturalmente, se não me levarem", disse sorrindo.

"Não permitirei", disse eu.

"Dê-me o leque", disse ela.

"Lamento devolvê-lo", respondi, devolvendo-lhe o leque branco e barato.

"Eu lhe dou isto, então, para você não ficar triste", disse ela, arrancando uma pluma do leque e dando-a para mim. – Peguei a pluma e só pude exprimir com o olhar todo o meu êxtase, toda minha gratidão. Eu estava alegre e satisfeito, estava feliz, abençoado, me sentia bem, eu não era eu, era um ser qualquer de outro planeta, ignorante do mal e capaz de fazer apenas o bem. Guardei a peninha dentro da luva e fiquei ali parado, sem forças para me afastar dela.

"Olhe, estão convidando papai para dançar", disse-me, apontando a figura alta e esbelta do pai, coronel de dragonas prateadas, que estava junto à porta com a anfitriã e outras senhoras.

"Várienka, venha cá", ouvimos a voz forte da anfitriã, a do diadema de brilhantes e ombros ielisavietanos.

Várienka se encaminhou para a porta e eu a segui.

"*Ma chère*,[6] convença seu pai a dançar com você. Ah! por favor, Piotr Vladislávitch", voltou-se a anfitriã para o coronel.

---

6 "Minha querida", em francês, no texto original. [N. T.]

– O pai de Várienka era muito bonito, elegante, alto, de meia-idade. Rosto corado, bigodes brancos retorcidos para cima, *à la Nicolas I*,[7] suíças também brancas, que se uniam aos bigodes, o cabelo nas têmporas penteado para a frente e um sorriso carinhoso e alegre como o da filha brilhando nos olhos e nos lábios. Tinha belo porte, uma faixa larga e simples de condecorações cruzava-lhe o peito marcial, ombros fortes e pernas longas, bem proporcionadas. Era um chefe militar, o tipo do antigo servidor de Nicolai.

– Quando nos aproximamos da porta, o coronel se desculpava, dizendo que havia desaprendido a dançar; mesmo assim, sorriu, deixando-se levar, com a mão esquerda desembainhou a espada, entregou-a para um empregado e, tirando com dificuldade a luva da mão direita, disse rindo: "Tudo pelo dever!". Tomou a mão da filha e postou-se na expectativa do tempo exato para começar a dançar.

– Ao esperado início da mazurca, bateu com desenvoltura um pé, dobrou a outra perna e sua figura alta e pesada moveu-se pelo salão num sapateado ora vagaroso e calmo, ora tempestuosamente barulhento. A silhueta graciosa de Várienka flutuava ao seu lado com passos leves, às vezes longos, com seus sapatinhos de cetim branco. Todo salão seguia cada movimento do par. E eu, apaixonado, olhava para eles com enlevo e emoção. Impressionavam-me especialmente as botas dele, com presilhas fortes, belas botas de couro de bezerro, não de bico fino como era moda, mas

7 "À moda de Nicolai I", em francês, no texto original. O imperador Nicolai I (1779-1855) governou a Rússia a partir de 1825. [N. T.]

à antiga, quadradas e sem saltos. Pelo visto, tinham sido feitas pelo sapateiro do batalhão. "Para poder apresentar bem sua filha querida, com boas roupas, ele não compra botas novas e usa as fora de moda" – pensei, e aquelas botas quadradas me emocionaram ainda mais. Era evidente que ele fora outrora um bom dançarino, mas agora estava pesado e as pernas não tinham mais a elasticidade suficiente para todos os passos floreados e rápidos que tentava fazer. Mesmo assim, deu duas voltas no salão com habilidade. E quando abriu e fechou depressa as pernas e, apesar de seu peso, caiu sobre um joelho, e ela, sorrindo e ajeitando a saia que se prendera nele, circundou-o com leveza, todos aplaudiram. Levantando-se com algum esforço, abraçou com ternura e delicadeza a filha, deu-lhe um beijo na testa e conduziu-a para mim, acreditando que a próxima dança era minha. Eu disse que não era o seu par.

"Ah, não importa, agora dance o senhor com ela", disse ele com um sorriso amigável, recolocando a espada na bainha.

– Como sempre acontece depois que uma gota escorre de uma garrafa e todo o seu conteúdo derrama-se aos borbotões, assim o meu amor por Várienka libertou toda a capacidade de amar que eu trazia escondida na alma. Eu abraçaria o mundo todo com meu amor. Amava a anfitriã de diadema e busto ielisavietano, e o seu marido, e os seus convidados, e os seus criados e até o engenheiro Aníssimov, que fazia pouco caso de mim. Pelo pai dela, com as botas de fabricação caseira, de sorriso amável parecido com o dela, eu sentia naquele momento uma espécie de sentimento misto de enlevo e ternura.

– Terminada a mazurca, a anfitriã convidou os hóspedes para o jantar, mas o coronel B… recusou-se, dizendo que precisava se levantar cedo no dia seguinte, e despediu-se dos anfitriões. Tive medo de que ela fosse também, mas ficou com a mãe.

– Depois do jantar, dancei com ela a quadrilha prometida e, apesar de parecer infinita, minha felicidade crescia, crescia mais a cada minuto. Nós nada falávamos de amor. Eu não lhe perguntava, e nem a mim, se ela me amava. Para mim era bastante que eu a amasse. Só temia que alguém pudesse atrapalhar minha felicidade.

– Quando cheguei em casa, despi-me e pensei em dormir, mas vi que isso era absolutamente impossível. Tinha nas mãos a pluma de seu leque e uma luva inteirinha que ela me dera ao sair, quando eu a ajudava a subir com a mãe na carruagem. Olhava para aquelas coisas e, de olhos abertos, eu a via à minha frente a cada instante – quando, vacilando entre dois cavalheiros, me escolhe, e ouço sua voz suave dizer "Orgulhoso, não é?" e me dá sua mão alegremente; ou quando, no jantar, toma champanhe aos golezinhos e me espia de esguelha com olhos afetuosos. Mais que tudo, porém, vejo-a dançando com o pai, movendo-se leve à sua volta e olhando para os espectadores enlevados, alegre e orgulhosa de si e dele. E involuntariamente envolvo os dois em um único sentimento de ternura e comoção.

– Naquela época, eu vivia com um irmão muito sossegado. De maneira geral, ele não gostava de vida social, não ia a bailes, preparava-se para os exames de doutoramento e levava a mais regular das vidas. Estava dormindo quando cheguei. Olhei para a cabeça dele afundada no travesseiro, meio escondida pelo cobertor de flanela. Senti uma piedade afetuosa por ele, por não saber e não compartilhar da minha felicidade. Nosso criado Pietrucha veio ao meu encontro com uma vela acesa e quis me ajudar a trocar de roupa, mas eu o dispensei. O seu rosto sonolento, de cabelos emaranhados, pareceu-me de uma ternura tocante. Procurando não fazer barulho, fui para meu quarto na ponta dos pés e sentei-me na cama. Não, estava feliz demais e não podia dormir. Além disso, eu sentia calor no quarto muito aquecido e, sem tirar o uniforme, vesti um capote, abri a porta e fui para a rua.

– Eu saíra do baile entre as quatro e as cinco horas, mais duas haviam passado com minha ida para casa e o tempo que lá fiquei, de sorte que já estava claro quando saí para a rua. Fazia um tempo típico de carnaval, neblina, muita umidade, a neve derretendo nos caminhos e gotejando de todos os telhados. Naquela época os B… moravam nos confins da cidade, junto do campo grande, onde havia uma alameda, ao lado de uma escola para moças. Andei por uma travessa deserta e saí na rua principal, onde cruzei com transeuntes e carroceiros carregando lenha nos trenós que arranhavam os patins no calçamento. E os cavalos, que balançavam sem parar as cabeças arqueadas, lustrosas de umidade, e os cocheiros, cobertos por esteiras, que arrastavam enormes botas ao lado das carroças, e as casas da rua, que pareciam muito altas em meio à neblina – tudo assumia para mim um encanto e um significado especial.

– Quando cheguei ao lugar onde ficava sua casa, percebi ao longe, na calçada à direita, alguma coisa grande e negra e ouvi sons de flautas e tambores que vinham de lá. Em pensamentos, eu cantava ainda os temas da mazurca e, algumas vezes, chegava mesmo a ouvi-los. Aquela, no entanto, era música diferente, cortante e desagradável.

"O que é isso?", pensei, e pelo caminho escorregadio que atravessava o campo segui na direção daquele som. Depois de andar uns cem passos, comecei a distinguir, no meio da névoa, muita gente vestida de preto. Eram soldados. "Devem estar em treinamento" – pensei e, caminhando atrás de um ferreiro de peliça imunda e avental, que carregava alguma coisa, cheguei mais perto. Soldados de uniformes pretos formavam duas colunas, uma à frente da outra, imóveis, com os fuzis junto às pernas. Atrás deles estavam o flautista e os tamborileiros que tocavam ininterruptamente a mesma melodia desagradável e estridente.

"O que estão fazendo?", perguntei ao ferreiro que tinha parado ao meu lado.

"Estão castigando um tártaro por deserção", disse o ferreiro, zangado, olhando para a outra extremidade das fileiras de homens.

– Fiquei olhando também e notei entre as duas alas uma coisa horrível, que vinha para o lado em que eu estava. Era um homem de torso nu, amarrado aos fuzis de dois soldados que o empurravam. Ao lado dele vinha um militar alto, de capote e quepe, que me pareceu conhecido. Arrastando-se, cambaleando na neve derretida sob os golpes que choviam sobre ele de ambos os lados, o condenado avançava na minha direção, ora caindo para trás, e então os sargentos que o levavam preso aos fuzis empurravam-no para a frente, ora caindo para a frente, e novos empurrões dos sargentos o puxavam de volta. Ao lado, passos levemente vacilantes, caminhava o militar alto. Era o pai dela, rosto corado, bigodes e suíças brancas.

– A cada golpe que recebia, o castigado voltava o rosto enrugado de sofrimento para o lado de onde vinha a pancada, como que surpreso, e repetia a esmo sempre as mesmas palavras, rangendo os dentes brancos. Só quando chegou mais perto de mim pude distingui-las. Não falava, soluçava: "Irmãozinhos, tenham dó. Irmãozinhos, tenham dó". Mas os irmãozinhos não se apiedavam e, quando o cortejo chegou bem perto, vi um soldado à minha frente dar um decidido passo adiante, fazer o cacete zunir no ar e desferi-lo com força nas costas do tártaro. O tártaro tombou para frente, mas os sargentos o seguraram e um novo golpe caiu sobre ele, e outro, e mais outro, de um lado, do outro. O coronel acompanhava e vez por outra olhava para baixo, para seus pés, ou então para o condenado, inspirava o ar inflando as bochechas e o expirava vagarosamente através dos lábios entreabertos. Quando o cortejo passou por onde eu estava, vi rapidamente, por entre as fileiras, as costas do condenado. Eram uma coisa colorida, úmida, vermelha, antinatural, que me fez duvidar que aquilo fosse o corpo de um homem.

"Meu Deus!", exclamou o ferreiro ao meu lado.

– O cortejo se distanciava, os mesmos golpes caindo dos dois lados sobre o homem cambaleante, encolhido, com a mesma batida de tambores, o mesmo zunido de flauta e o mesmo andar firme da figura alta e esbelta do coronel junto ao condenado. Súbito, o coronel para, aproxima-se rápido de um dos soldados.

"Vou lhe ensinar", ouvi sua voz raivosa. "Está fazendo corpo mole? Está?"

– E vi quando a mão forte na luva de camurça esbofeteou o rosto do soldado fraco e espantado, que não descera o cacete nas costas vermelhas do tártaro com força suficiente.

"Dê uma vergastada pra valer!", gritou ele e, ao olhar à sua volta, me viu. Fazendo de conta que não me conhecia, franziu a testa numa careta raivosa e ameaçadora e virou-se rapidamente. Fiquei de tal forma envergonhado que, sem saber para onde olhar, como se fosse culpado de um comportamento vergonhoso, desviei a vista e saí apressado pela rua. Em todo o meu trajeto, nos meus ouvidos, aquele rufar de tambores, o som da flauta, aquelas palavras – "Irmãozinhos, tenham dó" – que eu ouvira, e aquela voz segura, zangada, do coronel gritando: "Está fazendo corpo mole? Está?" Uma melancolia quase física me invadia o coração, beirando a náusea, tão intensa que algumas vezes tive que parar, com vontade de vomitar, tal era o horror que aquele espetáculo me causara. Não me lembro como consegui chegar em casa e deitar. Mal adormeci, escutei e vi tudo outra vez e levantei-me bruscamente.

"Com certeza ele sabe alguma coisa que eu não sei" – pensava sobre o coronel. "Se eu soubesse o que ele sabe, entenderia o que vi e isso não me atormentaria." Contudo, por mais que pensasse sobre aquilo, menos compreendia o que o coronel podia saber, e consegui dormir apenas à tarde; depois, fui à casa de um amigo e bebi com ele até cair.

– Então, o que é que vocês acham, a que conclusão cheguei sobre o que tinha visto? Que tinha sido uma coisa ruim? De forma alguma. "Se isso foi feito com tanta convicção, e se há uma justificativa que satisfaz a todos, isso é sinal de que sabem alguma coisa que eu não sei", eu pensava, e me esforçava para assimilar aquilo. Mas, apesar de todos os esforços, não consegui aceitar o fato. E não o aceitando, não fui capaz de ingressar no serviço militar, como queria antes. Não servi o exército, não servi em lugar nenhum e, como podem ver, não servi para coisa alguma.

– Ora, sabemos muito bem como o senhor não serviu para nada – disse alguém. – Se o senhor não foi útil, o que se pode dizer dos outros?

– Ora, bobagem – disse Ivan Vassílievitch, sinceramente encabulado.

– E, então, o que aconteceu com o amor? – perguntamos.

– O amor? A partir desse dia o amor começou a minguar. Quando ela ficava pensativa, o que acontecia amiúde, com um sorriso no rosto, no mesmo instante eu me lembrava do coronel na praça e me sentia embaraçado e mal. Comecei a vê-la menos. E assim o amor acabou em nada. É assim que as coisas acontecem e transformam e dirigem toda a vida de um homem. E vocês ainda dizem... – concluiu ele.

[Tradução de Beatriz Ricci]

APÊNDICE

TOLSTÓI CONTISTA
PAULO BEZERRA

Os contos que compõem esta edição ilustram aspectos fundamentais da obra tolstoiana. "Três mortes" foi escrito em 1858, momento em que Tolstói mal chegava a Iásnaia Poliana após dar baixa no exército em 1856. Na sua fazenda-laboratório ele entrará em contato direto com a vida dos camponeses, o que o levará a mudar radicalmente as suas concepções anteriores sobre o campesinato russo e abrirá caminho para a sua futura utopia sobre esse segmento social. No contato direto com a realidade camponesa ele irá compreender que o estatuto servil a que está sujeito o camponês é uma iniquidade a ser abolida, pois não só motiva o ódio do camponês ao latifundiário-senhor como justifica qualquer ato de vingança contra este, inclusive o assassinato. Esse contato direto, aliado a leituras anteriores de Rousseau e outros pensadores, irá forjar as suas concepções sociais. A essa altura já está publicada a sua trilogia *Infância*, *Adolescência* e *Juventude*, bem como seus contos sobre a vida militar ambientados em Sebastópol, ao passo que a aldeia russa já fora objeto de representação literária na obra concebida inicialmente como *Romance de um fazendeiro russo* e depois publicada em 1856 como *A manhã de um fazendeiro*. Essa obra está perfeitamente sintonizada com a crise que envolve a sociedade russa e que culminará na abolição do estatuto servil em 1861, e também com o espírito de uma época em que o interesse geral se volta para o campesinato. Niekhliúdov, personagem central e fazendeiro, é um homem dotado de grande inteligência, pensa de forma equilibrada e não teme a verdade mesmo que esta não seja favorável à sua classe social. Entretanto seu conhecimento da vida camponesa é superficial e periférico, e seu programa destinado a melhorar a vida dos camponeses não passa de tímida filantropia, bem ao gosto da ideologia liberal da nobreza.

No início de 1857, Tolstói sai da Rússia e passa cerca de meio ano na Alemanha, na Suíça, na França, principalmente em Paris. A vida burguesa do Ocidente, a despeito de todas as suas limitações e precariedades, permite-lhe penetrar mais fundo no conhecimento da realidade russa, perceber e entender melhor o sentido do capitalismo. O retorno à Rússia e o reencontro com sua realidade deixam-no pessimista e sombrio, a ponto de declarar que na Rússia tudo é detestável, que em toda a parte reinam a barbaridade patriarcal, a roubalheira e o arbítrio. Mas se a viagem ao Ocidente lhe permite observar um capitalismo bastante avançado, ainda mais se comparado à Rússia patriarcal e servil, permite-lhe igualmente perceber as contradições e mazelas do capitalismo e não alimentar ilusões em relação a ele. Portanto, ao escrever o conto "Três mortes", Tolstói já tem uma concepção mais ou menos formada sobre a vida camponesa e o capitalismo, o que irá igualmente ecoar em "Kholstomér".

Em "Três mortes" há um narrador exuberante que – num clima de impressionante beleza poética ditada pela natureza – conta a história de três mortes: de uma senhora nobre, de um cocheiro e de uma árvore. Três seres que nunca se conheceram, entre os quais nunca houve um único contato, mas que estão estruturalmente ligados pelos fios da trama narrativa, formando uma totalidade na qual se manifesta uma concepção de morte traduzida na finitude de tudo o que é vivo. São três mortes estruturalmente interligadas, mas cada uma particular na sua especificidade. A senhora morre com a pompa com que sempre vivera, cercada de formalidades e também de muita hipocrisia, ocupando oito das onze páginas da história, um espaço proporcional àquele que sua classe social ocupa na sociedade, portanto, repetindo na narrativa a mesma distribuição injusta de espaço que caracteriza a sociedade de castas. Às outras duas mortes – do cocheiro e da árvore – restam apenas três páginas. Entretanto, se a morte da senhora é cercada de formalidades e muito artificialismo, a morte do cocheiro se dá em um clima de plena naturalidade e muita solidariedade entre os cocheiros e os que os cercam, mostrando que as simpatias do narrador estão claramente com a gente simples e os camponeses. Há uma espécie de contrato social implícito entre a gente simples, permitindo que os poucos frutos individuais do seu trabalho permaneçam no mesmo espaço para assegurar a continuidade de suas vidas, todas elas intimamente ligadas à natureza: o cocheiro Khviédor morre deixando as botas para outro cocheiro, a árvore morre para que dela se faça a cruz a ser colocada na cova de Khviédor. Povo e natureza representam para Tolstói um duplo refúgio; o povo o faz sentir-se livre da presença dos seus pares nobres, a natureza, longe da realidade absurda, da mediocridade do mundo urbano. "A natureza é quem mais nos dá esse prazer supremo da vida, esse esquecimento de nossa própria pessoa insuportável". O binômio povo-natureza, marca fortíssima e muito recorrente em sua obra, traz ecos inequívocos da teoria de Rousseau. Como o homem natural de Rousseau, o campesinato em Tolstói vive uma espécie de "estado natural" em que os indivíduos são puros, livres e iguais, daí a sua relação organicamente íntima com a natureza. É nessa perspectiva que Tolstói descreve seu plano de "Três mortes" em carta dirigida a A. A. Tolstói em 1858: "Minha ideia foi a seguinte: morrem três seres – uma senhora nobre, um mujique e uma árvore. A senhora é desprezível e torpe porque passou a vida inteira mentindo e mente diante da morte. O cristianismo, na compreensão dela, não lhe resolve a questão da vida e da morte. Por que morrer quando se quer viver? Nos bens que o cristianismo promete para o futuro ela acredita com imaginação e inteligência, mas todo o seu ser se rebela e ela não tem outro consolo, exceto um falso cristianismo... Ela é torpe e desprezível. O mujique morre tranquilo, justamente porque não é cristão. Sua religião é outra, embora por tradição ele tenha praticado rituais cristãos; sua religião é a natureza com a qual viveu. Ele mesmo derrubou árvores, semeou e ceifou o centeio, matou carneiros, e em seus domínios carneiros nasceram, crianças nasceram, os velhos morreram, ele conhece solidamente essa lei e nunca lhe deu as costas, como o faz o fidalgo, mas a encara de maneira direta... A árvore morre de forma tranquila, honesta e bela. Bela porque não mente, não se dilacera, não tem medo, não se queixa".

O enfoque da religião em "Três mortes" antecipa a concepção desse tema que Tolstói irá desenvolver da maturidade até o fim dos seus dias. Para ele, os dogmas a que a Igreja reduziu a essência do cristianismo contrariam as leis mais simples da lógica e da razão. Ele considera que nos primórdios do cristianismo a doutrina ética foi a sua parte principal, mas no processo de sua evolução o centro da gravidade transferiu-se do ético para o filosófico ou metafísico. Daí a crítica à Igreja de sua época: considera que sua prática se estriba na hipocrisia, as suas doutrinas atuais estão em divergência ampla e profunda com a doutrina ética do cristianismo em seus primórdios, seu pecado capital está na participação em uma ordem política, econômica e social fundada na violência e na opressão, na tentativa de transformar a religião em justificativa do mal social vigente. Isto impede que os indivíduos integrantes desse sistema vivam com autenticidade e morram com naturalidade, é isso que torna tão difícil e sofrida a morte da senhora nobre (seu cristianismo era falso, ela passara a vida mentindo), ao contrário da morte natural e tranquila do mujique, integrante de outra religião e outro sistema de valores, e da árvore, elemento imune a qualquer sistema de valores.

Em "Três mortes" o realismo de Tolstói vai-se consolidando. Além da representação bastante fiel da vida da gente simples, ele incorpora ao processo literário a recriação da linguagem popular, tornando as falas muito próximas da vida real, e essa solução estilística se constituirá em elemento composicional das suas obras futuras.

"Kholstomér", escrito entre 1860 e 1863 (receberá nova redação em 1885), é obra-prima que mostra a profunda capacidade do autor para observar tudo o que está ocorrendo ao seu redor. Iniciado em 1860, portanto um ano antes da reforma que aboliu o estatuto servil e preparou as condições de que o capitalismo necessitava para se desenvolver na Rússia, o conto discute questões como a propriedade privada e a posse daí decorrente sobre pessoas e objetos, além da alienação e da própria sobrevivência da nobreza na nova sociedade que, por necessidade e pelo dinamismo que a caracteriza, inviabiliza a existência dessa casta no seu sentido tradicional.

Em "Kholstomér" saltam à vista dois aspectos essenciais: o profundo conhecimento que o autor tem de cavalos e a sua sensibilidade igualmente profunda para captar e antecipar aspectos da vida e da história ainda em formação.

O primeiro aspecto está ligado à experiência direta do autor com cavalos. Em sua biografia do escritor, que recebeu o título de *Liev Tolstói*, Viktor Chklóvski enfatiza o convívio íntimo que o autor de *Guerra e paz* sempre manteve com cavalos, em cujo lombo passou cerca de sete anos, segundo palavras do próprio Tolstói. É essa intimidade que torna muito naturais as comparações, tão frequentes em sua obra, entre a vida humana e a vida dos cavalos. Há muito de biográfico em "Kholstomér". Como observa Chklóvski, Tolstói amargurou longos fracassos, tinha uma orgulhosa consciência da sua força, enfrentou a solidão em Iásnaia Poliána, teve desentendimentos com os vizinhos nobres que detestavam aquele conde esquisitão que tomara o partido dos camponeses. E, comparando o autor ao cavalo Kholstomér, Chklóvski conclui: "Liev Nikoláievitch foi um homem de raça, um homem genial, mas foi um malhado na vida e na literatura; tinha uma pelagem específica, uma posição específica no mundo, mas sua especificidade não era reconhecida".[1]

A naturalidade da história de Kholstomér é tamanha que Turguiêniev, após ouvir do próprio Tolstói o enredo do conto ainda não escrito, observou entre risos: "Liev Nikoláievitch, algum dia você já foi cavalo".

Kholstomér é um cavalo puro-sangue, só que malhado, razão pela qual seu dono manda castrá-lo para que não venha a estragar a raça. Por ser malhado, isto é, não ter nascido com a cor característica dos puros-sangues, ele é alvo do desprezo e da chacota dos outros cavalos, que o tratam com crueldade, movidos por um sentimento aristocrático. Haveria alguma relação entre um cavalo de raça nobre porém malhado e a situação em que então se acha a nobreza russa?

A meu ver, a história desse puro-sangue malhado soa como alegoria da nobreza russa dos anos 1870. À medida que o capitalismo vai penetrando fundo na vida russa (a reforma de 1861 é mero reflexo desse processo), a nobreza, antes puro-sangue racial, social e cultural, começa a inserir-se no processo, muitos dos seus representantes tradicionais passam a desenvolver atividades capitalistas, a misturar a arraigada tradição do ócio com novas atividades até então incompatíveis com a condição nobre, vão-se mesclando, misturando seu sangue "azul" com outros sangues de origem comercial, industrial etc., em suma, começam a tornar-se socialmente malhados e estéreis como o capão

---

1 Viktor Chklóvski, *Liev Tolstói*, Moscou: Molodáya Gvárdiya, 1967, p. 274.

Kholstomér. Sierpukhóvskoi, antigo nobre, principal dono do cavalo, levara uma vida inteiramente estéril e morre na mais profunda decadência, numa espécie de antecipação sombria do destino que ronda a nobreza. Como Turguiêniev anteviu o tipo do futuro revolucionário na figura do búlgaro Insárov no romance *Na véspera* [1859], Tolstói parece antecipar o destino da nobreza no tom malhado do cavalo e na decadência de Nikita Sierpukhóvskoi, seu dono.

Um segundo aspecto do conto está vinculado à ideologia burguesa que, àquela altura, já domina as relações humanas na sociedade russa: a ideologia da posse e da propriedade. Kholstomér reflete sobre a estranha espécie de animais a que os cavalos estão intimamente ligados e chamam de homens. Porque são os homens que provocam nele um grande estranhamento: ele não entende o sentido da palavra *meu*, *seu*, não pode entender por que o chamam de propriedade do homem. A palavra *meu cavalo*, aplicada a ele, soa-lhe tão estranha como as palavras *minha terra*, *meu ar*, *minha água*. À medida que vai refletindo sobre o conceito de posse, sua crítica à essência da sociedade burguesa se amplia a outros aspectos como o discurso, porque finalmente acaba entendendo o sentido que as pessoas atribuem àquelas *estranhas palavras*: os homens não se orientam em suas vidas pelos atos mas pelas palavras, não gostam tanto de fazer ou deixar de fazer alguma coisa quanto de usar para diferentes objetos palavras que eles convencionaram para designar *meu*, *minha*, aplicando tais palavras aos objetos e seres mais diversos como terra, gente, cavalo. Logo, o discurso da posse é meio de usar a palavra para escamotear a essência da ação. Quem tem posse tem poder, quem tem poder tem discurso e o ostenta diante dos outros que agem, trabalham e fazem por ele e para ele. A inutilidade do existir é completada pela afirmação "isso é meu", que substitui a necessidade do fazer. O convencionalismo do discurso burguês estabelece uma relação inequívoca entre o ter e o ser, da qual decorre imediatamente o conceito burguês de felicidade. Dentro desse convencionalismo do discurso, aquele que pode aplicar a palavra *meu* ao maior número possível de objetos é considerado o mais feliz dos homens. Daí o estranhamento do cavalo.

Kholstomér passa das observações em torno do discurso da posse ao questionamento do direito de posse e propriedade. Constata que muitas daquelas pessoas que o chamavam de *meu* cavalo nunca o montaram, nunca o alimentaram, nunca lhe fizeram um único bem: outras pessoas bem diferentes lhe fizeram tudo isso. Logo, na sua ótica, o direito de propriedade é totalmente inútil: o conceito de *meu* não passa de um instinto baixo e animal que os homens chamam de sentimento ou direito de propriedade. O homem diz "minha casa", mas não mora nela, diz "minha terra", mas nunca a viu ou passou por ela. Há pessoas que chamam de *minhas* outras pessoas mas nunca as viram, e sua única relação com elas consiste em lhes fazer o mal. O que move as pessoas em suas vidas é a aspiração a aplicar o conceito de *meu* ao maior número possível de objetos. E daí conclui Kholstomér: por não estar dominada pelo sentimento de propriedade, por não justificar a existência através das palavras mas dos atos, a espécie equina é superior à humana. Os equinos justificam sua existência pela utilidade, ao passo que o direito de posse não só é inútil como inúteis são as vidas daqueles que o praticam e fazem dele o objetivo principal de sua existência. As mortes de Kholstomér e Sierpukhóvskoi no final do conto são uma confirmação cabal dessa reflexão: os restos mortais de Sierpukhóvskoi não serviram para nada, ao passo que Kholstomér morto serviu de repasto a cães e filhotes de lobo, prolongando-lhes a existência, além de ter seu couro e seus ossos aproveitados. Kholstomér teve uma vida socialmente útil e uma morte magnificente, Sierpukhóvskoi levou uma existência inútil, apenas esbanjando, e teve uma morte melancólica. O final do conto soa como um acorde funesto para o destino da nobreza russa.

Como podemos observar, o capitalismo russo ainda está dando os primeiros passos como sistema orgânico, e Tolstói já levanta uma questão essencial do sistema: a alienação como decorrência das relações de posse e propriedade. À medida que o sistema avança, o autor sente a necessidade de aprofundar a discussão desse assunto, e por isso volta a "Kholstomér" e faz algumas alterações no texto em 1885, aprimorando alguns dos aspectos da primeira redação que considerou necessário atualizar em face do aprofundamento daquele processo iniciado em 1861. Esse retorno a "Kholstomér" é profundamente sintomático tendo em vista o momento: os anos oitenta. A essa altura já foi escrito o romance *Guerra e paz*, e *Anna Kariênina* está em fase de conclusão. O autor mergulhara fundo na história e nos destinos da Rússia, na questão conjugal (espinho que se lhe cravara na alma para o resto da vida) e sua reflexão se volta cada vez mais para temas político-sociais, psicológicos e filosóficos, destacando-se a alienação do homem na sociedade burguesa como preocupação constante. É nesse clima que o motivo da alienação já trabalhado em "Kholstomér" retorna em 1886 em *A morte de Ivan Ilitch*, outra obra-prima do seu gênio criador. Nela, Tolstói é absolutamente implacável com a sociedade burguesa e mostra que a ascensão do indivíduo e sua consequente inserção no sistema oficial de valores redunda na sua plena identificação com a sua função, função essa que lhe dá a sensação de poder, de onde lhe vem o prazer de sentir-se na posse de outras pessoas cujos destinos pode decidir com a mesma facilidade com que os donos de Kholstomér denominavam *meu* ou *minha* esse ou aquele objeto ou pessoa; em suma, a absorção da função burocrática e de seus condicionamentos psicológicos e ideológicos por parte de Ivan Ilitch apaga a diferença que separa indivíduo e função burocrática e redunda para ele na perda da sua personalidade e da própria condição humana. Fiel à sua concepção poética bem aristotélica ("Fala da tua aldeia que estarás falando do universo!") da relação entre particular e universal, Tolstói toma o caso particular do burocrata Ivan Ilitch e faz dele uma representação universal do processo de alienação e suas consequências para a vida humana. Como Sierpukhóvskoi, nobre decadente que levara uma vida inútil mas dela nunca tomara consciência, Ivan Ilitch, alto funcionário do sistema jurídico, levara uma vida que imaginava utilíssima mas que descobrirá inútil ante a constatação da fatalidade da morte.

O conto "Falso cupom" (1904) apresenta vários elementos das utopias sociais e religiosas de Tolstói. O escritor já havia desenvolvido a famosa teoria da não resistência ao mal e do perdão universal. Já se rebelara contra a Igreja ortodoxa russa e seus representantes mais elevados, que qualificava de hipócritas, vazios, interesseiros, egoístas e pouquíssimo ilustrados. Logo, não estavam em condição de salvar ninguém de coisa nenhuma. Diante disso, Tolstói pensa em um novo cristianismo, em um Deus justo e sem os arroubos mercantilistas com que o apresenta a Igreja ortodoxa. Vê a própria Igreja como algo perfeitamente dispensável, além de nociva como instituição. Sua concepção religiosa reduz a religião a uma ética do amor e da não violência. A Igreja devotada ao poder e aos poderosos em detrimento do povo é uma aberração e uma deturpação dos princípios fundamentais do cristianismo. Não há como aceitar uma Igreja que não tenha como prioridade absoluta o povo. Entre este e ela não há nada em comum e por essa razão ele não mais a reconhece e deve procurar seu próprio caminho. Em "Falso cupom", vemos assassinos sanguinários regenerados após a leitura dos Evangelhos, tomados de amor ao próximo e entregues à prática do bem, e ao mesmo tempo reconquistando aquela condição rousseauniana da inocência e da bondade naturais, agora libertos das influências degradantes da religião pregada pela Igreja e da civilização burguesa. Não poderia faltar no conto a condenação explícita da instituição jurídica e do Estado, do vazio e da falta de caráter e seriedade dos seus representantes.

Em termos compositivos, o narrador incorpora ao conto a tradição hagiográfica, e graças a ela assassinos se regeneram sob o efeito da leitura dos Evangelhos e passam a pregar o amor ao próximo, caminhando claramente no sentido da beatificação. No conjunto da obra tolstoiana, "Falso cupom" se constitui em um grande paradoxo. Mas, como dizia Púchkin, o gênio é amigo dos paradoxos, e Tolstói não só é amigo como também cultor. Há momentos em suas obras, e frequentes, em que o paradoxo aparece como elemento imediatamente composicional, enfeixando concepções humanistas com outras bastante reacionárias, instalando um movimento contraditório que dinamiza o pensamento e dramatiza a enunciação ou a ação. Assim, "Falso cupom" apresenta-se como um quadro bastante policrômico onde se expõem as contradições em que o autor sempre se debateu e que se intensificaram nos seus últimos anos de vida.

"O diabo" (ele começa a escrevê-lo em 1889) é um conto de forte condimento autobiográfico, baseado na história do amor real de Tolstói por uma camponesa chamada Aksínia, moradora de Iásnaia Poliána. À sua história pessoal o autor incorpora a história real de Nikolai Nikoláiev Friederiks, juiz de instrução na cidade de Tula, que tivera um caso com a camponesa Stiepanida Munítsina. Depois do casamento, a mulher passou a atormentá-lo com cenas de ciúme com Stiepanida, e Friederiks acabou matando a amante com um tiro de revólver na barriga quando ela debulhava milho com outras camponesas. Friederiks foi julgado e considerado anormal, mas pouco depois o encontraram sobre os trilhos de uma ferrovia esmagado por um trem.

Sófia Andrêievna, mulher de Tolstói, sabia da história amorosa do marido e conheceu pessoalmente Aksínia nas mesmas circunstâncias em que Irtiêniev reencontra Stiepanida depois de casado, durante a faxina que Liza manda fazer na casa da fazenda.

Na primeira versão, o conto chamava-se "A história de Friederiks", e só mais tarde Tolstói lhe deu redação final com o título "O diabo", sob o qual foi publicado postumamente.

O enredo do conto gira em torno de uma alucinação amorosa. Ievguêni Irtiêniev assume a fazenda que recebera como herança do pai e nela se embrenha movido pela necessidade de fazer funcionar uma propriedade abandonada há vários anos. Envolvido com os trabalhos de recuperação da fazenda, distante do meio urbano, sente os apelos do sexo e, vencendo o acanhamento, acaba recorrendo à mediação de Danila, antigo empregado da fazenda, e por ele é levado à camponesa Stiepanida. Ele repete várias vezes que sua intenção é meramente profilática: quer fazer sexo apenas para resguardar a saúde. Entretanto acaba se envolvendo, apaixonando-se e amando de verdade Stiepanida, que ele não consegue esquecer com o casamento.

À primeira vista, uma história banal como muitas outras. Entretanto nas mãos do verdadeiro artista o banal pode tornar-se sublime ou trágico. O mergulho psicológico profundo na alma de Irtiêniev, que em certo sentido é um mergulho de Tolstói em sua própria alma, arrasta o leitor para dentro da obra como uma força invisível a puxá-lo pelos cabelos. O movimento de tração e retração que se estabelece entre a paixão alucinatória de Irtiêniev e sua tentativa de resistir à sedução avassaladora que Stiepanida exerce sobre ele dramatiza ao máximo a narrativa e lhe imprime um grau de tensão muito próximo dos melhores exemplares da tradição trágica. Um traço essencial do trágico consiste em que ele não admite conciliação do conflito ou sua solução em alguma esfera superior, pois se isso acontecesse o trágico transbordaria no cômico. Irtiêniev se debate entre o imperativo moral de fidelidade à esposa e a voragem da paixão que experimenta por Stiepanida, está consciente de que entregar-se à paixão significa destruir-se como ser ético, e como seu conflito não permite conciliação ele acaba optando pela erradicação da causa. Uma vez que, segundo o próprio Tolstói, "não se pode viver sem um ideal" e o ideal de Ievguêni sucumbiu à paixão por Stiepanida, não lhe resta outra saída senão erradicar o "mal".

A representação da angústia de Irtiêniev mostra a força e a profundidade da análise psicológica de Tolstói, a sua dialética da alma; o processo psicológico se desencadeia como luta entre princípios diversos e contraditórios, os sentimentos se movimentam com a intensidade e a força da gravidade de um remoinho que arrasta a personagem para o fundo do precipício, criando uma tensão que só se desfaz na catarse do ato final. "A arte", escreveu Tolstói, "é a habilidade de representar aquilo que deve ser, aquilo a que as pessoas devem aspirar, aquilo que faz mais bem às pessoas. E representar tudo isso só é possível através de imagens."

Ao mesmo tempo, ao insistir na constante reformulação de "O diabo", Tolstói reproduz o paradoxo a que nos referimos: anos a fio rejeitou explicitamente o amor sensual, enquanto recalcava no recôndito da alma a paixão por Aksínia que o incendiara na juventude e o acompanhou pelo resto da vida. Em 1909, portanto um ano antes de morrer, ele ainda anotava no diário que tinha visto Aksínia descalça, lamentava por não lhe ter pedido perdão pelo filho que ela tivera dele e se autocensurava por censurar os outros. O paradoxo de Tolstói o impede de chegar a uma solução unívoca do conflito em grande medida pessoal; representar uma ideia como a da luta entre Deus e o diabo transfigurada em luta entre o espírito e a carne requer imagens convincentes, e como a paixão por Aksínia foi uma ferida aberta na alma que o próprio Tolstói jamais conseguiu fazer cicatrizar, ele não conseguiu uma imagem unívoca para o fechamento de "O diabo" e o conto acabou tendo dois finais.

Em "O diabo" manifesta-se ainda a famosa censura de Tolstói à ciência e particularmente à medicina. O narrador aproveita a visita do médico a Liza, esposa de Irtiêniev, para caricaturar o médico e, na pessoa dele, toda a medicina. A fala do médico, empolada e sem qualquer sentido, parece mais um quiproquó, um discurso abstruso à maneira do teatro do absurdo: "O médico chegou na hora do almoço e, naturalmente, disse que, embora casos reincidentes pudessem inspirar cuidados, propriamente falando não havia indicação positiva mas, como também não havia contraindicação, por um lado se podia supor, assim como, por outro lado, também se podia supor...". Em termos de representação do nível de linguagem este é sem dúvida um trecho excepcional pela habilidade do autor no trato do discurso.

"Depois do baile", de 1903, é uma história bem característica da fase tardia em que Tolstói está plenamente definido em termos políticos, religiosos e morais. É uma espécie de conto-tese do qual o autor lança mão para discutir a teoria segundo a qual o meio determina tudo. E o faz de maneira muito engenhosa, dividindo a história em dois polos bem definidos: o do discurso e o da ação ou dos "fatos". De um lado está Ivan Vassílievitch, personagem central que abre a narração contestando essa tese e afirmando que "tudo é uma questão do acaso"; do outro lado está o coronel Piotr Vladislávitch, cuja ação Ivan Vassílievitch irá presenciar por obra e graça do acaso. Entre os dois está o narrador, cuja participação na história é parcimoniosa, mas suficiente para delinear o perfil ideológico de todo o conto. Começa qualificando Ivan Vassílievitch como "respeitado por todos", dado que em si já antecipa o tipo de recepção do discurso dessa personagem, marcado pela confiabilidade desses "todos". Depois, com a narração já avançando quase pela metade da história, esboça em rápidas pinceladas o perfil do coronel Piotr Vladislávitch, pai de Várienka. Paralelamente a atributos como beleza, elegância, idade, o "sorriso carinhoso e alegre como o da filha", "peito marcial, ombros fortes" etc., o narrador acrescenta dois detalhes nada secundários em termos psicológicos: "bigodes brancos retorcidos para cima, *à la Nicolas I*", "chefe militar, o tipo do antigo servidor de Nicolai". Portanto, a comparação com Nicolai I (1796-1855), o tristemente famoso Nicolai Pálkin (Porrete) significa identificação com a tradição mais repressiva e violenta da Rússia. Aliás o coronel é todo tradição e impressiona Ivan Vassílievitch especialmente por usar botas "com presilhas fortes [...] de couro de bezerro, não de bico fino como era moda, mas à antiga, quadradas e sem saltos [...] fora de moda". Considerando o momento em que o conto foi escrito – 1903, época de grande efervescência revolucionária que culminaria na revolução de 1905 –, esse "à antiga", "fora de moda" soa como um profundo anacronismo e dado revelador da persistência da tradição de violência e repressão, antecipando o desfecho sinistro que o acaso levará Ivan Vassílievitch a assistir. Por outro lado – e isso é muito marcante em toda a obra de Tolstói –, o comportamento do coronel Vladislávitch em sociedade é um dado altamente revelador do divórcio profundo entre aristocracia e povo: ela dança, se desfaz em rapapés, em meras formalidades, ostenta fumaça de civilização quando está em seu próprio habitat público, mas de volta à caserna espanca um ser humano com a barbaridade do pior selvagem.

A técnica do retardamento da ação é usada com extremo virtuosismo nesse conto. Entre as palavras da abertura ("vocês dizem que o homem não pode compreender por si só o que é bom e o que é mau") e a cena de tortura pública do soldado desertor, desenvolve-se toda uma história de paixão. Ivan Vassílievitch narra a história da sua paixão avassaladora – "o amor mais forte que eu já sentira" – por Várienka, filha do coronel Vladislávitch, e encanta os seus ouvintes com detalhes da sua amada e do baile em que dançara com ela. Como em literatura o elemento autobiográfico sempre se faz presente, de forma velada ou explícita, nessa história de uma paixão criada por Tolstói não poderiam faltar as concepções de amor desenvolvidas pelo autor. A essa altura Tolstói já prega a abstinência sexual (embora a saudade erótica de Aksínia-Stiepanida ainda lhe queime a alma!), e nesse sentido faz de Ivan Vassílievitch um duplo seu, pondo-lhe nos lábios afirmações como essas: "Quanto mais eu me apaixonava, mais incorpórea ela se tornava para mim... o objeto do meu amor esteve sempre vestido de bronze". A essa mostra da ascese tolstoiana acrescenta-se uma variante da sua concepção do amor como força que apazigua o universo e torna o homem bom, justo – "estava feliz, abençoado, me sentia bom... ignorante do mal e capaz de fazer apenas o bem" – e solidário. No entanto, o amor profundo que sente por Várienka e tudo que a cerca, a ponto de querer envolver pai e filha "em um só sentimento de ternura e comoção", não priva Ivan Vassílievitch do seu humanismo e daquela perspectiva crítica diante da vida que leva o homem a reagir diante das imposições do meio, negando a tese segundo a qual o meio determina tudo. Depois de assistir à cena de tortura do soldado ele ainda procurou justificar a atitude do coronel: "Com certeza ele sabe alguma coisa que eu não sei... Se eu soubesse o que ele sabe, entenderia o que vi e isso não me atormentaria". Mas ele não aceita o fato, não ingressa no serviço militar, como queria antes e, pior, não consegue mais olhar para Várienka sem se lembrar da imagem do pai comandando uma sessão pública de tortura e espancando o soldado. O coronel é produto do meio, e de um meio cujas raízes remontam aos tempos de Nicolai I, age segundo fórmulas acabadas e estereótipos atrás dos quais esconde-se o poder autoritário da sociedade. Ivan Vassílievitch, a despeito do seu amor por Várienka, está afinado com a sensibilidade da época, compreende "o que é bom e o que é mal", não se deixa "devorar" pelo meio a que ela pertence e acaba perdendo o amor mas mantendo a feição humana e a personalidade acima das injunções do meio. Perde o amor mas desmente a tese da prevalência do meio sobre o indivíduo.

Há em "Depois do baile" um inconfundível sabor tchekhoviano. Além da repulsa natural à violência, o conto é, em termos formais, um exemplo de economia do espaço narrativo – coisa ímpar em Tolstói, cujos contos, exceto os folclóricos, costumam ser bastante longos. Sua arquitetônica é condensada, a história é narrada de dentro por Ivan Vassílievitch, que dela participou e por isso lhe confere alto grau de verossimilhança, o narrador só interfere nos casos de extrema necessidade, nada é supérfluo, todos os elementos funcionais estão em sua posição específica. Tudo lembra a célebre definição de Tchekhov: "Se em um conto aparece uma espingarda, ela tem que disparar".

Os contos aqui incluídos foram traduzidos diretamente do russo por três alunas minhas do curso de graduação em língua e literatura russas na USP, no período em que fui professor dessa universidade. "Três mortes", "Kholstomér" e "Depois do baile" foram traduzidos sob minha orientação direta, supervisão e correção de originais durante os meus plantões destinados ao atendimento de alunos. No processo da tradução discuti com minhas alunas cada palavra e nuança, os meandros da tradução como recriação, os equivalentes linguístico-culturais nas duas línguas, o estilo do autor e sua recriação, com o maior grau de fidelidade possível, na língua portuguesa. Várias vezes as alunas leram em voz alta o texto em português para que pudessem sentir quando a linguagem fluía naturalmente ou revelava alguma coisa forçada e artificial no texto traduzido. Tratava-se de um projeto pessoal de criar um laboratório vivo de tradução e investir nos alunos de melhor destaque no curso de língua e literatura, estimular a criatividade e aproveitar o potencial de cada um. Visava eu, ainda, lançar as bases para a criação de uma equipe que, no futuro, pudesse preencher a carência de bons tradutores de russo no mercado brasileiro, carência essa não preenchida pelos poucos cursos de russo existentes no Brasil nem por aqueles oferecidos em universidades russas.

Ao término do trabalho, percebi que os textos poderiam ser aproveitados numa seleta para publicação, contanto que eu me debruçasse sobre cada um e procedesse a uma cuidadosa revisão suplementar, primeiro cotejando os textos traduzidos com os originais russos, depois procedendo a uma nova revisão da linguagem. Assim, os textos que a editora Cosac Naify põe agora ao alcance do leitor brasileiro passaram por nova revisão: primeiro minha, a partir de um novo cotejo com originais russos, e depois em conjunto com Samuel Titan Jr., já com vistas ao máximo aprimoramento possível da linguagem.

OS PARALELOS EM TOLSTÓI
VIKTOR CHKLÓVSKI

Para produzir um fato artístico a partir de um objeto, deve-se destacar este último dos fatos da vida. Para isso é necessário sacudir as coisas do mesmo modo que Ivan, o Terrível, costumava sacudir seu lacaio. É necessário extraí-las do contexto de associações habituais, revolvê-las como lenha no fogo. O artista é sempre o instigador de uma revolta das coisas. Com os poetas, as coisas se amotinam, livram-se dos seus velhos nomes e, ao assumir outros novos, adquirem um novo aspecto. O poeta usa imagens: tropos, símiles. Chama fogo de flor vermelha, apõe novos epítetos a velhos nomes. Ele dirá até, como Baudelaire, que o cadáver levantou as pernas como uma mulher que convida a carícias obscenas. Desse modo, o poeta realiza um "deslocamento semântico". Ele retira uma noção do plano semântico no qual é normalmente encontrada e, com a ajuda de uma palavra (tropo), transfere-a para um novo plano semântico. Somos abalados pela novidade produzida ao se dispor o objeto em um novo ambiente. Uma nova palavra ajusta-se ao objeto como um vestido novo. Esse é um dos modos de converter um objeto em algo palpável, algo capaz de se tornar material de arte. Outro método é criar uma "construção escalonada":[1] um objeto é desdobrado por intermédio de reflexos e justaposições.

---

1 A expressão *stupientchátoie postroiénie* (construção escalonada) foi cunhada por Chklóvski e ocupa lugar central em sua *Teoria da prosa*, de 1925. [N.T.]

Essa estratégia é quase universal. Muitos procedimentos estilísticos nela se baseiam, sobretudo o paralelismo: "Ó, maçãzinha, para onde estás rolando?/ Ó, mamãe, eu quero me casar".[2]

Às vezes, um objeto pode dividir-se em dois ou ser reduzido aos seus vários componentes. Em Alieksandr Blok uma única palavra, "ferrovia", divide-se em "tristeza do ferro, tristeza da via".[3]

Liev Tolstói emprega em suas obras, que são composições tanto formais quanto musicais, o procedimento de "estranhamento" (ao não chamar as coisas pelos seus nomes habituais), assim como de "construção escalonada", dos quais oferece alguns exemplos.

Tive ocasião de escrever bastante sobre o "estranhamento" em Tolstói.[4] Uma variante desse procedimento consiste em eleger, focalizar um certo detalhe de um quadro e, desse modo, distorcer as proporções. Assim, em uma cena de batalha, Tolstói elabora o motivo de uma boca, cheia d'água, mascando. Ao atrair a atenção para esses detalhes, produz-se um deslocamento peculiar. Em seu

---

2 Obviamente, o paralelismo é mais aparente no original: *O, yáblotchko, kudi kátisschsya?; O, mámotcha, zámuj khótchetsya.* [N. T.]

3 O adjetivo composto russo é *jeliézno-dorójni*, e o verso em questão reza: *toská dorójnaya jeliéznaya.* [N. T.]

4 Chklóvski tem em mente, sobretudo, seu ensaio programático "Arte como procedimento" (1919), no qual o conceito crucial de *ostraniênie* (estranhamento) foi primeiramente esboçado. [N. T.]

excelente livro sobre Tolstói, Konstantin Leóntiev[5] falha ao tentar apreender esse procedimento. Contudo, a estratégia mais comum em Tolstói é a de se negar a reconhecer um objeto, descrevê-lo como se fosse visto pela primeira vez. Assim, um cenário de teatro é chamado uma "peça de papelão pintado" (*Guerra e paz*); a hóstia, de "pãozinho". E, por conseguinte, afirma-se que os cristãos comem o seu Deus.[6]

Creio que esse procedimento tolstoiano pode ser remetido à literatura francesa, possivelmente a *L'Ingénu* de Voltaire ou à descrição da vida na corte francesa feita pelo selvagem de Chateaubriand. De qualquer modo, Tolstói torna as obras de Wagner "estranhas", descrevendo-as como se vistas por um camponês perspicaz, ou seja, alguém como o "selvagem" francês, a quem faltam as associações de ideias habituais. Aliás, o mesmo procedimento de descrever uma cidade como vista por um homem rústico foi empregado no romance grego antigo (cf. Vessielovski[7]).

O outro procedimento, a "construção escalonada", tem muitos usos interessantes. Não tentarei fazer nem o mais

---

5 Um importante romancista e publicista do final do século XIX (1831-91), cujo longo ensaio "Análise, estilo e atmosfera: sobre os romances do conde L. N. Tolstói" foi um dos mais perspicazes comentários contemporâneos à grande ficção de Tolstói. [N. T.]

6 A passagem de *Guerra e paz* citada aqui aparece na cena da primeira visita de Natasha Rostova à ópera. O exame do parágrafo é baseado na descrição da liturgia no romance tardio de Tolstói, *Ressureição*. [N. T.]

7 A. N. Vessielovski (1838-1906), principal autoridade russa em literatura comparada e folclore. [N. T.]

breve esboço de como Tolstói empregou esse procedimento na criação de sua poética toda particular; limitar-me-ei a alguns poucos exemplos. O jovem Tolstói usou o paralelismo de maneira bastante simples. Assim, para elaborar o tema da morte, para acioná-la, ele achou necessário justapor três motivos – a morte de uma dama, a morte de um servo, a morte de uma árvore. Estou falando do conto "Três mortes". As várias partes da narrativa estão interligadas por uma "motivação" precisa: o servo é cocheiro da dama, a árvore é cortada para fazer um caixão para o servo.

Em "Kholstomér" o paralelo entre homem e cavalo é bem pronunciado: "Depois de muito andar pelo mundo, comer e beber, o corpo morto de Sierpukhóvskoi foi recolhido à terra. Nem a pele, nem a carne, nem os ossos serviram para nada". Aqui o vínculo é dado pelo fato de Sierpukhóvskoi ter sido, em determinado momento, dono do cavalo.

Em "Dois hussardos", o paralelismo, já anunciado no título do conto, permeia os incidentes: casos de amor, jogo de cartas, amizades etc. O vínculo entre os dois termos do paralelo é dado pelo parentesco dos protagonistas.

Ao se comparar a arte de Tolstói com a de Maupassant, percebe-se que o mestre francês tende a omitir o segundo termo do paralelo. Em um conto de Maupassant, esse elemento – seja o padrão tradicional do conto ou a perspectiva convencional da burguesia francesa – está sempre implícito. Em muitos dos seus contos, Maupassant descreve a morte de um camponês; ele o faz com muita simplicidade, ainda que a torne "estranha": a descrição literária convencional da morte de um habitante de uma cidade funciona, por implicação, como fonte de contraste, embora tal descrição não apareça, de fato, no conto.

Pode-se dizer que, desse ponto de vista, Tolstói é mais grosseiro que Maupassant. Ele precisa de um paralelo explícito, por exemplo, o contraste entre cozinha e sala de visitas em *Os frutos da ilustração* [*Plodí prosveschêniya*]. Isso pode ser explicado pela maior disponibilidade da tradição literária francesa. O leitor francês é mais sensível a uma violação do cânon, ele identifica os termos do paralelo mais prontamente do que o nosso leitor, cuja ideia de norma é mais nebulosa.

Diga-se de passagem que, quando falo de tradição literária, não tenho em mente o que um autor toma emprestado de outro. Vejo a tradição de um escritor como sua dependência em relação a um conjunto de normas literárias preexistentes, assim como a tradição de um inventor é a soma total dos recursos técnicos disponíveis em dado momento.

As justaposições de vários protagonistas ou de dois grupos de protagonistas estão entre as instâncias de paralelismo mais complexas presentes nos romances de Tolstói. Em *Guerra e paz*, por exemplo, não é difícil discernir as seguintes justaposições: Napoleão *versus* Kutúzov e Pierre Biezúkhov *versus* Andriêi Bolkónski, sendo que Nicolai Rostov serve como ponto de referência externo para ambas as partes. Em *Anna Kariênina*, o grupo de Ana-Vronski é contraposto ao grupo de Liévin-Kitti. A coexistência deles é "motivada" pelo parentesco. Essa é a motivação habitual em Tolstói e, ao que parece, entre os romancistas em geral. O próprio Tolstói escreveu que tinha feito do "velho" Bolkónski o pai de um jovem brilhante (Andriêi) "porque é bem difícil lidar com uma personagem que não seja aparentada a mais ninguém no romance".[8] Um outro método, privilegiado pelos romancistas ingleses, pelo qual um mesmo protagonista participa de vários grupos, foi escassamente utilizado por Tolstói. De fato, ele apenas o utilizou no episódio Petruchka-Napoleão, no qual foi empregado para fins de "estranhamento".[9]

A ligação existente entre os grupos justapostos em *Anna Kariênina* é tão tênue que o vínculo só pode ser concebido como motivado por necessidade artística.

No entanto, Tolstói usou o parentesco de um modo bastante interessante: não para "motivar" um paralelo mas para criar uma "construção escalonada". Na família Rostov há dois irmãos e uma irmã. Eles parecem representar desdobramentos de um único tipo. Tolstói por vezes compara-os uns aos outros, como na seção que precede a morte de Piétia. Nicolai Rostov é uma versão simplificada, "tosca", de Natasha. Do mesmo modo, Stiva Oblónski revela um lado das inclinações íntimas de Anna Kariênina. A expressão "um pouquinho de nada", que ela fala com a entonação de Stiva, é um retorno à casa da infância, compartilhada por ambos. Stiva está um degrau abaixo de sua irmã. No caso, o vínculo entre as personagens não se origina, de fato, do parentesco.

8 Carta à princesa L. I. Volkonskaia, de maio de 1865, em L. Tolstói, *Pólnoie sobránie sotchinienii* (Moscou, 1958), vol. 61, pág. 80. [N. T.]

9 Chklóvski deve estar se referindo aqui ao breve encontro entre Napoleão e um soldado russo prisioneiro, o astuto cossaco Lávruchka, descrito na parte 10 de *Guerra e paz*. [N. T.]

Como vimos, Tolstói não se opunha em transformar em parentes certas personagens concebidas independentemente. O parentesco era utilizado com o propósito de atingir uma "construção escalonada". Que as convenções literárias determinantes da representação de parentes não requerem afinidade caracterológica é bem demonstrado pelo procedimento tradicional de justapor um irmão nobre a um mau.

Aqui, como sempre em arte, tudo é motivação do procedimento.

[Publicado originalmente em *Khod koniá* (*O passo do cavalo*). Moscou e Berlim, 1923, págs. 115-25. Tradução de André Pinto Pacheco.]

SUGESTÕES DE LEITURA

A melhor apresentação de Tolstói ao leitor brasileiro é o estudo *Leão Tolstói: antiarte e rebeldia* (São Paulo: Brasiliense, 1983) de Boris Schnaiderman. Há também o ensaio de Maksim Górki *Leão Tolstói* (São Paulo: Perspectiva, 1983), num volume que traz ainda dois estudos importantes de Boris Eikhenbaum: "Sobre Leão Tolstói" e "Sobre as crises de Leão Tolstói". O conde russo ainda é analisado por Isaiah Berlin em *Pensadores russos* (São Paulo: Companhia das Letras, 1988).

Quanto ao viés mais biográfico encontra-se farto material em *Amor e ódio: o casamento tumultuado de Sônia e Leon Tolstói*, de William Shirer (São Paulo: Paz e Terra, 1997), bem como em *Tolstói – a biografia*, de Rosamund Bartlett (São Paulo: Biblioteca Azul, 2013). Vale também citar *Tolstoj*, de Pietro Citati, disponível em italiano (Milão: Adelphi, 1996). Os derradeiros dias do autor foram tema de importantes obras como *Tolstói – a fuga do paraíso* de Pável Bassinski (2013) e o romance histórico *A última estação*, de Jay Parini (Rio de Janeiro: Record, 2009), adaptado para o cinema com o mesmo título, em 2009. Alguns escritos de Tolstói dessa época foram reunidos em *Os últimos dias de Tolstói*, publicado em português sob coordenação de Elena Vássina (São Paulo: Penguin Companhia, 2011).

Uma visão formalista sobre o autor é esboçada no ensaio escrito por Viktor Chklóvski em 1927, "A arte como procedimento", em *Teoria da literatura: formalistas russos*, organizado por Dionísio Toledo (Porto Alegre: Globo, 1971). O leitor pode comparar essa visão com as anotações de Georg Lukács no capítulo final de sua *A teoria do romance* (São Paulo: Editora 34/Duas Cidades, 2000) e no ensaio "Narrar ou descrever?", em *Ensaios sobre literatura*, organizado por Leandro Konder (Rio de Janeiro: Civilização Brasileira, 1965). O belo ensaio de Thomas Mann, "Goethe e Tolstói: fragmentos sobre o problema da humanidade" (1923), pode ser lido na antologia organizada por Anatol Rosenfeld, *Ensaios* (São Paulo: Perspectiva, 1988). Sobre os contos presentes nesta edição, uma análise interessante de *Três mortes* está no livro de Mikhail Bakhtin, *Problemas da poética de Dostoiévski* (Rio de Janeiro: Forense Universitária, 2008) – mais especificamente no segundo capítulo, "A personagem e seu enfoque pelo autor na obra de Dostoiévski".

Há bastante literatura secundária nas demais línguas ocidentais. A antologia organizada por Michael Katz, *Tolstoy's Short Fiction* (Nova York/Londres: W. W. Norton, 1991), reúne contos e cartas do escritor, seguidos de uma amostra generosa da crítica atual. Outro ensaio clássico é o de George Steiner, *Tolstói ou Dostoévski: um ensaio sobre o velho criticismo* (São Paulo: Perspectiva, 2006).

Tolstói foi uma das obsessões críticas do formalismo russo dos anos 20: como grande nome da tradição oitocentista, não podia deixar de ser alvo de admiração de todos aqueles autores, como se pode ler em *Russian Formalism* (Haia: Mouton, 1980), do erudito Victor Erlich, ou ainda na trilogia crítico-biográfica de Boris Eichenbaum publicada originalmente entre 1928 e 1940, traduzida para o inglês como *The Young Tolstoy* (1972), *Tolstoy in the Sixties* (1982), *Tolstoy in the Seventies* (1982), e publicados pela editora norte-americana Ardis. Vladimir Nabokov também nutria algumas *strong opinions* sobre Tolstói, recolhidas em suas *Lições de literatura russa* (São Paulo: Três estrelas, 2014). Gary Saul Morson tentou uma apreciação bakhtiniana e positiva de Tolstói em: *Hidden in Plain View* (Stanford: Stanford University Press, 1987), que vale comparar às declarações esparsas de Bakhtin. A leitura formalista de Tolstói, exemplificada pelo texto de Chklóvski reproduzido neste volume, é comentada num brilhante ensaio de Carlo Ginzburg, "Estranhamento: pré-história de um procedimento literário", em *Olhos de madeira: nove reflexões sobre a distância* (São Paulo: Companhia das Letras, 2001).

As principais obras de Tolstói foram vertidas diretamente do russo e estão disponíveis no Brasil. Três grandes romances foram traduzidos por Rubens Figueiredo e lançados pela Cosac Naify: *Anna Kariênina* (2005), *Ressurreição* (2010) e *Guerra e paz* (2011). A Cosac Naify tem ainda em catálogo as novelas *Padre Sérgio* (2005), tradução de Beatriz Morabito, e *Khadji-Murát* (edição portátil, 2012) traduzido por Boris Schnaiderman, que vem republicando traduções revistas pela Editora 34: *Felicidade conjugal* (2009), *A Sonata a Kreutzer* (2007) e *A morte de Ivan Ilitch* (2006). *Os cossacos*, romance com alto teor biográfico, possui duas traduções diretas do russo: de Klara Gourianova (São Paulo: Amarilys, 2012) e a de Sonia Branco (São Paulo: Iluminuras, 2012). Sonia Branco também traduziu *Os contos de Sebastopol* (São Paulo: Hedra, 2011), ambientados nos dias da Guerra da Crimeia, na qual Liev Tolstói foi segundo-tenente. Outras coletâneas de contos estão disponíveis em tradução direta, inclusive os *Contos da nova cartilha* (São Paulo: Ateliê, vol. 1, traduzido por Maria Aparecida Soares, 2006; vol. 2, traduzido por Aurora Bernadini e Belkiss Rabello, 2013) que foram usados pelo autor para dar aula aos camponeses de sua propriedade rural. Algumas adaptações das obras de Tolstói para o cinema devem ser lembradas, como a de King Vidor para *Guerra e Paz* (1956), *Anna Karienina* (2012) de Joe Wright e *L'Argent* (1983), do cineasta francês Robert Bresson, que toma por base o conto *Falso cupom*, incluído neste volume.

[Créditos das imagens] CAPA Natalia Serguêievna Gontcharova, *O cavalo pálido*, da série "Ícones Místicos da Guerra". Imagem digital Fine Art Images/Heritage Images/Scala, Florença. © Gontcharova, Natalia/Licenciado por Autvis, Brasil, 2015.

COLEÇÃO PROSA DO MUNDO [concepção original da coleção]
Augusto Massi, Davi Arrigucci Jr. e Samuel Titan Jr.

COORDENAÇÃO EDITORIAL Samuel Titan Jr.
PREPARAÇÃO Paulo Bezerra
REVISÃO Betina Bischof, Luiz Sérgio Repa, Andressa Veronesi e Thiago Lins
PROJETO GRÁFICO Cosac Naify
TRATAMENTO DE IMAGEM Wagner Fernandes
PRODUÇÃO GRÁFICA Aline Valli

3ª edição, 2015

Nesta edição, respeitou-se o novo Acordo Ortográfico da Língua Portuguesa.

Dados internacionais de catalogação na Publicação (CIP)

Tolstói, Liev [1828-1910]
O diabo e outras histórias: Liev Tolstói
Tradução: Beatriz Morabito, Beatriz Ricci, Maira Pinto
Seleção e apresentação: Paulo Bezerra
São Paulo: Cosac Naify, 3ª ed., 2015
288 pp.

Coleção Prosa do Mundo ISBN 978-85-7503-104-9
O diabo e outras histórias ISBN 978-85-405-0725-8

1. Romance russo I. Bezerra, Paulo II. Título.

10-03600 CDD 891.73

Índices para catálogo sistemático:
1. Romances: Literatura russa 891.73

COSAC NAIFY
rua General Jardim, 770, 2º andar
01223-010 São Paulo SP
cosacnaify.com.br [11] 3218 1444
atendimento ao professor [11] 3823 6560
professor@cosacnaify.com.br

FONTES Genath, Giorgio Sans PAPEL Pólen soft 80 g/m² IMPRESSÃO Geográfica

RUDY PRO
MUNDO AN
BRECHT
SA DO MUN
DO LIEV T
PROSA D
ENS

SA DO MUN
AN MELVILL
SA DO MUN
OGAR ALLA
AURIAC PRO
O MUNDO O
DFLLO PR